CONSTANZE DAVID

Herzsprünge
Flucht nach Georgia

AF215447

CONSTANZE DAVID

HERZSPRÜNGE
Flucht nach Georgia

Roman

Bibliografische Information der Deutschen Nationalbibliothek:
Die Deutsche Nationalbibliothek verzeichnet diese Publikation in der
Deutschen Nationalbibliografie; detaillierte bibliografische Daten sind
im Internet über dnb.dnb.de abrufbar.

©Uscoda-Publishing
(Uschi Constanze David, http://uschiconstanzedavid.de)
1. vollkommen veränderte Neufassung des Romans
»Das Seelengewitter« Oktober 2018
von Constanze David
Herausgegeben von Uscoda Publishing
Satz und Layout: Benisa Werbung
(Sabine Albrecht, www.benisa-werbung.de)
Covergestaltung: ©authors-assistant
(Britt Toth http://authors-assistant.com)
unter Verwendung von Bildern von
https://www.shutterstock.com (Sean Pavone, Jacob Lund, Rido)
Korrektorat: I. Bauer, Romy Heidrich
Herstellung und Verlag:
BoD - Books on Demand, Norderstedt
Printed in Germany
ISBN: 978-3-748151975

Kapitel 1
Familienleben

Noch bevor sie die vor ihr liegenden Aufgaben in Angriff nahm, fühlte sie sich bereits erschöpft. Einkaufen, kochen, bügeln – es türmten sich Berge von Wäsche im Wäschekorb auf – das rief in Sarina das Gefühl hervor, Hamster in einem Rad zu sein, das nie aufhörte, sich zu drehen.

Zudem lag heute noch die Begräbnisfeier von Ursula vor ihr. Die befreundete Nachbarin war mit achtunddreißig Jahren an Krebs verstorben. Sarina fand das furchtbar. Unheimlich, wie schnell sich das Leben ändern konnte, von einem Moment auf den anderen. Jedenfalls war es so bei Ursula gewesen. Sie ging unter die Dusche, tastete einen Knoten, und ihr bisheriges Leben hörte auf zu existieren. Was bis dahin selbstverständlich erschien, wurde zur Farce. An die Stelle scheinbar bedeutungsschwerer Lebensbereiche traten Operation, Bestrahlung und Chemotherapie. Das Hospiz in der Schweiz, in dem Ursula bei lebendigem Leib verfaulte, wie es hieß, beendete eine Krankheitskurzgeschichte, wie sie bitterer nicht ausgedacht werden konnte. Wenn sie an Ursulas Heimkehr im Sarg dachte, wurde es Sarina ganz schwer ums Herz. *Ob ihr Tod wohl eine Erlösung gewesen ist?* Ruhelos kreiste ihr diese Frage im Kopf herum.

Bekümmert sprang sie auf. Da war keine Zeit für Überlegungen. Sie musste in die Gänge kommen, sonst war der Vormittag vorüber und nichts erledigt.

Im Haus herrschte Totenstille. Doch das täuschte, wirklich ruhig war es in ihrem Leben nie. Sie stand einer flatterigen Familie vor, in der dauernd irgendetwas los war. Für einen Moment überfiel Sarina der Wunsch, von ihren vielen Verpflichtungen befreit zu sein. Sie hätte gerne mal abgeschaltet. *Meine Umstände fixieren mich,* dachte sie verzweifelt, *wie Geschwüre, die man am Ende herausschneiden muss, damit man nicht an ihnen zugrunde geht.*

Auf dem Weg in die Küche musste sie wieder an Ursula denken. *Weg vom Fenster,* raunte es in ihr. *Entlassen, für immer entlassen. Einmal ist alles zu Ende. Uhren, die einrasten, Särge, die zuklappen. Und wie viel Träume hat man bis dahin zu Grabe getragen? Vermutlich eine Menge.*

Marilena tapste in die Küche. Sie hatte sowohl ihre Schlafanzughose als auch ihr Oberteil hochgezogen, was witzig aussah. Das brachte Sarina zum Lachen. Mit einem Mal fiel alle Schwere von ihr ab. Sie fühlte sich erlöst. Der Dämpfer folgte prompt. Maulend verkündete ihre jüngste Tochter: »Ich muss mir einen Tampon einführen, aber Michael hält das Bad besetzt.« »Hast du denn keine Tampons in deinem Zimmer?«, fragte Sarina. »Nein hab ich nicht! Außerdem ist es ein Unding, dass er das Bad so lange in Beschlag nimmt.« Marilena meckerte noch eine Weile herum, dann verzog sie sich wieder. Sarina wusste nun, wer das Bad als nächstes blockieren würde. Statt sich darüber zu ärgern, beschloss sie, einen Obstsalat zuzubereiten.

Der Obstsalat war fertig und das Bad noch immer belegt. Fröstelnd zog sich Sarina ins Schlafzimmer zurück. Sie betrachtete sich im Spiegel. Ernst sah ihr Gesicht sie an. Um ihre vollen Lippen hatten sich Furchen eingegraben. Sie hob die Mundwinkel zu einem Lächeln. *Ganz so tief sind sie doch nicht, es geht noch,* tröstete sie sich. *Das Leben hält sich eben nicht auf beim Gestern. Es drängt unentwegt vorwärts. Leben und Falten kriegen sind eins.* Sie lauschte. Marilena ließ sich mit der Morgentoilette ebensoviel Zeit wie ihr Bruder. Sicher pflegte sie die vielen Pickel, die ihr hübsches Gesicht gerade verunstalteten. Um sich das Warten zu verkürzen, fischte Sarina einen Brief aus ihrer Erinnerungsschatulle, die sie im Schlafzimmer aufbewahrte.

Liebe Sarina, nichts ist vergänglicher als der Augenblick. Heraklit, der 540 v. Chr. lebte, drückte es so aus: „Wir können nicht zweimal in denselben Fluss steigen, denn neue Wasser sind inzwischen heran geströmt, und auch wir selber sind beim zweiten Mal schon andere geworden – panta rhei – alles fließt, nichts besteht." Weil er meinem Denken sehr nahe kommt, hat mich dieser Satz schon früh fasziniert. Zu Deiner Frage: Sicher spricht einiges dafür, dass eine Frau neue Akzente in meinem Leben setzen könnte, aber sollte es kosmische Gesetze geben, kommt es sowieso, wie es kommen muss – ob mit oder ohne Partnerin. Für mich ist es auch eine Frage der Freiheit, denn der Handlungsspielraum eines Menschen ist begrenzt. Ich bin so mit mir beschäftigt, dass mir eine Frau mit bürgerlichen Ansprüchen die Luft zum Atmen nehmen würde. Rosa Luxemburgs Definition, dass die Freiheit immer die Freiheit des Andersdenkenden ist, gilt bei mir auch in Frauenfragen. Letztlich klingt Dein Satz, in dem Du von einem Joch sprichst, doch ziemlich befremdlich und wenig ermunternd. Er entspricht nicht Deiner früheren Einstellung, die Du vor Deiner Heirat mit Tom hattest. Du hast sicher recht, dass ich mich manchmal verweigere, wo Öffnung geboten wäre. Das liegt daran, dass ich mit der Vorstellung aufgewachsen bin, ja nicht zu viel Gefühl zu zeigen und hart zu mir selbst zu sein. Die meisten wichtigen Entscheidungen in meinem Leben habe ich alleine treffen müssen und oft gegen den Willen meiner Eltern. Das kleinbürgerliche Sein hat in frühester Kindheit mein Leben bestimmt und hat während und nach der Pubertät eine Wut auf meine Eltern aufkommen lassen. Erst nach und nach begriff ich, dass das Bewusstsein auch das Sein verändern kann und begann, mich zu lösen. Dies ist nicht in erster Linie eine intellektuelle Kraftanstrengung, auch nicht allein der Antrieb des Willens, sondern ein tiefes Vertrauen in etwas, das zu benennen unser menschliches Verständnis übersteigt. Es kann in seiner umfassenden Allgegenwärtigkeit, seinem unermesslichen Dasein und seinen unergründlichen Dimensionen nur als Wunder begriffen werden. Wird es benannt, begrenzt man es und macht es damit zum Spielball menschlicher Interpretation oder, noch schlimmer, zum Instrument institutioneller Interessen. Es ist ein Fallenlassen in die einzigartige Richtigkeit jedes gelebten Augenblicks, der nur so sein kann und niemals anders, denn sonst wäre er ja nicht der, der er ist, sondern ein vollkommen anderer. Erst wenn ich mir mei-

ner inneren Kraft bewusst bin, kann ich meinen Willen so einsetzen, dass meine innere Einstellung mit der äußeren, sichtbaren Welt übereinstimmt - oder eben auch nicht, woran ich dann den Grad meines wahren Vertrauens, das immer auch Hingabe ist, ermessen kann. Ihr bedeutet mir viel, Du und Tom! Ich mag Euch, jeden auf seine Art. Dass es keine Frau in meinem Leben gibt, sollte Dich nicht beunruhigen. So wie es ist, ist es gut. Bis bald mal wieder. Rainer

Nachdenklich legte Sarina den Brief zur Seite. Ihr schien, als sei es gestern gewesen, als sie Tom und Rainer zum ersten Mal begegnete. Damals lebte sie in einer WG in Tübingen. Ein Klingeln an der Wohnungstür riss sie aus ihren Träumen. Als sie öffnete, standen zwei unbekannte Männer vor der Tür, die Einlass begehrten.

»Ich bin ein Freund von Claudia«, erklärte einer der beiden.

»Claudia ist nicht da«, entgegnete sie und wollte die Tür zuschlagen, aber da befand sich schon ein Fuß dazwischen. Das irritierte sie, zumal sich Claudia gerade für ein paar Monate in Südamerika aufhielt.

»Sie überlässt uns ihr Zimmer, während sie weg ist«, fuhr der Mann, der offenbar nicht gewillt war, sich vorzustellen, fort.

Sarina erwiderte: »Tut mir leid, aber davon weiß ich nichts.«

»Die Abmachung gilt trotzdem«, lautete die Antwort.

Ihr reichte es allmählich. »Ich kann euch nicht einfach hereinlassen«, sagte sie so abweisend wie möglich.

»Klar kannst du das, stell dich nicht so an! Vielleicht weiß ja eure Mitbewohnerin Bescheid. Frag mal!«, erwiderte der Namenlose energisch.

»Sie ist nicht da.« Sarina wünschte sich, er würde den Fuß aus der Tür nehmen.

»Shit! Hast du eine Ahnung, bis wann sie wiederkommt?«, fragte der andere Mann einlenkend.

»Dann warten wir so lange.«

»Nein«, antwortete Sarina. *Typisch Claudi, mir so etwas einzubrocken,* dachte sie ärgerlich.

»Komm, lass uns einfach rein, wir bleiben auch nur zwei Nächte«, sagte der Mann ohne Namen beharrlich.

Ihre Gedanken überschlugen sich. *Da tauchen unangekündigt zwei Kerle auf, die Claudi noch nie erwähnt hat, und wollen sich einquartieren. Was soll ich tun? Ich habe keine Lust, mich veräppeln zu lassen oder Scherzkeksen auf den Leim zu gehen.* Unschlüssig blieb sie stehen und starrte die beiden an.

»Lass uns einfach rein – und verschaff dir selbst einen Eindruck von uns. Falls wir uns ungebührlich benehmen, kannst du uns immer noch rauswerfen. Ich denke, es würde Claudia nicht gefallen, wenn du uns einfach vor der Tür stehen lässt. Wir sind keine Frauenmörder, wie du offenbar anzunehmen bereit bist.«

Wütend fauchte sie: »Das ist eine Frechheit. Ihr besitzt ja nicht einmal so viel Anstand, euch vorzustellen, aber maßt euch an, mich zum misstrauischen Monster zu erklären.«

Da sagte der Mann ohne Namen zu seinem Kumpel: »Ich hätte nie gedacht, dass Claudia mit so einer Spießerin zusammenwohnen würde.«

Ärgerlich ballte Sarina die Faust. Dieser Schnösel war wirklich unerträglich. »Ich lasse euch erst in die Wohnung, wenn ich ganz sicher weiß, dass das okay ist. Also schaut zu, dass ihr etwas vorweisen könnt, sonst seht ihr alt aus«, wehrte sie sich.

»Du bist wirklich hartnäckig«, seufzte die Gegenseite, was etwas gemäßigter klang. Sarina wollte gerade einlenken, als Namenlos fortfuhr: »Entweder hat uns Claudia tatsächlich nicht angekündigt oder du bist verdammt zickig. Wir gehen jetzt was essen und kommen später wieder. Vielleicht hat sich die Sache bis dahin geklärt. Abmachung ist schließlich Abmachung. Sorry, aber du kommst mir vor wie ein Bildschirm, der flimmert, weil er einen Fehler hat. Vermutlich bist du total verzopft.«

Ihr blieben sämtliche Erwiderungen im Hals stecken. Noch nie hatte sie jemand verzopft genannt. Der Typ war die Frechheit in Person. Sie musste sich zusammenreißen, um höflich zu bleiben. Voller Inbrunst betete sie, dass diese beiden Männer nie hier nächtigen würden, »Ihr könnt ja später noch einmal wiederkommen. Guten Appetit«, sagte sie und schloss die Tür.

Etwa eine Viertelstunde später kreuzte Anna auf und fragte: »Waren die Freunde von Claudi schon da?«

Sarina traute ihren Ohren nicht. »Was soll das heißen?«

»Das habe ich ganz vergessen, dir mitzuteilen«, antwortete Anna. »Heute kommen zwei Freunde von

Claudi. Sie stellt ihnen für ein paar Tage ihr Zimmer zur Verfügung.«

Sarina kam sich saublöd vor. »Hättest du mir das nicht früher mitteilen können«, sagte sie vorwurfsvoll.

»Warum, waren sie etwa schon da?«

»Ja«, antwortete sie einsilbig.

»Und du hast sie wieder weggeschickt?«, fragte Anna.

»Ja, ich habe sie zum Teufel gejagt. Ich wusste doch von nichts. Ich dachte, die wollen mich verarschen«, erwiderte sie gereizt.

»Oh!«, ließ Anna verlauten. »Die sollen nett sein. Einer heißt Rainer Betz und studiert Architektur, der andere war auf der Filmhochschule und arbeitet seit seinem Abschluss als Regisseur. Soll ein heißer Typ sein, hat den Sprung auf Anhieb geschafft. Claudi hat uns aufgetragen, die beiden freundlich zu empfangen.«

»Ich wusste von nichts«, erwiderte Sarina.

»Sorry, ich habe wirklich ganz vergessen, dir davon zu erzählen«, sagte Anna zerknirscht.

»Halb so schlimm. Die wollen später wiederkommen, dann kannst du sie ja hereinlassen«, meinte Sarina.

Als es zwei Stunden später klingelte, verschanzte sie sich in ihrem Zimmer. Sie verspürte keinerlei Bedürfnis, den beiden Männern zu begegnen.

Als sie sich am nächsten Morgen in die Küche schlängelte, frühstückten die beiden und beäugten sie schelmisch. Der Duft von frischen Croissants, von Kaffee und gebratenem Speck samt Spiegeleiern, durchweht von einem herben Männerparfum, stieg ihr in die Nase. Sie versuchte, ein natürliches Lächeln aufzusetzen, scheiterte aber kläglich. Ihr gelang lediglich ein schiefes Grinsen. »Dürfen wir dich zum Frühstück einladen?«, riefen beide wie aus einem Mund. Ihr plumpste ein kleiner Stein vom Herzen, als sie erkannte, wie vergnügt die beiden mit der Situation umgingen. Der Stein kullerte durch den Raum und blieb verschämt in einer Ecke liegen. Ihr Herz klopfte bis zum Hals. »Gerne. Das duftet ja herrlich«, antwortete sie und musste schmunzeln. Der Bann war gebrochen.

Sie stellten sich einander vor. Tom Schubert sah ihr dabei tief in die Augen und grinste verschmitzt. Eine seltsame Erregung erfasste sie und ließ sie nicht wieder los. Dennoch betrieb sie an diesem Morgen emsig Konversation mit Rainer. Tom sollte sich nichts einbilden. Nur zu gut erinnerte sie sich an seine unverschämte Art. Aber das half nichts, er ging ihr nicht mehr aus dem Sinn.

Als sie sich wenige Wochen später wiedertrafen, küssten sie sich. Es war der bis dahin längste Kuss ihres Lebens. Er schmeckte nach salzigen Erdbeeren und nach mehr. Sarina ließ sich aus ihrem Rahmen in sein Bild fallen. Sie war bereit zu verschmelzen. Ihr Wunsch nach Hingabe und ihr Glaube an die Liebe waren riesengroß.

Sarina kehrte aus den Erinnerungsbildern der Vergangenheit zurück in die Gegenwart und verließ das Schlafzimmer. Sie hoffte, dass das Bad nun frei war.

Kapitel 2

Südkreuz

Lars Kramer starrte auf das Display seines Handys. Ein Lächeln überzog sein Gesicht. Pia hatte ihm eine Nachricht geschickt. Sie war eine Frau, die dem grauen Einheitsbrei des Lebens ungeahnte Farbtupfer verlieh, was er sehr zu schätzen wusste. Die Welt brauchte Menschen wie Pia, um nicht zu einem faden Ort zu mutieren. Sie schrieb:

Wirf einen Blick in Dein Postfach! Gruß Pia

Typisch Pia! Weil sie es hasste, auf dem Handy zu tippen, verfasste sie Mails. Das war altmodisch, aber liebenswert. Lars klappte seinen Laptop auf, öffnete sein Nachrichtenfach, das vor Mails schon wieder überquoll, und las, was Pia geschrieben hatte.

Hi Lars! Die Vögel sitzen in den Sträuchern - unberührt von Schnee und Kälte. Ich blicke staunend durch das Fenster und denke, das sind ja so viele wie noch nie. Da sehe ich, dass in den Ästen Meisen-Knödel hängen. Das war bestimmt mein neuer Nachbar Micha, schlussfolgere ich. Er erinnert mich an Dich. Ihr seht euch sogar ähnlich. Wie geht es Dir? Stell Dir vor, es gibt Frischlinge in unserem Leben. War nicht erst gestern Weihnachten? Was für ein ausdauernder Winter. Nicht unbedingt hart, aber so unbeirrt und unaufhaltsam in seiner Rolle. Ich hoffe, dass er bald zu Ende geht. Mir reicht es. Was sagst

Du zur Finanzkrise, Lars? Sie reißt immer tiefere Löcher. Das ist wild gewordener Kapitalismus, der sich verheerend auswirkt. Die Billionenbombe wird irgendwann platzen. Aber wer kann angesichts der komplexen Zusammenhänge wirklich sagen, wann? Was ich tue? Ich warte auf den Frühling. In den Osterferien fliege ich mit Lilith nach Ibiza. Ich habe Lust, mal wieder durch die schöne Altstadt von Ibiza-Stadt zu bummeln. Wahrscheinlich die am meisten ausgeflippte Flaniermeile, die es in Europa gibt. Ein Anachronismus, wie man ihn sich purer kaum vorstellen kann. Ich liebe Gegensätze – und Ibiza ist voll davon. Wie sieht es bei Dir aus, Lars? Hast Du Lust zu kommen, während wir dort sind? Unser Appartement ist groß genug, um Dich problemlos einige Nächte unterzubringen. Fühl Dich umärmelt Pia

Umgehend tippte er eine Antwort ein:

Prima Idee. Vielleicht kann ich es einrichten. Als innerlich noch junger und dazuhin leicht eheüberdrüssiger Endvierziger sehne ich mich nach Abwechslung. Ibiza klingt gut. Man kann billig runterfliegen, für ein paar Tage den launischen April hinter sich lassen, Sonne tanken. Mit kleinem Gepäck und Kreditkarte. Stell ich mir schön und bedeutsam vor. Bestimmt gibt es Nepp, Disco, Techno und einige Bausünden, aber auch Land und Leute, zauberhafte Plätzchen, schöne Wege und Buchten. Vor allem aber gibt es Dich, das stelle ich mir besonders verlockend vor. Ich schließe die Augen und rieche die Räucherstäbchen, den Duft von geröstetem Brot mit Knoblauch und Olivenöl, höre den Klang der Trommeln und sehe Dich auf mich aufzukommen. Aus dem trüben Berlin grüßt Dich träumerisch, Lars

Er lehnte sich zurück und drückte auf SENDEN. Er liebte es, mit Pia zusammen zu sein. Sie hatten immer Gesprächsstoff. Sie sprachen über Gott und die Welt, über Menschen und ihre Geschichten, über den Missbrauch von Worten und auch über das, was sie selbst betraf. Pia schrieb Romane. Bislang ohne kommerziellen Erfolg, aber das konnte ja noch kommen. Lars träumte ebenfalls davon, Bücher zu schreiben. Schon geraume Zeit schwebte ihm schwebte vor, seine journalistische Tätigkeit für eine Weile zu unterbrechen, um endlich das Buch zu schreiben, das er schon lange im Kopf hatte. Doch ganz so einfach, wie er sich das vorstellte, war die Sache nicht. Ihm fehlte die Muße, es anzupacken. Vielleicht hätte eine der neun Musen Abhilfe schaffen können, aber keine der Göttinnen schien ihm Gesellschaft leisten zu wollen.

Auf dem Weg ins Bad fragte er sich, welche der Musen er wohl bevorzugen würde, wenn er die Wahl hätte? War es Melpomene mit Maske und Keule und zuständig für die tragische Dichtung – oder war es eher Thalia, die Dienerin der Komödie mit Maske und Krummstab? Er fing zu pfeifen an. Ihm war klar, dass er damit Melanie wecken würde, die heute ein bisschen länger schlafen konnte und so, wie es aussah, auch wollte, weil sie erst nachmittags zur Arbeit musste, aber das war ihm egal. Er pfiff lauter. Es gab, verdammt nochmal, keine Göttin in seinem Leben. Da war nur Meli, seine Frau, mit der er seit mehr als zwanzig Jahren zusammen war. Die meiste Zeit hatte ihm diese Beziehung Spaß gemacht. Doch neuerdings ödete sie ihn häufig an. Hatte es ihm früher gefallen, dass Melanie verschmust war, kam sie ihm zwischenzeitlich bedürftig vor. Noch dazu sah er sich dieser Bedürftigkeit mehr oder weniger anhaltend ausgesetzt, was ihn ziemlich langweilte. Er war neunvierzig und hatte Bock auf eine andere Ausgabe seiner selbst, bevor es dafür zu spät war. Diese Neuauflage brauchte allerdings Nahrung, wenn sie gedeihen wollte.

Er genoss es, allein im Bad zu sein. Vor ein paar Jahren fand er es noch aufregend, mit Meli hier zu stehen und ihre Nacktheit zu genießen. Nun war er froh, dass er das Bad ganz für sich hatte. Meli war süß, er schätzte sie in ihrer sinnlichen und pragmatischen Art, aber die geistige Anregung, die von ihr auf ihn ausging, tendierte gegen null. Vor allem morgens. Da schlief sie geistig noch, selbst wenn sie wach war. Das törnte ihn in letzter Zeit mächtig ab. Seltsam eigentlich, dass ihn das früher nicht gestört hatte. Zwischenzeitlich dämpfte ihr Mangel an Esprit sein Vergnügen aber erheblich. Er wünschte sich stimulierende Gespräche, in denen die Bälle nur so hin- und herflogen. Geistig anregende Frauen fesselten ihn. Wenn sie über ihre kommunikative Klugheit hinaus noch über ein gewisses Maß an Attraktivität verfügten, erotisierte ihn das. Er ging dann liebend gerne mit ihnen ins Bett. Eine Frau mit mentalem Sexappeal kurbelte definitiv seine Geilheit an. Meli war verspielt, keineswegs dumm und hatte in ihren Bemühungen, für ihn attraktiv zu bleiben, nie nachgelassen, doch fühlte er sich in ihrer Gegenwart seit geraumer Zeit wenig erregt. *Vielleicht ist das ja ganz normal in so einer langen Beziehung, wie wir eine haben,* sinnierte er. *Wer sagt denn, dass es immer spannend bleiben muss. Hauptsache, alles flutscht selbstverständlich dahin.*

Frisch geduscht und intensiv parfümiert verließ er das Badezimmer und freute sich auf eine Tasse Kaffee und seine Cornflakes, die ihn glücklich machten, sofern er sie aß, bevor sie weich wurden. Milchdurchnässte, pappige Cornflakes waren ihm ein Gräuel. Standen die Dinger ein paar Minuten zu lang herum, war es schon passiert. Die Küche wirkte unbelebt. Angenehm krachten die Cornflakes zwischen seinen Zähnen. Das Leben war schön. Hin und wieder ein Seitensprung – und alles war bestens. Ohne Eile würde er sich gleich auf den Weg zur Redaktion machen. Er würde dem Schmusefrauchen für viele Stunden entschlüpfen und mit Kolleginnen schäkern. Melis Bedürftigkeit und sein Überdruss würden sich nicht in die Quere kommen, und bei seiner Rückkehr würde sein Tagesgesprächsbedarf weitgehend gedeckt sein. Was sie hatten, reichte aus, um die Beziehung stabil zu halten.

Graue Ungemütlichkeit umfing ihn, als er aus dem Haus trat. Der März zeigte sich in diesem Jahr so frühlingsunwillig wie schon lange nicht mehr. Was konnte man von diesem trübsinnigen Monat auch anderes erwarten? Dass sich die Leute ständig über das Wetter echauffierten, war völlig hirnrissig. Der März war und blieb ein trüber Monat. Das wollte bloß keiner wahrhaben. *Aber wenigstens regnet es nicht,* dachte Lars. Kaum jemand war auf der Straße. Berlin schlief noch. Sein Vater nannte die Nonchalance dreist, die die Menschen dieser Stadt so ungeniert an den Tag legten, und regte sich darüber auf, wenn er in Berlin war. »Ich glaube, hier schafft keiner«, sagte er oft. Lars musste schmunzeln, wenn er daran dachte. Er genoss die Lässigkeit, die sich Berlin zu Eigen gemacht hatte. Er mochte diese schnoddrige Coolness. Kurz überlegte er, ob er die Straßenbahn nehmen sollte, beschloss dann aber, zu Fuß zu gehen und am Kurfürstendamm entlang Richtung Zoo zu laufen. Er hatte genügend Zeit, und es tat ihm gut, sich zu bewegen.

Als er an einem Kiosk vorbeilief, fiel sein Blick auf die Süddeutschen Zeitung, die an diesem elften März 2009 titulierte: DEUTSCHLANDS EXPORTE BRECHEN EIN. *Oha, allmählich rücken die Einschläge näher*, resümierte Lars. *Wenn das sogar der Süddeutschen einen Titel wert ist, rüttelt und schüttelt die Wucht der Krise das Supergebäude des Kapitalismus durch. Würde der Wolkenkratzer dem Beben standhalten? Das kam Kaffeesatzlesen gleich. Sowohl die Verflechtung als auch der Gigantismus der Märkte waren so groß, dass es unmöglich war, sie zu durchschauen. Wusste noch jemand auf der Welt, wie viel Geld wirklich in Umlauf war und in welche Richtung die Geldströme flossen?* Er bezweifelte das, und alle Wirtschaftsredakteure, die er kannte, bezweifelten das ebenfalls. Der Umlauf des Geldes war ein Spiel unbekannter Größe geworden. Gewaltige, ineinander verwobene Summen wurden ständig transferiert, noch dazu in alle möglichen Richtungen. Wer sollte da noch den Überblick behalten? Lars grinste vor sich hin. Im Grunde ließ ihn die Sache kalt. Sicher, ein neues Weltrisiko war aufgetaucht, aber er hielt es für nutzlos, sich darüber den Kopf zu zerbrechen. Es gab weitaus wichtigere Themen, die die Welt am Laufen hielten. Dieses reizüberflutete und verkabelte Universum war zu spannend, um sich Sorgen ums Kapital zu machen. Solange Geld keine Skrupel kannte, würde auch Lars keine Hemmungen haben. Ihm fiel ein Gedicht ein, das er in der Schule gelernt hatte und noch immer auswendig konnte. Aus den Tiefen des Gehirns, Texte hervorzukramen, ergötzte ihn. Er hatte Lyrik immer faszinierend gefunden.

Vor dem Schaufenster von Hermes verlangsamte Lars seinen Schritt. Paris in den 1980ern, Florence, die heißeste Affäre seines Lebens, Florence, die Frau, die mit der Modebranche verschweißt war, Florence, die ihm ihren Stempel aufgedrückt hatte. Dank ihr wusste er, was es hieß, chic und klassisch gekleidet zu sein, auch wenn er sich im Alltag kaum darum scherte. Vor allem aber hatte sie ihm gezeigt, wie sich ein virtuoser Blow Job anfühlte. Die Hermes-Krawatte, die sie ihm einst geschenkt hatte, hing noch immer in seinem Kleiderschrank und würde wohl auch zeitlebens dort hängen bleiben, obwohl ihm nun wirklich nichts an Krawatten lag, aber keine hatte sie jemals besser gebunden und sein Teil bedient wie sie. Krawatten schnürten einem den Kragen ab, doch für so viel Virtuosität nahm man gerne etwas in Kauf. Er hielt inne und warf interessierte Blicke durchs Fenster. Die ausgestellte Kombination, eine Hose mit weißem Hemd und grauem Sakko, sah edel und zugleich lässig aus. Ließ man den Preis außer Acht, war es ein verdammt reizvolles Outfit. Florence hätte ihre helle Freude daran. Er sah sie vor sich musste und musste erneut schmunzeln. Doch gleich darauf fragte er sich, wer sich solche Klamotten heute überhaupt noch leisten konnte. Sein Einkommen war durchaus passabel, aber angesichts der Preise für dieses Outfit erschien es ihm plötzlich mehr als mickrig. Sein Handy klingelte. Melanie war am Telefon und sagte: »Lars, in Winnenden muss etwas Schreckliches passiert sein! Bruno hat angerufen. Er macht sich Sorgen wegen deiner Eltern – und er wollte wissen, wo du steckst. Es ist ein Amoklauf. Ein Amoklauf, Lars! In Winnenden. Der Täter ist noch immer frei und schießt auf Leute«, rief sie ihm aufgeregt ins Ohr.

Lars brauchte einen Moment, um sich zu sortieren. Von was sprach Meli da? Das Ganze kam ihm total unwirklich vor. Winnenden war ein Kaff. Warum sollte in dieser friedlichen Kleinstadt plötzlich jemand um sich schießen? Dann fielen ihm Erfurt und Madrid ein, und obwohl er alles andere als abergläubisch war, lief ein Kälteschauer über seinen Rücken. Wieder einmal ein elfter März, der die Welt erschütterte. »Wo genau soll das passiert sein?« fragte er. »In der Realschule«, erwiderte Meli.

»Verdammt«, sagte er, »ich muss die Redaktion anrufen.«

»Soll ich deine Eltern kontaktieren?«, wollte Meli wissen, »und fragen, ob alles in Ordnung ist?« Sie klang beunruhigt.

»Nein, das mache ich selbst«, erwiderte er.

Vor seinem inneren Auge erschien die Gegend seiner Kindheit. Eine friedliche Idylle, in der er sich stets sicher und geborgen gefühlt hatte. Sich auszumalen, dass etwas diesen Frieden stören könnte, erschien ihm unvorstellbar. Ihm wurde bewusst, dass die sichere Distanz, die ihn vom Ort des Geschehens trennte, das Ausmaß dieser Schreckensmeldung beschränkte. Obwohl seine Eltern in Winnenden wohnten, hatte die Mitteilung für ihn etwas Unwirkliches, das er nicht fassen konnte. Etwas in ihm blieb seltsam unberührt. Vor fast dreißig Jahren hatte er seiner Heimat den Rücken gekehrt, gelegentlich kam er als Besucher zurück. Er mochte die Region noch immer, hatte sich emotional aber abgenabelt.

Er beendete das Telefonat mit Meli und rief seine Eltern an. Als niemand abnahm, beschlich ihn Unruhe. Dramatische Ereignisse erschütterten seinen Heimatort. Er konnte nur hoffen, dass seine Eltern nicht involviert waren. Nach dem siebten oder achten Klingeln meldete sich endlich jemand. Es war aber nicht wie sonst seine Mutter, sondern sein Vater. Lars erschrak. Rasch fragte er: »Ist Mutter nicht da?«

»Wie«, entgegnete sein Vater. »Was soll das heißen? Ich bin doch da. Du bist ziemlich unhöflich.«

»Natürlich, entschuldige bitte, Vater! Das liegt nur daran, dass ich mir große Sorgen mache. Mutter ist hoffentlich zu Hause«, fuhr Lars fort.

»Ja, deine Mutter ist unten in der Waschküche. Was gibt es?«, brummte sein Vater.

Die Nachricht vom Amoklauf hatte seine Eltern offenbar noch nicht erreicht. Sein Vater hing bestimmt wie üblich über seiner Tageszeitung, während Mutter werkelte. Noch war in diese Gleichförmigkeit nichts eingedrungen, das sich störend hätte auswirken können. Rasch erklärte Lars seinem Vater, warum es besser wäre, das Haus nicht zu verlassen. Er ermahnte ihn eindringlich, weil er wusste, dass sein Vater manchmal eigensinnig sein konnte. Dann teilte er ihm mit, dass er heute noch kommen würde.

»Ich nehme den nächsten Zug. Wir sehen uns heute Abend.«

»Deine Mutter wird sich freuen. So hat das Böse einmal auch etwas Gutes«, antwortete sein Vater.

Wäre Lars beobachtet worden, hätte derjenige einen gut gewachsenen, sportlich wirkenden Mann mit dunkelblondem Haar und blauen Augen vor dem Haus Nummer 58 auf dem Kurfürstendamm auf- und abgehen sehen. Mit Gewissheit hätte ihn niemand älter als vierzig geschätzt. Dabei war er fast fünfzig. Ihm war bewusst, dass er jugendlich daherkam und sich auch so fühlte.

Er kehrte um, nachdem er das Gespräch beendet hatte. Unterwegs betätigte er erneut das Handy, um mit der Redaktion die Reisebedingungen abzuklären. Er musste für diese Reportage andere Termine platzen lassen, das bedurfte der Klärung. Spontan beschloss Lars, sich außerdem ein paar Tage frei zu nehmen, um seinen Eltern einen kleinen Rückhalt zu bieten. Die Redaktion gab grünes Licht. Seiner Abreise stand nichts mehr im Weg. Er beeilte sich, nach Hause zurückzukommen. Die Erfindung des Handys war ein Segen, alles blitzschnell geklärt, Dienstreise genehmigt.

Charlottenburg wirkte arglos ruhig an diesem Mittwochvormittag. Lars sprintete die Treppen zu der geräumigen Altbauwohnung hoch, in der er mit Meli lebte. Vor kurzem hatte hier auch noch Marvin gewohnt, jetzt studierte er in Genf Wirtschaftswissenschaften und ließ sich nur noch selten blicken. Lars prallte fast mit Meli zusammen, als er die Eingangstür aufschloss. Sie wollte die Wohnung eben verlassen, wahrscheinlich um zu ihrem Guru, wie Lars ihren Arbeitgeber nannte, zu gehen. Meli arbeitete für Roman Bitterfeld, der quasi um die Ecke ein großes Zentrum betrieb. In den Harmoniewelten 23 wurde ganzheitlich das Wohlbefinden gesteigert. *Jedenfalls glauben das alle, die damit zu tun haben. Bewiesen ist es nicht,* dachte Lars. Er konnte dem Zentrum nichts abgewinnen.

»Ich fahre für eine knappe Woche weg. Komm nach, wenn du kannst«, rief er, während er an Meli vorbei in die Wohnung preschte.

»Hast du es schon wieder vergessen, Lars? Ich assistiere am Wochenende im Zentrum. Ich kann nicht nachkommen«, erwiderte Melanie.

Verflixt, das hatte er tatsächlich vergessen, zumindest hatte er nicht eine Sekunde lang daran gedacht. »Sorry, Meli«, sagte er, »das hatte ich total vergessen. Ich bin auf jeden Fall eine Woche weg. Das ist 'ne große Story. Meinen Eltern zuliebe hänge ich noch ein paar Tage dran. Die werden alle ziemlich durch den Wind sein. Heidi möchte ich auch besuchen.«

Meli warf ihm einen dieser bedürftigen Blicke zu, die er bis zum Abwinken kannte, kuschelte sich kurz in seine Arme und sagte dann: »Ich muss mich beeilen. Pass auf dich auf.« Weg war sie.

Routiniert packte er seinen Koffer. Dann verließ er die Wohnung. Er nahm ein Taxi zum Südkreuz. Zügiger als erwartet, langte er am Bahnhof an, sodass ihm genügend Zeit blieb, noch einen Kaffee zu trinken.

Dabei fiel sein Blick auf eine rote Wand, die ein Banner trug. PARIS MOSKAU MAILAND MEXICO CITY MIAMI ZÜRICH SHANGHAI AMSTERDAM SANTIAGO WIEN PRAG DUBAI BUDAPEST BRÜSSEL MADRID KÖLN BERLIN SAN FRANCISCO JAKARTA, las Lars. Er sah sich mehreren attraktiven Menschen ausgesetzt, die dieses riesige Plakat schmückten, und so wie er Kaffee tranken. *So sieht also die Zukunft der globalen Gemeinschaft aus,* ging ihm durch den Kopf: *Identität, die durch den Konsum von bestimmten Produkten entsteht und längst verlorene Mentalitäten beschwört.* Für einen winzigen Moment hatte er das Gefühl, sich in einem Traum zu bewegen. Gab es die Realität überhaupt noch oder hatte die Fiktion sie längst absorbiert. Der starke Kaffee holte ihn zurück. Es wurde Zeit, aufzustehen und sich härteren Tatsachen zu stellen als der Kaffee trinkenden Community.

Der Bahnsteig war zugig, der Zug voller, als es ihm behagte. Er musste mit einem Mittelplatz vorlieb nehmen, noch dazu in einem Abteil. Der Platz ihm gegenüber blieb glücklicherweise unbesetzt, sodass er wenigstens seine Beine ausstrecken konnte. Der Zug war kaum aus dem Bahnhof gerollt, da drehte sich das Gespräch der vier anderen Anwesenden, es waren drei Männer und eine Frau, um die Finanzkrise, die weltweit für Turbulenzen sorgte. Die Pleite der Lehman Brothers Bank, die sich am 15. September 2008 aus der Finanzwelt verabschiedete, hatte eine Krise zur Folge, wie man sie bis dahin noch nicht kannte. Lars sah sich von einem hitzigen Gespräch umrundet und packte seinen Laptop deshalb erst gar nicht aus. Der geniale Schlusssatz des Spiegelartikels, den er gestern zu diesem Thema gelesen hatte, fiel ihm ein. Als ein Perpetuum mobile fortschrittlicher Selbstzerstörung bezeichnete der Kollege den Zustand der Welt. Lars hielt das für zutreffend, bezweifelte aber, dass es sich lohnte, darüber nachzudenken. Die Welt war, wie sie war. Wer sie retten wollte, hatte längst verloren. Er zog eine Packung Nüsse aus der Tasche, begann zu knuspern und ließ seine Gedanken in eine andere Richtung schweifen, während sich die Leute um ihn herum die Köpfe heiß redeten.

Kapitel 3

Kantstraße

Meli betrat ein asiatisches Geschäft in der Kant-straße, das sie gut kannte. Der Laden bot eine Riesen-auswahl an allen möglichen und unmöglichen Dinge – Lebensmittel ebenso wie Accessoires, Kleidung, Möbel und allerlei asiatischen Krimskrams. Sogar künstliche Blumen gab es. Sie war auf der Suche nach einem Geschenk für eine Kollegin und hoffte, es hier zu finden. Ihr Dienst begann erst um 14 Uhr, was sie Lars aber verschwiegen hatte. Er neigte zu sarkastischen Bemerkungen, wenn es um Dinge ging, die er für banal hielt. Die coole Rasanz und die spöttische Ruhelosigkeit, die er an den Tag legte, nervten sie in letzter Zeit. Wenn er seine Termine im Kopf hatte, war er oft unausstehlich und äußerte sich über das, was sie bewegte oder vorhatte, abfällig. Am schlimmsten jedoch war, dass seine Zärtlichkeit immer mehr nachließ, was vermutlich mit seiner Lebensführung zu tun hatte.

Neulich hatte sie sogar Präservative in seinem Kof-fer entdeckt. Als sie ihn geschockt zur Rede stellte, fiel seine Antwort ziemlich lapidar aus. »Das ist meine Lebensversicherung«, behauptete er und klang dabei so, als ob sie ihm auch noch dankbar dafür sein müsse, dass er sich vorsorglich mit Betrugsmaterial eindeckte. Sie geriet völlig aus der Fassung und tobte. Lars versuchte, sie zu beschwichtigen, indem er sie an sich zog und grinsend von sich gab: »Komm schon, Meli, nimm das nicht so ernst. Da ist niemand, der dir ernsthaft Konkurrenz macht. Wir sind doch beide erwachsen und keine Spießer. Das ist ohne Belang für dich und mich. Sie war perplex und wusste im ersten Moment nicht, was sie erwidern sollte. Als es ihr endlich einfiel, war Lars bereits unterwegs zu einem Termin. Seine Worte jedoch standen im Raum und füllten das Vakuum, das längst zu einem Teil ihrer Beziehung geworden war. Sie erwartete, dass er den Fauxpas bereinigen und durch irgendetwas gutmachen würde, aber er dachte nicht im Traum daran, sondern verhielt sich so, als ob nichts geschehen wäre. Das versetzte ihr einen kolossalen Dämpfer. Angeheizt durch die alltäglichen Ärgernisse, geriet ihre Beziehung in eine Schieflage von ungeheurem Ausmaß, ohne dass groß darüber geredet wurde.

Manchmal fragte sie sich, wann die ganze Misere überhaupt begonnen hatte, kam aber zu keinem Schluss. Sie wusste nur eins - es war nicht immer so gewesen. Schmerzlich wurde ihr bewusst, welchen Verlust das bedeutete, und dann hasste sie Lars dafür. Und sie sehnte sich nach einem Menschen, der ihr diese verlorenen Gefühle ersetzte.

Sie hatte ein Geschenk gefunden, bezahlte und verließ das Geschäft. Die Kantstraße war belebt wie eh und je. Das brachte sie auf andere Gedanken. Die Frustrationen durch ihren gleichgültigen Göttergatten konnten ihr gestohlen bleiben. Sie beschloss, sich etwas Gutes zu gönnen. Pragmatismus war angesagt. Sie durfte dem Kummer keinen Raum einräumen, sonst machte er es sich gemütlich und verdarb ihr das ganze Leben. Ihre Stimmung hob sich. Ausschlaggebend dafür war die Kantstraße. Sie vermittelte Meli stets das Gefühl, sich in der freiesten Stadt Deutschlands aufzuhalten. Hätte es sich um den Bahnhof Zoo oder um den Alexanderplatz gehandelt, hätte sie mit Sicherheit anders gefühlt, aber sie befand sich auf der Kantstraße. Diese Straße war immer eine Sünde wert.

Munter setzte sie einen Fuß vor den anderen und entschied, das Geld mit vollen Händen zum Fenster hinauszuwerfen. Das würde Lars zwar nicht gefallen, aber es geschah ihm ganz recht. Sie musste daran denken, wie laut er heute Morgen gepfiffen und sie damit aus dem Schlaf gerissen hatte. Eine zärtliche Geste von ihm hätte geholfen, sie zu versöhnen, aber wie immer hatte er es eilig gehabt, ging nun seinen eigenen Vorhaben nach, und hatte sie mit Gewissheit längst aus seinem Bewusstsein verbannt. Vielleicht vögelte er im Zug sogar gerade eine andere.

Entschlossen ging sie auf eines der vielen asiatischen Restaurants in der Kantstraße zu, um ein leckeres Mittagsmenü zu verspeisen. Dabei ließ sie ihren Blick schweifen. Heute war ihr jedes Vergnügen recht. Der springende Punkt näherte sich in Form eines Kleinwagens, der flott eingeparkt wurde, als sie sich eben an einen freien Tisch an der Fensterfront setzte. Zwei attraktive männliche Exemplare stiegen aus dem Auto und betraten das dichtbesetzte Lokal.

Einer der beiden Männer kam ihr bekannt vor, obwohl sie sich sicher war, ihm nie zuvor begegnet zu sein. Sein nach hinten gekämmtes, graumeliertes Haar trug er halblang. Er schien zu spüren, dass sie ihn beobachtete, denn er warf ihr einen interessierten Blick zu. In diesem Augenblick geschah es. Sie fühlte eine Berührung, ohne dass sie angefasst wurde. Es war aufregend. Eine unglaubliche Erregung erfasste Meli. Die Erregungswelle pulste durch sie hindurch und hinterließ warme Fluten in ihrem Schoß. Ihr war klar, dass die Männer an ihrem Tisch Platz nehmen würden.

»Guten Tag! Dürfen wir uns setzen?«, fragte da eine höfliche Männerstimme auch schon. Sie nickte bejahend. *Gott, sieht der interessant aus,* dachte sie betört. Am liebsten hätte sie dauernd in seine Richtung gestarrt, aber sie hielt ihren Blick auf die Speisekarte gesenkt.

»Schön, dass es geklappt hat«, meinte der Begleiter von Mister Aufregend und ließ sich direkt neben ihr nieder. »Ja, finde ich auch«, lautete die Antwort.

Mister Aufregend nahm ihr gegenüber Platz.

»Wie lange bist du dieses Mal hier?«

»Zwei Wochen.«

»Das ist ja großartig. Da ergibt es sich bestimmt noch einmal, dass wir uns sehen.«

»Ja, denk ich auch.«

Als sie alle ihre Bestellungen aufgegeben hatten, fragte der Mann, den Meli so aufregend fand. »Sag mal, was ist eigentlich euer Hauptaufgabengebiet?«

»Weiterhin Handels- und Wirtschaftsrecht. Wie

gehabt. Wir haben lediglich das Büro vergrößert, weil wir neue Partnerschaften eingegangen sind.«

»Bei dir läuft es wie geschmiert, hm?«

»Könnte man so sagen. In der Regel habe ich einen Gerichtstermin pro Tag. Um acht Uhr morgens sitze ich im Büro, arbeite neuerdings aber nur noch zehn statt vierzehn Stunden am Tag. Das nenne ich Fortschritt.«

Ein Anwalt, dachte Meli!

»Oo-okay.« Mister Aufregend dehnte das Wort beim Sprechen aus und blickte Meli dabei so vielsagend an, dass ihr ganz heiß wurde. Sie hatte das Gefühl zu vibrieren. Der Anwalt fuhr fort: »Wir haben jetzt auch eine Frau dabei. Sie hat sich, was den Job anbelangt, so einiges vorgestellt, bevor sie zu uns stieß. Zum Totlachen. Es ist nicht leicht, heutzutage ein eigenes Büro aufzumachen.«

»Ja, die Leute haben manchmal so ihre Vorstellungen – das erlebe ich auch bei mir im Job. Wie geht es deiner Frau?«

»Gut. Das große Haus hält sie voll auf Trab. Aber es macht Spaß, so ein großes Haus zu haben. Wir bleiben viel mehr daheim als früher. Wie sieht es bei dir aus?«

»Sarina und ich ziehen auch nicht mehr so viel um die Häuser. Man wird doch ruhiger mit der Zeit.«

»Klar. Aber nicht alles lässt man sich entgehen. Stimmt's? Neulich waren wir mal wieder eingeladen. Ich hatte vorab meine Befürchtungen. Doch es war eine tolle Party. Richtig heiß. Ich bin eigentlich kein Partygeher. Die meisten Partys sind ermüdend. Du kennst drei Leute, stehst dumm herum und langweilst dich. Ich hatte deshalb meine Bedenken und wäre fast nicht hingegangen, aber ich wurde eines Besseren belehrt. Es wurde getanzt und geschäkert. Die Paare wurden getrennt, jeder wurde an einen anderen Tisch gesetzt. Von den Leuten kannte ich, na, sagen wir mal, etwa ein Drittel. Das war sehr angenehm. Marietta war auch da und hat mal wieder eine ziemlich wilde Performance abgeliefert. Die kennst du doch auch noch?«

Mister Aufregend lachte. »Wer könnte Marietta je vergessen. Ist sie immer noch mit Harry zusammen?«

»Ja, immer noch. Das versteht kein Mensch. Harry ist schon sehr speziell. Was sie an dem bloß findet? Sehr erstaunlich. Der ist eine richtige Spaßbremse, wenn du mich fragst, Tom!«

Tom hieß er also. Meli prägte sich den Namen fest ein. Gleichzeitig fragte sie sich, wie eine Frau sein mochte, die ein Mann wie Tom nie vergaß.

Das Essen wurde serviert. Sie wünschten sich alle drei einen guten Appetit und ließen es sich schmecken. Für eine Weile war es still am Tisch. Doch bald führte der Anwalt wieder das Wort. *Tom zählt wohl eher zu den Zuhörern,* schlussfolgerte Meli. Das Weltwirtschaftsbeben und seine Auswirkungen ließen den Anwalt zur Hochform auflaufen.

»Weißt du, für die Lehman-Bank mit ihrer Zentrale im World Trade Center und dem Datencenter im Nordturm war der Anschlag vom elften September desaströs. Doch die Lehman-Banker haben die Kurve wieder gekriegt. Auch die amerikanische Wirtschaft wird die Kurve wieder kriegen«, sagte er.

»Meinst du?«, hakte Tom nach.

»Ich bin mir sicher. Die Computertechnologie ist fest in amerikanischer Hand. Dazuhin liegt die Eigenkapitalquote bei vielen amerikanischen Unternehmen deutlich höher als bei uns, auch die Lust auf Konsum ist in Amerika definitiv höher. Das ist es, was die haben.«

»Wir sind eh nur der Bettvorleger«, erwiderte Tom und fügte hinzu: »Ich hoffe, dass du recht behältst. Aber könnte es nicht auch das Vorspiel zum großen Bankrott sein?«

»Ausschließen kann man das nie.«

Unbekümmert tauschten sich die beiden Männer aus. Keinen schien es zu stören, dass sie zur Zeugin ihrer Unterhaltung wurde. Tom sah ihr immer wieder tief in die Augen, während der Anwalt redete. Das versetzte sie in immer neue Erregung. Ein unsichtbarer Himmel tat sich vor ihr auf und tauchte sie in die Farben des Regenbogens. Der Tag war gerettet.

Wenig später winkte der namenlose Anwalt der Bedienung. Die Männer bezahlten, standen auf, nickten ihr zu und verließen das Lokal. Meli zahlte ebenfalls und folgte den beiden nach draußen. Der Anwalt stieg gerade in seinen Wagen, scherte aus und fuhr los. Tom stand abwartend da und sah sie an. Es lag ein Prickeln in der Luft, das Meli ganz atemlos machte. Obwohl sonst eher detailversessen, wies sie die Ahnung, einen verheirateten Mann vor sich zu haben, von sich und blitzte ihn aus ihren blaugrünen Augen verführerisch an.

Mit enormer Geschwindigkeit raste Eros samt Köcher und Pfeilen herbei und spannte treffsicher seinen Bogen. Ihr Puls schlug höher. Tom wandte seinen Blick nicht von ihr ab. Die Pfeile, die Eros abschoss, schwirrten hin und her. Es knisterte. Lars' Worte – *die sind meine Lebensversicherung* – gingen ihr durch den Sinn. Sie öffnete ihr Tor sperrangelweit und ließ jeden Pfeil passieren.

»Spannend«, sagte Tom.

»Ja, sehr«, antwortete sie.

»Wie wär's mit einer Tasse Kaffee?«

Meli hörte sich nicht nein sagen. Sie hatte so viel mehr zu geben, als Lars zu schätzen wusste.

Kapitel 4

Der Fluch der Frauen

Peter Palm saß am Tresen seiner Stammkneipe, vor sich ein Bier. Tamara hatte ihn vor etwa fünfzehn Minuten mit der Behauptung rausgeworfen, er hätte ihr in die Brustwarzen gekniffen. So ein Schwachsinn! Er hatte lediglich ihre Nippel fest massiert, so wie sie es mochte. Dann hatte er die sich steil aufrichtenden Knöpfchen gedrückt. Das hatte bei Tamara bisher immer zum Erfolg geführt. Bloß dieses Mal nicht. Dieses Mal spielte sie plötzlich verrückt. »Weiber! Unberechenbar!«, fluchte Peter vor sich hin und versuchte sich zu trösten, indem er mit der Bedienung flirtete. Aber die verarschte ihn ebenfalls, denn mittendrin zog sie sich zurück und fing an zu telefonieren, noch dazu so laut, dass es jeder hören konnte. »Ihr seid verheiratet, mach keinen Scheiß!«, rief sie gerade. In diesem Moment kam sein Kneipenkumpel Bertie auf ihn zu und sprach ihn an. Dankbar für die Ablenkung, wandte sich Peter ihm sofort zu und reagierte auf sein Geschwafel zustimmender als sonst. Bertie war für seine Bedürftigkeit bekannt, jeden volllabern zu müssen. Überraschenderweise reagierte er heute aber anders als erwartet. »Ich komm gleich wieder«, sagte er und verschwand.

Palm trank sein Bier in größeren Schlucken als sonst, brütete frustriert vor sich hin und wütete innerlich. *Lässt mich hier einfach so sitzen, dieser Wichser! Eines Tages schreib´ ich ein Buch und haue euch das wahre Leben um die Ohren. Pfeif auf all die Klugscheißer! Ich hab ein paar Storys zu erzählen, von denen Bertie bloß träumen kann. Ich hab mehr erlebt als er und diese Sesselfurzer, die mir ständig in die Quere kommen. Versuchen einem vorzuschreiben, wie man sein Leben führen soll, dabei haben sie selbst keinen blassen Schimmer. Die machen einem doch alle was vor - wie Bertie, dieser bedürftige Flachwichser! Versuchen, einem schon in der Schule einen Stempel aufzudrücken und prägen kalt lächelnd deinen Lebenslauf, ohne auch nur einen müden, geschweige denn einen wachen Gedanken daran zu verschwenden, was sie da anrichten. Ich hasse die ganze Mischpoke. Zum Teufel mit denen. Lässt mich hier einfach so sitzen, nachdem er mich sonst ständig ohne Punkt und Komma belabert.*

»Außer dem Weltall ist hier nichts, rein gar nichts. Das Leben ist ein Feld der Erfahrungen, nichts weiter«, sagte Peter laut zu sich selbst. Eines Tages würde er seine Sichtweise vom Stapel lassen, sein Leben auf den Tisch legen, weil da wenigstens was drin war, das sich aufzuschreiben lohnte. Die meisten, in ihrem langweiligen Dasein gefangenen Besserwisser, hatten doch keine Ahnung.

Die Bedienung warf Peter einen durchdringenden Blick zu. Irgendetwas an diesem Blick störte ihn. *Was glotzt du so, du dumme Kuh,* dachte er, sagte aber kein Wort, sondern griff nach seinem Glas, das beinahe leer war und gab ihr ein Zeichen. »Noch ein

Bier!« rief sie bestätigend. Ihr Getue kotzte Palm an. Für einen Augenblick sehnte er sich danach, meilenweit weg zu sein. Auch wenn man es ihm nicht an der Nasenspitze ansah, las er gelegentlich gerne Bücher, hatte Werke von Clive Cussler, Norman Mailer, Leon Uris und Bücher wie *Die Akte, Die Jury, Der Medicus, Die Päpstin* oder *Der Schwarm* gelesen. Er kannte *Herr der Ringe* und hatte alle Bände von *Harry Potter* verschlungen. Er liebte die Bösewichte in den Büchern. *Voldemort* – der Name lag einem so düster auf der Zunge wie Hirnsuppe, die Peter schon als Kind gehasst hatte.

Seine Geschichte würde anders ausfallen als die Geschichten die er selbst so gerne las. Sie würde sich um den Teil des Lebens drehen, auf den es ankam. Peter hielt Sex für den entscheidenden Faktor, um das menschliche Befinden nachhaltig zu verbessern, und pflegte diesen Teil des Lebens so hemmungslos wie es die Frauen, mit denen er zugange war, zuließen. Auch wenn er immer wieder Tiefschläge hinnehmen musste, war seine Lebensgeschichte geil, das wusste er.

Die Gesellschaft verbarg die enthemmte Wahrheit hinter Masken und einer Vielzahl von Rollen. *Dieses verkniffene und verklemmte Getue – alles Heuchelei und Theater. Und dann die Weiber! Meinen, dass es die Männer nicht kapieren. Schwachsinn hoch zehn.* Er lächelte maliziös vor sich hin. Er würde es noch allen zeigen. Seiner Meinung nach wussten die Frauen nicht, was sie wollten oder sie verarschten die Männer nach Strich und Faden, indem sie ihnen ihre Fasson des

Lebens aufdrückten. *Fakt ist doch, dass eine Ehe nach etwa fünf, sechs Jahren eine eingefahrene Kiste ist. Man fängt an, sich gegenseitig etwas vorzumachen und zu belügen. Das Zusammensein wird zum Gefängnis. Alle wollen raus, aber Ausbruchversuche können einen teuer zu stehen kommen. Liebe verödet, sobald sie auf dem Papier steht. Irgendwann ist es einfach vorüber. Alles andere ist verlogen. Entweder man arrangiert sich dann oder man trennt sich.* »Weil es immer ums Vögeln geht« gab Peter halblaut von sich. *Und um sonst nichts*, fügte er in Gedanken hinzu. *Nach der Heirat entwickelt sich eine Eigendynamik, im Bett genauso wie im Alltag. Und die führt nur noch in Richtung Abgrund.*

»Jeder weiß es, doch keiner gibt es zu«, führte Palm sein Selbstgespräch an der Theke fort. »Was weiß jeder?«, fragte die Bedienung. »Dass ich dich gern vögeln würde«, erwiderte er. Sie warf ihm einen tadelnden Blick zu, den er ignorierte. Sollte sie ruhig hören, was er zu sagen hatte. »Jeder läuft doch irgendwann in seiner Spur, weiß genau, was er zu tun und zu lassen hat. An diesem Punkt kommt die Phantasie ins Spiel, betrifft sowohl euch Frauen als auch uns Männer. Manche sprechen darüber, andere nicht. Aber hinter den Kulissen toben die sexuellen Wünsche und Phantasien. Paar sucht Paar zwecks Erweiterung des sexuellen Horizonts, Paar sucht Bi-Sie, Bi-Paar sucht Bi-Paar, SM-Praktiken, Partys, bei denen alle Hüllen und Hemmungen fallen. Alles an der Tagesordnung.«

»Geh nach Hause, Peter! Ich glaube, du verfällst gerade einer Depression«, sagte sie.

»Fick dich selbst«, antwortete Palm und sinnierte weiter. Er wusste Sachen, da würden diesen Biedermännern und Biederfrauen die Klappen runterfallen, hinter denen sie sich so großspurig verbargen. Im Laufe der Jahre entdeckte man sich und seinen Körper eben neu, die Neigungen wurden ausgeprägter, und man wollte sie ausleben. In einer Ehe sollte darüber gesprochen werden, sonst war die Beziehung in Gefahr, mehr und mehr im Sande zu verlaufen. So war es jedenfalls in den meisten Ehen, die er kannte, üblich. Auch in seiner war es so gewesen. Heuchelei. Nichts als Heuchelei. Sand im Getriebe statt Liebe.

Am Anfang war Munia die geilste Frau der Welt. Er dachte kaum je an andere Frauen, schließlich war er bestens versorgt. Doch mit der Zeit wurde sein einst so scharfes Weib zu einer molligen Glucke mit Moraltendenzen. Dass sie mit einem Mal Kuscheln bevorzugte und Sex auf Platz zwei verwies, eine Frau, die jahrelang beteuert hatte, wie liebend gern sie ihn in sich spürte, war maßlos frustrierend. Ihre wachsende Ambition, den Sheriff zu spielen und alles und alle in der Familie bestimmen zu wollen, und die Sache mit dem dritten Kind, gaben ihm den Rest. Er hatte keine Lust, den Schlappschwanz zu spielen, der um Sex betteln musste. Er war ein Mann und keine Memme.

Sein Traum war eine Beziehungsbelebung, nachdem Nuno und Mona aus dem Gröbsten raus waren. Doch Munia setzte gegen sein erklärtes Nein ein weiteres Kind durch. Diese dritte Schwangerschaft ließ

Munia aufgehen wie einen Fettkloß, den es pausenlos triefend ins Schlummerland zog, während die anderen schauen konnten, wo sie blieben. Konnte es ihm wirklich jemand übel nehmen, dass er sich mit dem Internet bei Laune hielt und auf diesem Weg auf Tamara stieß?

Zunächst schrieben sie sich nur ganz unverbindlich, dann kamen seine Ehe- und ihre Beziehungsprobleme hinzu und schließlich thematisierten sie ihre sexuellen, nicht erfüllten Wünsche. Sie schrieben sich, welche Phantasien sie hatten, was sie gerne ausprobieren würden, welche Praktiken Spaß machen könnten, und verspürten einen enormen Lustgewinn dabei. Das ging eine ganze Weile hin und her, ohne in ihr Alltagsleben einzugreifen. Dann tauschten sie ein paar Fotos aus und stellten fest, dass sie sich gegenseitig attraktiv fanden.

Das erste Mal war wunderbar. Sie trafen sich auf halber Strecke, gingen Hand in Hand am Fluss spazieren, später Arm in Arm wie ein junges Pärchen und zu guter Letzt fielen sie im Auto rattenscharf übereinander her. Der Sex war aufregend. Sie trafen sich wieder. Es dauerte nicht lange und der Funke sprang über, sie verliebten sich ineinander. Die Treffen wurden immer heftiger und wilder. Da sie sich vorher alles über ihre Wünsche in puncto Sex mitgeteilt hatten, wussten sie genau, was der andere mochte und was nicht, und gingen ambitioniert darauf ein. Die Liebe war nur noch einen Herzschlag entfernt. Eine herrliche Zeit. Zu Hause lief es besser als vorher, was Peter in seinen Ansichten bestärkte:

Untreue musste einer Beziehung keineswegs schaden, sie konnte sie ebenso gut beleben. Er nahm Munia nichts weg, sondern gab einer anderen, was seine Ehefrau sowieso nicht haben wollte.

Trübe hing er über seinem Bier. *Was auch immer Munia sich einredet, das Scheitern einer Beziehung hat nie einer allein zu verantworten. Wir stecken in einem Schlamassel, an dem wir beide Schuld haben, wenn Schuld überhaupt das richtige Wort für dafür ist.* Diese anerzogenen Vorurteile, dieses ständige Unterdrücken von Lust und Geilheit. Man tat dies und jenes nicht, das schon gar nicht, und folglich wurde auch nicht darüber gesprochen. Im Alltagskorsett der Ehe verlor der Sex seinen Charme, weil es nur noch um Besitzansprüche ging. So wurden aus Dauerbrennern Seitenspringer gemacht.

Munia stellte ihn als Schwerverbrecher hin, den es anzuprangern galt. Ihm war bewusst, dass ihre Erziehung und die Gegend, in der sie aufgewachsen war, Einfluss auf ihr Verhalten hatten, aber das änderte nichts daran, dass er sich betrogen fühlte, als sie ihn, ohne mit der Wimper zu zucken, giftspeiend zum Betrüger erklärte. Klar brachte ein katholisches Umfeld etwas anderes hervor als ein atheistisches, wirkte sich eine ländliche Umgebung anders auf eine Frau aus als eine städtische, aber für so böse, wie sie sich schließlich entpuppte, hatte er sich die Mutter seiner Kinder nicht vorgestellt.

An diesem Punkt seiner Überlegungen angelangt, stand Peter auf. Er dehnte sich unter dem enganliegenden, schwarzen T-Shirt, das seinen wohlgeformten

Oberkörper mit den breiten Schultern betonte und drehte sich um. Seine Brust streifte den Busen von Kerstin, die ihn soeben von hinten stupste. Sie hatte Andy im Schlepptau. Palm genoss den Auftritt der beiden, zumal mit Bertie, diesem Wichser, ohnehin nicht mehr zu rechnen war. Kerstin bewunderte seine Tattoos, die wie wild gewordene Pflanzen seine Arme schmückten. Das gefiel ihm. Er tätschelte Kerstin den Rücken.

»Können Andy und ich bei dir demnächst mal vorbeikommen und etwas mit dir zu besprechen?«, fragte sie.

»Du musst etwas zum Essen mitbringen, dann bin ich friedlich«, antwortete er.

»Kein Problem, das mach ich«, erwiderte Kerstin. Sie fing an zu plappern. Peter hörte kurz zu und gab dann mit erhobenem Zeigefinger seinen Senf dazu ab. Irgendwann fiel ihm Kerstin einfach ins Wort und quatschte unbekümmert weiter, ohne sich einen Deut darum zu scheren, was er zu sagen hatte. Palm fragte sich, wie Andy das bloß aushielt. Nach einer Weile hatte er die Nase voll. Er wünschte, die beiden würden zum Teufel gehen. *Aber zum Teufel geht nur, wer sich nach Feuer unterm Hintern sehnt,* schoss ihm durch den Kopf. Er ließ seine Muskeln spielen, warf Kerstin noch einen anzüglichen Blick zu, verlangte die Rechnung und verschwand.

Kapitel 5

Harmoniewelten23

Anne Richard schaute nervös auf ihre Armbanduhr. Wo blieb Melanie Kramer? 14 Uhr war längst vorüber und sie war immer noch nicht da. Die Patienten im Wartezimmer scharrten schon mit den Füßen. Andauernd klingelte es. Statt der Sprechstundenhilfe betätigte nun sie den Türöffner und nahm die Klienten in Empfang. Mit einer Therapiesitzung anzufangen, war unter diesen Umständen unmöglich. Wieder ertönte die Klingel, ein Patient trat ein. Anne bat ihn, im Wartezimmer Platz zu nehmen. Innerlich grämte sie sich maßlos. Es war nicht ihre Aufgabe, sich um diese Dinge zu kümmern. Dass ihr nun keine Wahl blieb, machte sie missmutig. Sie blickte auf das Telefon, aber es verweigerte jegliche Antwort. Ärgerlich kickte sie mit dem Schuh gegen den Empfangstisch.

Ein Patient streckte seinen Kopf aus dem Wartezimmer und beschwerte sich wegen der Wartezeit. Üblicherweise ging es mit den Sitzungen sofort los. »Sobald der Empfang besetzt ist, fange ich an«, erwiderte sie. »Ach! Und warum ist der Empfang nicht besetzt?«, maulte er. »Ich habe keine Ahnung, Frau Kramer müsste längst hier sein. Bitte nehmen sie wieder Platz, bis sie aufgerufen werden«, antwortete

Anne. »Saftladen«, schimpfte er und zog seinen Kopf murrend in den Warteraum zurück, wo er vermutlich die anderen Patienten aufzuhetzen versuchte. Den Tränen nahe ließ sich Anne auf einen Stuhl fallen. Das Leben war wirklich anstrengend. Sie fühlte sich allein und erschöpft, so unendlich erschöpft. Warum passierte ihr das? Roman sah sich nie solchen Problemen ausgesetzt. Wenn er im Haus war, wimmelte es von Helferinnen. Sie tanzten um ihn herum wie Mücken ums Licht.

Anne erinnerte sich, wie er Ende der 1990er Jahre auf sie zugekommen war und ihr seine Vision eines ganzheitlichen Zentrums schmackhaft gemacht hatte. Sein Enthusiasmus wirkte so ansteckend auf sie, dass sie die Sache in Betracht zog, obwohl sie in Tübingen eine gutgehende psychotherapeutische Praxis betrieb und ihr die beschauliche Universitätsstadt gefiel. Roman zerstreute ihre Bedenken mit seiner Überzeugungskraft, den Ausschlag aber gab letztlich die Anziehungskraft, die er auf sie ausübte. Rege brachte sie ihren ausgeprägten Unternehmergeist, ihr praktisches Know-how und eine Menge Geld ein, um die Harmoniewelten23 zusammen mit Roman ins Leben zu rufen. Ihre Praxis in Tübingen löste sie auf und zog nach Berlin. 1999 öffneten sie die Pforten des Zentrums, um im großen Stil für das seelische Wohlbefinden ihrer Klienten zu sorgen. Meditationskurse, Entspannungstrainings, Yoga, Tanz und andere Bewegungsangebote zählten ebenso dazu wie Gesundheitsvorträge und Therapie. Ihre Praxis war in das Zentrum integriert und verlieh dem Ganzen einen seriösen Anstrich, denn sie war die einzige, die einen Doktortitel besaß und über eine ärztliche Zulassung verfügte.

Obwohl Anne Berlin als anstrengend empfand, hatte sie für eine Weile das Gefühl, das Richtige getan zu haben. Doch die Dinge änderten sich. Vielleicht hätte sie hellhörig werden sollen, als Roman zum ersten Mal die ›Plejadier‹ erwähnte und seltsame Leute ins Zentrum einlud, aber sie war zu eingespannt, um sich um Dinge zu kümmern, die Romans Aufgabenfelder betrafen. Nach und nach drifteten die Harmoniewelten23 in eine Richtung ab, die ihr missfiel. Als sie Roman darauf ansprach, lachte er bloß und sagte: »Mach dir nichts draus, das ist alles halb so ernst. Die Leute brauchen einfach immer einen Guru, den sie anhimmeln können, damit sie in die Puschen kommen.«

Jetzt bist du es, dachte sie, *und ich habe mich vor deinen Karren spannen lassen.* Das Schlimmste daran war, dass der Erfolg ihm Recht gab. Die Leute himmelten Roman Bitterfeld tatsächlich an, vertrauten ihm vorbehaltlos, während sie trotz unermüdlicher Arbeit bei ihren Patienten oft nur mühsam vorwärts kam oder sogar Rückschläge in Kauf nehmen musste. Besonders schrecklich war, dass sich eine ihrer Patientinnen vor wenigen Wochen in den Tod gestürzt hatte. Der Vorfall nagte an ihr. Als Therapeutin wusste Anne, dass es wichtig war, Distanz zu wahren und keine Schuldgefühle aufkommen zu lassen, aber dieses Wissen half ihr in diesem Fall wenig.

»Psychoterror«, nannte einer ihrer Patienten ihre Arbeit neulich. Warf es ihr einfach an den Kopf und verließ dann den Raum. Anne schluckte. Hinzu kamen die Bürden der Bürokratie bedingt durch die Kassenzulassung, die nicht nur von Jahr zu Jahr wuchsen, sondern immer absurdere Züge annahmen und Anne die Zeit und Kraft raubten, die sie für andere Sachen gebraucht hätte. Alles wurde ständig komplexer, anstatt sich zu vereinfachen. Immer schneller drehte sich das Rad der Auflagen und Vorschriften. Insgeheim beneidete sie Roman, der zwar Arzt war, jedoch nie eine Doktorarbeit abgeliefert hatte und noch vor Eröffnung des Zentrums seine Kassenzulassung mit der Begründung zurückgab, sich nicht länger zum Kasper des Systems machen zu wollen.

Warum fällt mir nur alles so schwer?, fragte sie sich zermürbt. *Warum kann ich nicht so sein wie Roman? Er fertigt seine Klientel mit einer Souveränität ab, die man durchaus als cool bezeichnen könnte. Trotzdem lieben sie ihn. Er zieht reihenweise Leute in seinen Bann - und noch nie hat es einen Selbstmord unter seinen Patienten gegeben. Wieso passiert mir das?* Traurig ließ sie den Kopf hängen. Sie war eine aktive Frau, hatte im Leben viel bewirkt, doch in letzter Zeit fühlte sie sich leer, ausgebrannt und hässlich. Roman behauptete, es sei eine Hetzjagd, die sie gegen sich selbst inszeniere und legte ihr nahe, sich einer tiefergehenden Realität zu stellen. Damit meinte er dieses esoterische Zeugs, das sie grauenhaft fand und am liebsten aus dem Zentrum verbannt hätte. Sich auf eine solche Schiene zu begeben, hielt sie für entwürdigend. Die Wege aus dem Burn-Out waren ihr Metier. Ständig hielt sie Vorträge zu diesem Thema, rief zu einem besseren Umgang mit den eigenen Ressourcen auf. Sie hätte es als Blöße empfunden, sich in die Hände von jemandem zu begeben, der die wissenschaftlichen Aspekte ignorierte und irgendeinen Hokuspokus ausübte. Anne ahnte, dass sie angesichts der Leere, die sie fühlte, Hilfe brauchte. Psychopharmaka wären der kürzeste Weg aus dem Desaster gewesen, noch dazu hätte sie das mit Roman besprechen können, aber sie schreckte davor zurück. Nach dem Tod ihres Vaters hatte sie auf Anraten Romans eine ganze Weile Medikamente geschluckt. Die Entwöhnung war schlimm gewesen, eine Prozedur, die ihr alle Kraft abverlangte. Es zeigte sich, dass sie die Suchtwirkung von Psychopharmaka unterschätzt hatte. Sie führten schneller zur Abhängigkeit als vermutet.

Wo blieb Melanie Kramer? Das durfte doch nicht wahr sein! Als Anne erneut auf die Uhr blickte, hing diese plötzlich wie ein weich gewordener Fladen über der Tischkante. Vor ihren Augen verschwamm alles. Erschrocken sprang sie auf und rieb sich die Augen. Wurde sie langsam verrückt? Und wo blieb eigentlich Roman? Am liebsten hätte sie ihn angerufen und ins Zentrum zitiert. Von den Leuten, die hier rumsaßen, wollten bestimmt sowieso die meisten zu ihm. Sie konnte im Grunde nach Hause gehen. Was sollte sie noch hier?

Braucht mich hier jemand? Ich glaube nicht. Der Traum ist zu Ende geträumt, das gemeinsame Kind erwachsen. Ich

*darbe vor mich hin. Mein Seelenvorrat ist aufgebraucht,
doch das interessiert keinen,* dachte sie bitter. *Während
Roman immer neue, gut laufende Kurse kreiert und mit
seinen Einzelbehandlungen mehr als genug zu tun hat,
bin ich die Verliererin. Wieso habe ich mich nur auf ihn
eingelassen?*

Jahrelang war ihr Verhältnis zu Roman, trotz der
Anziehungskraft, die er auf sie ausübte, freundschaft-
lich kollegial geblieben, aber während der schweren
Brustkrebserkrankung seiner Frau ließ sie sich zu seiner Geliebten machen. Bei der erstbesten Gelegenheit
spreizte sie die Beine wie eine Siebzehnjährige, die
ihrem angebeteten Schwarm gefallen wollte. Heim-
lich geschah es, und geheim musste es auch unter
allen Umständen bleiben, darauf beharrte Roman. Es
war ihm mehr als wichtig, jegliche Erniedrigung und
jeglichen Schmerz von seiner Frau fernzuhalten und
das Ansehen aller Beteiligten zu wahren. Das machte
er Anne unmissverständlich klar. Von ihr erwartete
er Souveränität, Verständnis und Haltung – und sie
verhielt sich so, wie er es von ihr erwartete. Dass sie
sich dabei oft hundeelend fühlte, interessierte weder
ihn noch sonst jemanden. Im Bett lief es bestens zwischen ihnen, aber sie war und blieb ein gut gehütetes
Geheimnis, besaß keinen echten Stellenwert in seinem
Leben. Daran änderte sich auch nach dem Tod seiner
Frau nichts. Im Gegenteil, Roman trauerte lange und
heftig, und ließ sie in dieser Phase genauso wenig
an sich heran wie seinen pubertierenden Sohn. Es
verging fast ein Jahr, bevor er wieder mit ihr schlief

48

und sich schließlich auch offiziell zu ihr bekannte. Zwischenzeitlich galt sie als die Frau an seiner Seite. Dennoch spürte Anne eine schwer zu benennende Distanz, die ihr seit dem Tod von Marta Bitterfeld größer vorkam als jemals zuvor. Etwas an ihm blieb unerreichbar für sie. Etwas, das ihr wichtig erschien, ohne dass sie hätte sagen können, was es war. Das schmerzte sie, zumal er in jeder Hinsicht ihr Zentrum war. Ihr Leben kreiste um ihn, bewegte sich zwischen Arbeit und den intimen Momenten mit ihm hin und her. Dazwischen existierte nichts. Hin und wieder versuchte sie, mit ihm darüber zu sprechen, dabei merkte sie, dass es unmöglich war zu sagen, was sie meinte. Er lieferte ihr weder Anlässe noch Anhaltspunkte dazu. So gerne sie es auch gewollt hätte, sie konnte ihr Unbehagen nicht abreagieren, weil es nicht wirklich an etwas festgemacht werden konnte. Mit Ausnahme der Tatsache vielleicht, dass er keinen Gedanken daran verschwendete, sie zu heiraten, und auch nicht mit ihr zusammenziehen wollte. Es klang logisch, wenn er betonte, dass es ihm nicht auf einen Stempel ankomme, sondern auf ihre innere Verbindung, dass er qualitativ wertvolle Zeit bevorzuge, anstatt einer Form Rechnung zu tragen. Er sah sogar ihre Harmonie gefährdet, sollte sie auf einen Trauschein beharren.

»Es tut unserer Beziehung gut, wenn jeder seine eigene Wohnung behält«, behauptete er. Er war zuvorkommend, lieferte ihr keinen Grund, sauer zu sein oder zu meckern. Das machte es aber nicht erträglicher, denn immer war da ein diffuses Gefühl ihrerseits, dass alles anders sein sollte. Er begegnete diesen Zuständen gelassen und liebenswürdig, wenn sie auftraten. Sie war es, die immer unglücklicher wurde.

Wieder sah sie auf die Uhr. Zäh tröpfelte die Zeit. Sie konnte sich nicht dazu aufraffen, mit ihrer Sprechstunde zu beginnen. Sie wollte nur ihren Gedanken nachhängen. Um ihren Kopf freizubekommen, atmete sie ein paar Mal tief ein und aus, aber ihr Gehirn verweigerte hartnäckig die Gefolgschaft, beharrte auf seinen Gedankenbahnen, die Benommenheit in ihr auslösten. Ein Schluchzen stieg in ihr auf, brannte in ihrer Kehle. Doch es gab keine Tränenbrandung, die sie erlöst hätte. Alles blieb trocken.

In diesem Moment tauchte Meli Kramer auf. Ihre Verspätung war beachtlich. Das war noch nie vorgekommen. Soweit Anne wusste, wohnte Meli gleich um die Ecke.

»Bitte entschuldige«, sagte sie atemlos, in den Harmoniewelten23 war es üblich, sich zu duzen. » Ich bin völlig unerwartet aufgehalten worden.«

»Okay«, mehr fiel Anne nicht dazu ein. »Lass uns loslegen, einige Patienten sind schon ziemlich ungeduldig.

Kapitel 6
Am Nachmittag

Der Anruf kam kurz nach 15 Uhr. Sarina putzte gerade das Haus und schwitzte dabei heftig. Am anderen Ende der Leitung war Eva. Sarina hörte sofort, dass etwas nicht stimmte. Evas Stimme klang tränenerstickt.

»Was ist los? Du klingst bedrückt«, fragte Sarina.

»Ich sitze hier vor dem Fernseher und heule Rotz und Wasser«, antwortete Eva. In Winnenden geht gerade die Welt unter. Ein Amoklauf an einer Schule. Der Täter soll auf der Flucht sein.«

Unwirklichkeit ergriff Sarina. Evas Fassungslosigkeit drang zwar zu ihr durch, aber der Grund dahinter blieb seltsam verschwommen. Sie wusste nicht, was sie erwidern sollte, wischte sich den Schweiß von der Stirn und räusperte sich, ohne etwas zu sagen. *Ein Amoklauf? In Baden-Württemberg?* Apathie erfasste sie. Einige neutrale Minuten vergingen.

»Schalt den Fernseher ein«, sagte Eva.

Sarina zögerte. Seit der Berichterstattung über die Anschläge in New York wusste sie, wie verstörend Fernsehbilder auf sie wirkten. Die Gestalter des medialen Zeitalters lieferten diese Ereignisse frei Haus und brannten sie in einer unbarmherzigen Dauerschleife den Menschen in Herz und Hirn. Mit

Hilfe der elektronischen Medien verbreiteten sie sich in Windeseile flächendeckend. Dabei wurden häufig Grenzen überschritten.

Nach dem 11. September 2001 hatte sich Sarina selbst versprochen, diese visuelle Berichterstattung des Grauens zu meiden, wann immer es ging, und sie hielt sich eisern daran.

Nie würde sie jenen Dienstagnachmittag vergessen, als sie vom Einkaufen nach Hause gekommen war, Tom aufgeregt die Haustüre aufgerissen und sie vor den Bildschirm gezerrt hatte. Etwas, das er sonst nie tat. Verblüfft stellte sie ihren Einkaufskorb ab, ließ alles stehen und liegen und eilte vor den Fernseher. Sie sah ein Flugzeug in ein Hochhaus fliegen. Die zersetzende Wucht zerstörte sowohl die Maschine als auch das Haus. Feuer brach aus. Wieder und wieder flimmerten die Bilder über die Mattscheibe, trugen die Schockwelle dieses Tages in ihr Leben, durchschlugen ihr Bewusstsein und pflanzten Angst darin ein.

Sarina ahnte, was in Eva vor sich ging. Als Lehrerin an einer Grund- und Hauptschule identifizierte sie sich sicherlich doppelt und dreifach mit dem Geschehen in Winnenden. Sie spürte Traurigkeit in sich aufsteigen. Was war das nur für eine aus den Fugen geratene Welt, in der sie lebten? Wie konnte es so weit kommen? Einen schaurigen Augenblick lang dachte sie an ihre Tochter, die heute Nachmittagsschule hatte. Besorgnis stieg in ihr auf. Sie ermahnte sich, nicht in Panik zu verfallen. Es würde wohl kaum zwei Amokläufe an einem Tag geben.

Eva und sie telefonierten lange, sprachen über die Ungeheuerlichkeiten, die sich um sie herum abspielten, tauschten sich über ihre Ängste und Sorgen aus und fühlten sich dabei einander nahe. Die Auffangdecke der Kommunikation schenkte ihnen Geborgenheit.

»Weißt du, mich wundert eigentlich nichts mehr, es wird ja auch von Jahr zu Jahr schlimmer. Lauter Prinzessinnen und Prinzen, denen keine Grenzen mehr aufgezeigt werden, umgeben von hilflosen Eltern, die im Grunde ihre eigene Psyche in Ordnung bringen sollten, bevor sie Kinder in die Welt setzen. Aber so läuft das leider nicht«, sagte Eva gerade.

Sarina spürte, dass es wichtig war, Eva heute den Vortritt zu lassen, was das Reden anlangte, und hörte aufmerksam zu.

»Habe ich dir schon erzählt, dass ich in diesem Schuljahr eine dritte Klasse mit 28 Schülern habe?«, fuhr Eva fort. »Dabei spürt man, wenn es mehr als 24 Kinder sind, jedes einzelne bis auf die Knochen. Ist doch kein Wunder, dass wir Lehrer oft überfordert sind. Was die alles von uns erwarten! Auf das seelische Befinden sollen wir achten. Bei achtundzwanzig Schülern? Was glauben die denn! Weißt du, was in meiner Klasse gerade los ist? Falls sich die Situation nicht ändert, gehe ich demnächst auf die Barrikaden.«

»Achtundzwanzig Schüler? Oje, du Arme«, erwiderte Sarina. »Aber hast du das nicht schon mal gehabt, ohne deshalb auf die Barrikaden zu gehen?«

»Es geht auch gar nicht um die Zahl, sondern dass ich dieses Mal drei Fälle in der Klasse habe, die alles übertreffen, was ich bisher erlebt habe. Du wirst es nicht glauben, ich habe sowohl einen Hosenscheißer als auch einen Würger und einen Heuler in der Klasse. An manchen Tagen könnte ich schreiend aus dem Klassenzimmer laufen, aber ich reiß mich zusammen, was mir auch gut gelingt«, sagte Eva.

Sarina zuckte zusammen. Hätte sie nicht gewusst, dass Eva eine äußerst sorgfältige, ambitionierte, ja beinahe aufopfernde Vollblutlehrerin war, hätte sie sich über diese Bezeichnungen sehr gewundert oder wäre zumindest befremdet gewesen. Doch hinter Evas schnoddriger Art, das war ihr klar, verbargen sich die Anstrengungen, die solche Schüler machten, und die Sorgen, die sie hervorriefen. Eva musste sich einfach mal Luft machen.

»Das tut mir leid für dich. Ich wusste nicht, dass du dieses Mal so kämpfen musst. Welches Geschlecht haben deine drei Sorgenkinder denn?«, hakte Sarina nach.

»Alles Jungs! Der eine scheißt ohne ersichtlichen Grund regelmäßig in die Hose, der andere neigt beim kleinsten Ärger dazu, seine Mitschüler zu würgen und der dritte heult bei jeder Gelegenheit gleich los. Es ist zum aus der Haut fahren. Am meisten macht mir persönlich die Scheißerei zu schaffen, denn das riecht einfach widerlich. Hinzukommt, dass die Eltern telefonisch unerreichbar sind, wenn es mal wieder soweit ist, obwohl ich sie schon mehrfach gebeten habe, während der Schulstunden erreichbar zu sein. Zwischenzeitlich bestehe ich auf Ersatzkleidung, die er Tag für Tag dabei haben muss, wofür sie

54

auch Sorge tragen. Zustand ist das dennoch keiner!«
Eva hatte sich in Rage geredet und atmete schwer.

Kinder werden offenbar immer häufiger Opfer von
Narzissmus. Was für ein Glück, dass unsere Kinder fast
erwachsen und wirklich gelungen sind. Die öffentlichen
Schulen sind heute kein Zuckerschlecken mehr, dachte
Sarina. Es beschäftigte sie, dass jedes vierte Mädchen
an Bulimie oder Magersucht litt, dass das Koma-Sau-
fen an der Tagesordnung war und dass Drogendealer
auf Schulhöfen ein- und ausgingen, ohne zur Rechen-
schaft gezogen zu werden. Die Werte der Welt waren
aus den Fugen geraten. Sie fragte sich, wie sich ihre
Kinder, die noch ein komfortables Leben im elterlichen Versorgungsparadies führten, in dieser Welt der
Entwertung machen würden, wenn es für sie darauf
ankam.

Eva und sie sprachen erneut über den Amoklauf in
Winnenden. Was brachte die Gefühlslage eines jungen Menschen so ins Kippen, dass er andere wahllos
tötete? Welchen Grund konnte es für eine so unge-
heuerliche Tat geben? War es der Verlust der eigenen
Seele? Oder hatte es nie einen Raum gegeben, in dem
sich das Seelische hatte entfalten können? Oder war
es einfach eine Art Inbesitznahme durch das Böse?

»Weißt du«, sagte Sarina, »das Seelische braucht
Achtsamkeit, Liebe und Raum. Das Seelische will
gefühlt, entwickelt und entfaltet werden. Ich bin
froh, dass ich für meine Kinder da sein konnte,
solange sie noch klein waren.«

»Ja, die Seele ist ein eigenes weites Feld, das im
großen Ganzen eingebettet ist. Sie ist das unsichtbare

Selbst, ein energetisches und mit dem Universum verbundenes Gewebe, das gedeihen möchte. Letzten Endes will und muss sich die Seele deshalb in irgendeiner Form mit der Welt verbinden und einen Ort auf dieser Welt finden, an dem sie zu Hause sein kann, um ihren Lebensauftrag zu erfüllen. Gelingt ihr das nicht, ist Zerstörung sowohl im Großen als auch im Kleinen die Folge«, antwortete Eva.

Sarina liebte die Klugheit ihrer Freundin, auch wenn diese Klugheit ihr dann und wann ein bisschen auf die Nerven ging.

»Du hast sicher dafür gesorgt, dass die seelische Entwicklung eurer Kinder gelingt, ich finde es dennoch schade, dass du so sehr auf die Familie bezogen lebst und deine eigenen Interessen und Talente brachliegen lässt. Dann und wann ein bisschen mehr Abstand täte dir sicher gut, aber dahingehend bist du ja auf beiden Ohren taub«, fügte Eva hinzu.

»Ach, Eva, du weißt doch, wie schwierig das durch die häufige Abwesenheit von Tom ist«, wehrte Sarina ab.

»Du hast ihn dir schlecht gezogen. Nun nutzt er deine hingebungsvolle Bereitschaft, ihm den Rücken freizuhalten, rücksichtslos aus«, widersprach Eva. »Wo treibt er sich dieses Mal herum?«

»Er ist für zwei Wochen in Berlin«, erwiderte Sarina.

»Und warum bist du nicht mit? Eure Kinder sind jetzt groß genug, um alleine zu bleiben«, fragte Eva.

»Tom mag das nicht. Andere nehmen ihre Frauen auch nicht mit ins Büro, sagt er immer. Außerdem wächst mir die Hausarbeit sowieso gerade über den Kopf.« Sarina spürte, wie ein Kälteschauer sie durchzog.

»Du musst wissen, was du willst, Sarina«, entgegnete Eva.

»Ich muss jetzt weiterputzen«, wich Sarina aus.

»Na dann, viel Vergnügen!«, sagte Eva und beendete das Gespräch mit einem »bis bald mal wieder.«

Kapitel 7

Winnenden

Lars ging auf der Fahrt alle Namen durch, die ihm im Zusammenhang mit Winnenden einfielen und suchte die dazugehörigen Telefonnummern heraus. Dann vertrat er sich im Gang des Zuges die Beine und telefonierte.

Als er ins Abteil zurückkehrte, kreiste das Gespräch noch immer um die Finanzkrise. Es herrschte Einigkeit darüber, dass sich hinter den Kulissen riesige Sauereien abspielten. Alle regten sich über die Zügellosigkeit auf, mit der sich die Vorstandsetagen bereicherten.

»Irgendwas läuft schief. Das merkt doch jeder. Moral und Anstand sind verschwunden«, hörte Lars einen der Mitreisenden sagen.

»Wenn das alles wäre, aber oft haben sie nicht einmal Kompetenz. Immer wieder fahren Topmanager Unternehmen an die Wand und werden dafür auch noch mit extrem hohen Abfindungen belohnt«, warf ein anderer ein.

»Dabei sind Moral und Anstand besonders wichtig, wenn jemand eine Machtposition innehält«, fügte ein anderer hinzu.

»Ja, es herrscht Maßlosigkeit, noch dazu auf Ebenen, auf denen es auf Maß und Mäßigung ankäme.

Die Reichen frönen der Gier und die Mächtigen dienen dem Bösen, jedenfalls ein Teil von ihnen«, erwiderte eine Frau.

»Das sind alles süchtige Spieler, die rücksichtslos mit dem Geld anderer Menschen zocken, nur um für sich Gewinne zu erzielen. Sie betätigen Hebel, die ihnen niemals hätten anvertraut werden dürfen«, meinte ein Mann.

»Die Weichen sind falsch gestellt, und das könnte die Welt zum Entgleisen bringen. Private Pathologien wie Gier, Sucht und Infantilisierung haben im großen Stil Einzug gehalten, haben sich Legitimation verschafft und damit die Welt zu einem Spielball der Verantwortungslosigkeit gemacht.« *Das trifft es,* dachte Lars.

Der rege Austausch setzte sich immer weiter fort. »Alles leere Hüllen. Was kann ein Mensch ohne Verantwortungsgefühl und seelische Verbundenheit schon Gutes bewirken?«

Da sind ja die Richtigen beieinander, schmunzelte Lars in sich hinein und nahm einen Schluck aus seiner Wasserflasche.

»Die sind ja sowas von hohl. Denen schwemmt die Gier Hirn und Herz weg, und der Staat unterstützt das auch noch.«

»Die müssen das tun, sonst bricht das System zusammen, und von diesem System partizipieren wir alle«, warf ein Mann ein.

Sie regen sich ziemlich auf, dachte Lars.

»Wir alle hier versuchen doch, das Leben in einem normalen Rahmen zu meistern, was man von denen nicht behaupten kann. Das ist der Unterschied.«

»Der Vorstandsvorsitzende eines Konzerns verdiente in den 1970ern im Schnitt das Dreißigfache eines Arbeiters, zwischenzeitlich bekommt er das Dreihundertfünfzigfache. Mehr als sechzig Prozent des Gesamtvermögens einer Bevölkerung sammelt sich bei den reichsten zehn Prozent der Bevölkerung, Tendenz steigend. Das ist ein Symptom und kann auf Dauer nicht gut gehen.«

Die Aufregung war mit den Händen greifbar. Ein offensichtlicher Abgrund, für den sich Lars im Normalfall interessiert hätte, aber Winnenden hatte Vorrang. Er stand wieder auf, ging hinaus und wählte die Nummer eines alten Freundes.

»Das Gymnasium ist evakuiert worden. Tote hat es dort glücklicherweise keine gegeben«, erläuterte Bruno. Lars dankte ihm und kontaktierte eine andere Bekannte in Winnenden. Besorgt äußerte sie die Vermutung, dass Lars' Schwester betroffen sein könne. Der Attentäter hatte auf seiner Flucht nämlich auch den Ort passiert, in dem Heidi und ihre Familie wohnte.

Ihre Besorgnis erschien Lars übertrieben, gleichzeitig war ihm klar, woher sie rührte. Dass die Wellen der Angst bereits meterhoch schlugen und die Menschen aufwühlten, hing mit der Berichterstattung zusammen. Die Medien reagierten schneller, als es der Polizei erlaubt war, und sie dramatisierten die Ereignisse, noch bevor der genaue Tathergang überhaupt feststand, von der Reichweite der Verbreitung ganz zu schweigen. Immer das Gleiche. Um die Sensationsgier zu befriedigen, wurden die Hirne gefüttert, ehe die Untersuchung durch die Polizei abgeschlossen war. Besonders hemmungslose Pressevertreter schürten sogar skrupellos Hysterie, um für Schlagzeilen zu sorgen. Wenn die Story ausgelutscht war, zog die Entourage des Entsetzens weiter und überließ die Betroffenen ihrem Schicksal, denn eine Schlagzeile von heute war morgen nichts mehr wert. Journalismus konnte grausam sein. Manchmal fand Lars es zum Kotzen. Er würde dieses Mal behutsamer vorgehen, sensible Hintergrundberichte liefern und dieses Spiel, das verdammt war, anderen überlassen.

Es war schon dunkel, als er Winnenden erreichte. Er spürte, dass sich sein Heimatort verändert hatte. Todtraurigkeit lag in der Luft. Noch mit dem Koffer in der Hand suchte er den Ort auf, an dem diese Tragödie ihren Ausgang genommen hatte. Er musste einen Blick darauf werfen. Ein Pulk von Übertragungswagen und Fernsehteams aus aller Welt hatte sich vor dem Schulzentrum aufgereiht. Es sah aus, als wäre eine Art Barrikade errichtet worden, was irgendwie angsteinflößend wirkte. Lars machte auf dem Absatz kehrt und steuerte sein Elternhaus an. Dumpfe Beklommenheit hatte ihn erfasst.

Morgen werde ich mich unter dieses Medienheer mischen und meine Sicht der Dinge in den Laptop und damit in die Welt hämmern, dachte er, *aber heute bin ich dazu noch nicht bereit.* Er war zu berührt, er musste sich erst sammeln, damit er nicht in einen Zwiespalt geriet. Die Redaktion musste warten.

Endlich stand er vor dem Haus seiner Eltern. Seine Mutter stürzte ihm aufgewühlt entgegen, als er eintrat. Dass in Winnenden so etwas möglich war, raubte ihr die Fassung, was sie umgehend zum Ausdruck brachte. Sein Vater brummte: »Das hätte es früher nicht gegeben, das ist nicht normal.«

Lars versuchte, sowohl seine Mutter als auch seinen Vater zu besänftigen und erst einmal anzukommen, was gar nicht so einfach war. »Hallo erst einmal«, sagte er. Nach und nach wurden sie ruhiger. Er aß und trank etwas mit ihnen, dann schickte er sie ins Bett und lehnte sich zurück. Um sich auf andere Gedanken zu bringen, rief er Meli an. Doch sie ging nicht ran. Also probierte er es auf ihrem Handy. Er wollte schon auflegen, als sie sich endlich meldete. Ihre Stimme klang weit entfernt. Er sagte: »Hallo, ich bin jetzt bei meinen Eltern. Sie sind wohlauf, aber ziemlich erschüttert. Zwischenzeitlich habe ich sie ins Bett verfrachtet. Du weißt ja, dass sie wert darauf legen, früh schlafen zu gehen.«

»Freut mich, dass du gut angekommen bist«, erwiderte Meli. Die Verbindung war so schlecht, dass er kaum verstand, was sie sagte. »Wo steckst du denn?«, fragte er. »Ich sitze beim Italiener und tröste mich mit einem Carpaccio, weil mein Mann nicht da ist.« Lars war überrascht. Er konnte sich nicht daran erinnern, dass sie etwas von Ausgehen gesagt hatte. »Ist Jenny bei dir?«, fragte er, weil er wusste, dass Meli manchmal mit Jenny um die Häuser zog, wenn er unterwegs war. »Mm hm!, sagte Meli und fügte hinzu: »War sehr lecker, das Carpaccio.«

»Ein paar Gläschen hast du offenbar auch schon intus.«

»Quatsch! Wie kommst du denn darauf?«, wehrte Meli sofort ab.

»Du klingst ziemlich verwaschen, finde ich. Alles okay? Oder bist du wegen meines überstürzten Aufbruchs heute Vormittag sauer?«

»Nein, nein! Ist doch klar, dass du da hinmusstest. Sonnenklar sogar. Bitte grüße deine Eltern herzlich von mir. Sag ihnen, dass es mir leid tut. So etwas hätte nicht passieren dürfen«, meinte Meli.

»Ich werde es ausrichten. Grüß Jenny von mir. Was treibt ihr denn noch Schönes?« Im Hintergrund war Musik und ein Klappern zu hören. Ohne auf seine Frage einzugehen, bohrte Meli: »Was ist los? Bist du dieses Mal nicht zu nahe dran? Schaffst du das überhaupt?«

Lars hatte keine Lust, über seine Betroffenheit sprechen. Weder war dies der richtige Moment noch die Person, mit der er das erörtern wollte.

»Lars, hallo? Bist du noch da? Ich höre dich kaum. Keine sehr gute Verbindung«, rief Meli durchs Telefon.

Lars machte einen Schritt zum Fenster. »Besser?«, fragte er.

»Geht so. Du, ich nehme dich jetzt mit auf die Toilette«, sagte sie.

Lars musste grinsen. »Ja, tu das«, erwiderte er.

»Wann kommst du eigentlich wieder?«, fragte Meli.

»In einer Woche etwa. Warum?«, antwortete er. Plötzlich sehnte er sich nach ihr. Auch wenn er das manchmal vergaß - sie hatte ihre Qualitäten. Er nahm sich fest vor, Meli wieder mehr Aufmerksamkeit zu schenken, sobald er zurück war.

»Das passt. Ich muss diese Woche sowieso sehr viel arbeiten, sogar am Wochenende«, ließ sie ihn wissen.

»Ich vermisse dich«, sagte er und legte einen schmelzenden Tonfall in seine Stimme.

»Ich dich auch«, erwiderte sie, aber er konnte sich des Gefühls nicht erwehren, dass das nüchterner klang als sonst. »Lass uns Schluss machen. Ich steh jetzt vor der Toilettentür und du willst mich doch sicher nicht pinkeln hören«, fuhr sie fort.

»Wäre doch mal was Neues, dich durchs Telefon pinkeln zu hören. Wo steckt Jenny? Ich dachte, ihr Frauen geht immer gemeinsam aufs Klo.«

»Ich gehe lieber allein.«

»Dann bist du ja wie ich.«

»Wie wäre es, wenn wir deine Rückkehr mit einem schönen Essen feiern?«, fragte sie.

»Ich lass mir was einfallen.«

»Das ist super lieb von dir, aber warte mit der Entscheidung, bis ich wieder da bin. Ich will dich nicht in Stress bringen. Vielleicht vernaschen wir uns nach meiner Rückkehr ja lieber erst einmal gegenseitig. Ich habe Schmusedefizite, weißt du, Meli!« Er lachte, als ob er einen Schnorchel tragen würde und wusste selbst nicht, ob er sich ernst oder zum Brüllen komisch finden sollte. Er entschied sich weiterzulachen, was das ungewohnte Geräusch verstärkte. Meli lachte auch. Irgendwann schrie sie: »Ich mach gleich in die Hose, Lars. Lass mich jetzt in Ruhe pinkeln gehen. Wir reden ein anderes Mal weiter. Okay?«

64

»Komm, lass mich dein Pipi hören, ich störe dich auch nicht.«

»Sag mal, spinnst du jetzt völlig. Macht Winnenden dich kirre?«

»Du musst ja nicht. Ich mache bloß Witze mit dir.«

»Klang aber ziemlich ernst.«

»Vergiss es!«

»Okay. Ich mach jetzt meinen Toilettengang, dann trinke ich noch was und dann mache ich mich auf den Heimweg.

»Lass die Puppen tanzen, Baby, und richte Jenny einen Gruß von mir aus. Gute Nacht!«

»Gute Nacht, Lars! Pass auf dich auf!«

Am nächsten Morgen erwachte Lars kurz nach sechs Uhr, was untypisch für ihn war. Gerne hätte er weitergeschlafen, aber das Ticken einer alten Standuhr, die sich direkt vor der Tür seines Zimmers befand, boykottierte sein Bedürfnis. Es drang in sein Gehirn ein und machte ihn hellwach. Sofort erinnerte er sich an die Ereignisse, die ihn hierhergeführt hatten. Grässlich. Als er sich umdrehen wollte, um wenigsten noch ein wenig zu dösen, verkündete ihr Schlagwerk lautstark, was die Stunde geschlagen hatte. Er hasste laut tickende Uhren, die ihn um den Schlaf brachten, und dieses alte Ungetüm hasste er nun besonders. *Wundert mich kein bisschen, dass über der Erfindung der mechanischen Uhr tiefste Dunkelheit liegt und keiner weiß, wem sie zu verdanken ist. Für diese Entwicklung hätte ich auch nicht gerade stehen wollen. Die natürlichen Zeitgeber wie Sand, Sonne, Schatten, Wasser und Öl oder das Abbrennen einer Kerze durch ein Gehwerk aus Zahnrad, Trieb und Welle zu ersetzen, ist absonderlich. Vor allem die darin enthaltene Hemmung ist eigentümlich, denn sie überträgt einen Impuls auf den Gangregler, der dadurch in eine anhaltend gleichförmige Schwingung versetzt wird. Das verleiht der Mechanik eine sinnlose Macht und setzt etwas in Gang, das uns versklavt. Mit Hilfe ihres Räderwerks erzeugt sich die Zeit ständig neu und diese gnadenlose Präzision degradiert uns zu Befehlsempfängern. Wir gehorchen dem Takt der Zeit, anstatt unseren Bedürfnissen zu folgen. Der Mensch wird zur Funktion, angetrieben durch ein gleichförmiges Tick-Tack. Ein tiefer Atemzug von mir dauert etwa sieben Sekunden und keine Sekunde weniger, also sei still, du blöde Uhr, denn dein Takt ist nicht meine Takt,* rebellierte Lars in Gedanken. Er atmete tief durch und zählte dabei mit. *Tick, tack, tick, tack, tick, tack. Erwischt! Viel zu schnell. Wie soll da einer durchatmen? Wir sind für dieses Tempo nicht geschaffen. Die Gleichmäßigkeit der Schläge nutzt uns ab und macht uns müde und erschöpft, lange bevor wir das kostbare Ausmaß des Augenblicks erfassen. Was für eine absurde Idee, ein Machwerk aus Mechanik und Zifferntechnik zum Taktgeber unseres Lebens zu bestimmen!* Frustriert warf sich Lars im Bett hin und her. Er bedauerte, dass sein Vater diesen alten Krempel wertschätzte. Zeit war pure Illusion, auch wenn ihre Vollstrecker lauerten überall, sogar in seinem Elternhaus.

Genervt beschloss er aufzustehen. Anstatt sich im Bett herumzuquälen, würde er den Anschluss an diese von Menschen geschaffene Realität suchen und die Zeit nützen, denn letztlich entkam er ihr ja doch nicht. Er würde sich an das Entsetzen herantasten, darüber berichten und die Leser füttern. Sensationsnahrung war begehrt. Als er in die Küche trat, um ein Glas Wasser zu trinken und sich einen Apfel zu schnappen, sah er seinen Vater grau und übernächtigt am Tisch sitzen.

»Was ist das nur für eine Welt? Willst du wirklich darüber berichten? Sich so einem Abgrund zu nähern, ist nicht gut für einen Menschen, Lars«, sagte sein alter Herr seufzend.

»Das ist mein Job, Vater«, erwiderte Lars. »Und ob du es glaubst oder nicht, manchmal hilft es den Betroffenen, mit uns zu reden. Wir sind keine Monster. Viele von uns sind sehr einfühlsam.«

»Hm«, brummte sein Vater.

»Ich werde einfühlsam vorgehen. Ich fühle mich Winnenden noch immer verbunden«, sagte Lars. Er mochte Winnenden wirklich. Er schätzte die rührige Beschaulichkeit dieses Städtchens. Wo konnte man heute noch mitten im Zentrum neunzig Minuten lang umsonst parken? Winnenden war auf übersichtliche Weise zugänglich, ohne langweilig zu sein. Altes und Neues, Fortschritt und Stillstand, Vertrautes und Fremdes lebten nebeneinander, ohne sich gegenseitig zu behindern. Bis jetzt war die Welt hier mehr als in Ordnung gewesen. Er würde das bei seiner Reportage bedenken.

»Früher war alles ganz anders«, ließ sein Vater verlauten. »Erinnerst du dich noch an unsere Sonntagsspaziergänge, Lars? So was machen Familien heute kaum noch.«

Ja, er erinnerte sich, aber weniger verklärt, als dies sein Vater tat. Als Kind fand Lars das sonntägliche Muss, zwischen Weinbergen, Obstbaumwiesen, Feldern und Wäldchen herumzuspazieren, ätzend, viel lieber hätte er einen Western geguckt oder an irgendetwas rumgeschraubt und ergründet, wie es funktioniert. Hinter der Familie her zu trotten, war damals nicht sein Ding gewesen. Inzwischen hatte er ein Riesenfaible für Natur entwickelt und bewegte sich gerne in dieser Landschaft, die von Dörfern umsäumt war. Im Frühling wurde man von Blütenduft umweht, und im Frühsommer wuchsen einem die Kirschen in den Mund. Bei seinen seltenen Besuchen genoss er das doppelt und dreifach, denn in Berlin musste man weit hinausfahren, um Ähnliches zu erleben. Dann und wann überfiel ihn nach einem Spaziergang mit seinen Eltern sogar die Sehnsucht nach einem der gutbürgerlichen Lokale, in denen reelle Portionen zu anständigen Preisen serviert wurden. Die Vielfalt der Großstadt imponierte ihm zwar, stillte jedoch nicht immer seinen Hunger. Bodenständigkeit hatte eben ihren eigenen Reiz, den er manchmal vermisste. In dieser Stadt, in der alles Gute so eng beieinander lag, konnte man dem Leben durchaus angenehme Seiten abgewinnen. Sogar ein Kino hatte sich durch die Zeiten gerettet und bot eine gewisse Abwechslung. Winnenden war gemütlich, aber nicht erdrückend. Die Marktstraße mit dem Stadtturm sog das Leben überschaubar in sich auf. Nichts störte die Beschaulichkeit. Es gab viele Häuser mit Garten mitten in der Stadt, in denen man, liebevoll bewacht von den Blicken der Nachbarn, ein behütetes Leben führen konnte. Das Private hatte ausreichend Raum in dieser Stadt – kein Getöse, keine Gefahr, hätte man annehmen müssen. Dennoch hätte er nicht mehr in Winnenden leben wollen. *Kleinstädte sind antiquiert und borniert, Verlierer des Ländlichen und schaumschlagende Bedürftige des Städtischen. Man muss entweder ein kleiner Schaffer oder ein großer Macher sein, um hier seinen Platz zu finden,* dachte er. Dass man hier weder Geschichte noch Geschichten schreiben konnte, war ihm früh klar geworden. Deshalb hatte er nach dem Studium das Weite gesucht und auch gefunden.

Als er an diesem frühen Donnerstagmorgen aus seinem Elternhaus trat, war ihm das Städtchen seiner Kindheit unheimlich. Ein beispielloses Grauen hatte den Ort heimgesucht. Keine aggressive Schlägerei mit Verletzungsfolgen, sondern gefühlloses Töten, so als ob Leben keine Bedeutung hätte, dabei war es doch das Kostbarste überhaupt. Die grausame Gefühllosigkeit und die damit verbundene Endgültigkeit erschütterten ihn. Völlig sinnlos waren junge Menschen lange vor ihrer Zeit von der Karte des Lebens gelöscht worden. Was veranlasste einen Menschen zu einer solchen Tat? Es fiel ihm schwer, das nachzuvollziehen. Das Herz von Winnenden musste vor Entsetzen bluten. Dass dazuhin ein schwarzgefärbtes Antlitz um die Welt ging, war unvermeidbar. Die mediale Präsenz des Grauens sorgte dafür. Die Medienmeute, zu der er sich selbst zählte, ließ sich nicht aufhalten. Das bedrückte ihn.

Wie jeden Donnerstag wurde Markt abgehalten, was ihn überraschte. Hätte die Stadt nicht den Atem anhalten müssen ob der Tragödie? Doch sie machte einfach weiter. Was für eine grausame Ironie des Schicksals. Das Leben war ein Fabelwesen mit weitaufgerissen Schlünden, die alles hungrig verschlangen, was sich ihnen darbot. Einerseits war es genau dieser Hunger, der das Leben vor dem Stillstand oder gar der Agonie bewahrte, andererseits war es auch der Abgrund, der alles und jeden trennte. Daran änderte auch das kollektive Mitgefühl nichts, das dann und wann auftrat. Zuschauer blieben Zuschauer – der Orchestergraben trennte sie von den Ausführenden. Es war etwas anderes, der Melodie in Moll zuzuhören, als sie zu spielen.

Er überließ sich seinen Gedanken, dachte sich einen Artikel aus, der mit Sicherheit nie zur Veröffentlichung gelangen würde, und bewegte Fragen in sich: *Wie überlebt man eine solche Erfahrung als unmittelbar Betroffener? Zieht man ein paar Dörfer weiter? Verlässt man das Land? Erstarrt man in Kummer oder verwandelt man die Trauer in Engagement? Manche Unglücke ziehen eine Trauer nach sich, die unüberwindlich ist, weil die Ereignisse einen unüberwindbaren Abgrund aufreißen. Auch wenn man dem Anschein nach noch existiert, ist das Leben zerstört.* Er war sich sicher. Etwas von diesem schrecklichen Konzert würde in den Menschen, die es betraf, zeitlebens weiterschrillen.

Ein Freund, der für eine große deutsche Zeitschrift arbeitete, lief Lars über den Weg. Sie blieben stehen und schüttelten sich die Hände. Bedrückt erzählte ihm Robert, dass er gestern einen Schock erlitten hätte. »Als hier die Meldung rumging, der Täter halte sich in einem Supermarkt auf, von dem ich wusste, dass er in unmittelbarer Nähe der Schule meiner Kinder liegt, bin ich ganz aus dem Häuschen geraten. Ich habe sofort Gabriele angerufen und sie auf die brisante Situation hingewiesen. Es hat sich dann später herausgestellt, dass die Meldung falsch war, aber da siehst du mal ... Sobald die Bedrohung näherrückt, ist es mit der Gefasstheit vorbei.«

»Ein Horrorszenario! Würde mir genauso gehen«, erwiderte Lars. »Ich bin sowieso wie vor den Kopf geschlagen und muss mich erst mal sammeln, bevor ich loslege. Winnenden war immer ein Stück heile Welt für mich. Dieser Traum ist von einem Augenblick auf den anderen geplatzt.«

Sie trennten sich. Lars mischte sich unter die anderen Berichterstatter, die die Stadt überzogen hatten wie ein Spinnennetz, das sich um die Schulen herum zusammenzog. Er fühlte etwas, was er bei der Ausübung seines Berufs bisher noch nie gefühlt hatte: Scheu, Ambivalenz. Vor dem anwachsenden Blumen- und Kerzenmeer wurde jeder Schüler, der auftauchte, mit Kameras, Mikrofonen und Journalisten konfrontiert, was schließlich dazu führte, dass sich das Gymnasium verbarrikadierte. Lars, bei der Ausübung seines Berufes sonst äußerst ungeniert und auch ungeduldig, applaudierte ihnen innerlich. Er drehte dem Kollegenpulk den Rücken zu und schlenderte ziellos umher. Da sah er Erich Kästle, einen Freund seiner Eltern, auf sich zukommen.

»Lars, du auch hier?«, rief Erich.

Zu einer anderen Zeit, an einem anderen Ort hätte Lars wahrscheinlich geantwortet: »Wieso, siehst du mich woanders oder brauchst du eine neue Brille?« Doch jetzt sagte er bloß: »Hallo, Erich!«, und schüttelte ihm die Hand. Dann schwieg er und ließ Erich reden.

»Traurig, sich unter solchen Umständen wiederzusehen, nicht wahr, Lars? Schau, das ist aus unserem Winnenden geworden. Wie du siehst, wurde die Stadt von jetzt auf nachher in eine Kulisse verwandelt. Da seid ihr Medienleute ja erbarmungslos.«

»So ist das eben. Wer schreiben, dokumentieren, abfotografieren oder nackte Tatsachen bringen will, darf weder Tod noch Teufel fürchten, darf keine Berührungsängste haben oder muss sie zumindest überwinden können. Das ist der Job. Wer da Manschetten hat, hat den falschen Beruf«, antwortete Lars.

»Ja, ja, schon klar, dass du das so sehen musst«, erwiderte Erich. »Aber was sich hier abspielt, ist nicht mehr normal. Das ist der helle Wahnsinn.« Mit einer weit ausholenden Bewegung wies er auf die Journalistenmenge vor der Schule. »Die haben doch alle keinen Anstand mehr.«

»Ich habe einige sehr seriöse Kollegen gesehen«, sagte Lars.

»Papperlapapp«, ereiferte sich Erich weiter, »ihr macht heute vor nichts mehr Halt. Ihr bohrt erbarmungslos herum, haltet das Ungeheure hoch und zementiert es fest, damit es auch ja jeder mitbekommt, und sorgt womöglich noch für Nachahmer. Warum berichtet ihr kaum je über die Wunder, die sich Tag für Tag ereignen?«

Lars wollte gerade zu einer Antwort ansetzen, als Erich fortfuhr: »Rund zehn Millionen erfolgreiche Flugbewegungen pro Jahr in der Welt versinken nach einem einzigen Absturz sofort spurlos im Nichts, während jeder Absturz von euch Schmierern und Filmern nachhaltig auf der Festplatte eingebrannt wird. Nicht zuletzt ist es doch die Medienbericht-erstattung, die das Monster füttert und den Drachen weckt.« Erich redete sich immer mehr in Fahrt.

Eine Diskussion erschien Lars sinnlos. Erich war so darauf fixiert, das Wort zu führen, dass jede Art von Gegenrede ins Nichts fallen würde. Außerdem lagen sie dieses Mal gar nicht so weit auseinander. Während er Erich schwätzen ließ, sah er sich um und erblickte zwischen den Übertragungswagen ein vorbeihuschendes Gesicht, das ihm sehr bekannt vor-kam. Ihm fiel ein, dass es sich um einen Kollegen handelte, den er aus der Zeit des Irakkrieges kannte.

»Ich war neulich mit Else im Theater. Wir haben den Besuch der alten Dame von Friedrich Dürren-matt angeschaut. Diese ganze Medienszenerie erin-nert mich an die schonungslose Kulisse, die dort kreiert wurde«, gab Erich von sich. Innerlich stöhnte Lars auf. Erich redete wie ein Wasserfall. Puh! Er konnte zwar ein guter Zuhörer sein, aber nun reichte es ihm allmählich.

»Stand auf dem Balkon, demonstrierte ihre Macht und übte Rache.«

Lars wurde ungeduldig. »Was hat das mit der ganzen Sache hier zu tun? Was quatschst du da eigentlich, Erich?«

»Sei nicht so unhöflich, Kramer! Ich kannte dich schon, als du noch in den Windeln lagst. Du bist doch sonst so ein schlauer Bursche. Erkennst du den Zusammenhang nicht? Es ist der Verfall der Werte und der Verbundenheit, der zu solchen Ereignissen führt. Klar, die alte Lady hat nicht mit scharfer Munition geschossen und war auch ein bisschen nervenstärker, als es die meisten Leute heutzutage sind, aber ein Sinnbild ist sie trotzdem. Niemand hält mehr etwas aus. Oft lösen schon kleinste Widerstände Frustration aus. Die türmen sich dann zu scheinbar unüberbrückbaren Hindernissen auf, und dafür muss jemand büßen. Der hat sich den Weg freigeschossen, weil er keine verbindlichen und glaubwürdigen Werte mehr kannte und weil er nichts aushalten konnte. Saß dauernd allein vor dem Computer. Das muss krank machen«, behauptete Erich und sah Lars dabei listig an.

»Jetzt mach aber mal halblang, Erich, du tust ja geradeso, als ob du den Jungen gekannt hättest. Veränderungen gibt es immer. Wir Menschen sind anpassungsfähig. Der Computer ist nicht an allem schuld.«

»Die Mahnmale des seelischen Werteverfalls zeigen sich überall. Schau dir die Meute doch an!« Erich wedelte aufgeregt mit den Armen.

»Na komm! Lass gut sein«, sagte Lars besänftigend.

»Die gießen alle Öl ins Feuer, sage ich dir. Du findest das bestimmt normal, ich nicht.«

Erichs Rededrang war grässlich. Lars wünschte sich weit weg von dieser Plaudertasche. Massive Sehnsucht nach Berlin suchte ihn heim. Wahrscheinlich hatten Literatur und Lebenserfahrung Erich dahin gebracht, so viel halbkluges Zeug zu schwätzen, aber Lars hatte jetzt genug gehört. Die Kulleraugen und der Kullerbusen von Meli traten vor sein inneres Auge.

»Ich muss jetzt los. Ich bin zum Arbeiten hier und nicht zum Quatschen. War nett, deine Meinung zu hören«, sagte er, ergriff rasch Erichs Hand, schüttelte sie und machte sich aus dem Staub. Er nahm sich fest vor, von nun an allen Begegnungen auszuweichen und sich nur noch auf seine Aufgabe zu konzentrieren. Er musste eine Story abliefern, auch wenn das wahre Ausmaß dieser Tragödie nicht in Worte zu fassen war.

Kapitel 8

Tom

Sarina sprach schon wieder über Winnenden.

»Es ist so furchtbar. Ich habe gestern mit Eva telefoniert. Sie ist vollkommen aus dem Häuschen wegen dieser schrecklichen Sache«, sagte sie. Tom hörte nur mit halbem Ohr zu. Das Thema nervte ihn. Dass der Amoklauf Sarina beschäftigte, war ihm klar, aber musste sie das dauernd an ihn hinhängen, sobald sie miteinander telefonierten? Er fand den Vorfall ja auch entsetzlich, doch ständig darüber zu reden, versaute einem die Lebensstimmung. Es war typisch für Sarina, keinen Schluss zu finden, wenn sie etwas bewegte. Dabei wurde etwas Schlimmes nicht besser, wenn man darüber sprach. Manchmal war es schlicht und ergreifend besser, die Dinge ruhen zu lassen. Reden half nicht immer.

»Bei dir alles in Ordnung«, fragte sie in seine Gedanken hinein.

»Ja, ja, alles bestens. Ich war gestern mit Georg Mittagessen. Immer noch ganz der Alte, redet ohne Punkt und Komma und weiß über alles Bescheid. Ich muss weiterarbeiten. Pass gut auf dich auf.«

»Du auch«, antwortete sie.

Bevor sie auf die Idee kam, noch etwas hinzuzufügen, legte er auf. Der Tag war stressig, die Produktion lief auf Hochtouren – und Frauen mit extremem Mitteilungsbedürfnis waren anstrengend. Gut, dass Meli anders tickte. Sie hatte das Thema Winnenden zwar auch angeschnitten, war dann aber bei ihrem ersten gemeinsamen Abendessen gestern sofort zu weitaus fröhlicheren Themen übergegangen. Er erinnere sie an George Clooney, hatte sie behauptet und zog ihn damit auf. Sie neckte ihn immer wieder mit diesem Namen und ließ sich zudem eine Menge witziger Geschichtchen dazu einfallen. Es machte wirklich viel Spaß mit ihr zusammen zu sein. Er konnte sich nicht erinnern, jemals mit einer Frau, die er darüberhinaus für so attraktiv hielt, so viel gelacht zu haben.

Während er in seinem abgedunkelten Raum auf den Monitor starrte und über ein Mikrofon Regieanweisungen erteilte, schwebte ihm ihr sinnlicher Mund und die Art und Weise, wie sie auf ihn reagierte, vor Augen: Lustvoll und euphorisch, ganz anders als Sarina. Seit die Kinder auf der Welt waren, hatte Sarina kaum noch Lust auf ausgefallenen Sex. »Wir führen ein Bruder-Schwester-Verhältnis«, hatte er Meli erklärt. Auch wenn das nicht ganz zutraf, entsprach es doch seinem Empfinden.

Beim Verlassen des Regieraums fiel sein Blick auf eine Dessous-Werbung in einer Zeitschrift, die aufgeschlagen im Studio herumlag. Das versetzte ihn in Hochstimmung. Heute Morgen hatte er unter der Dusche ziemlich motiviert gewichst und dabei an Meli gedacht. Nun stand sein Entschluss fest. Er würde diese Frau wiedersehen. Heute Abend, morgen Abend und auch übermorgen – so oft und so lange, wie sie es sich einrichten konnte. Sie war das Salz in der Einheitssuppe seines Lebens.

Er griff zum Handy und wählte ihre Nummer. Kurze Zeit später war sie am Apparat.

»George«, flötete sie, als sie seine Stimme erkannte. Das machte ihn geil. Schon nach der ersten Begegnung am Mittwochvormittag hatte er ihr eine SMS geschickt und dann noch eine und noch eine und auch immer sofort eine Antwort erhalten. Die Anziehungskraft war spürbar.

»Hey«, sagte er und hoffte, dass sein Unterton ihren Unterleib massierte. »Sehen wir uns heute Abend?«

»Ja«, erwiderte Meli. »Ich muss doch Georgie kennenlernen.«

»Oo-okay, und wo?«, fragte er und fügte hinzu: »Du bist die Berlinerin, mach einen Vorschlag. Ich richte mich ganz nach dir.«

»Ich überlege mir was«, meinte sie. »Um wie viel Uhr treffen wir uns?«

»Zwanzig Uhr. Vorher schaffe ich es nicht. George freut sich und Georgie auch«, grinste er fröhlich durchs Telefon.

»Ich freue mich auch. Und wie! Ich gebe dir dann noch den Treffpunkt durch.«

Der Abend war wie Wein, rubinrot, mit einem unergründlich rätselhaften Schimmer von Violett. Das betörte Tom über alle Maßen. Ein vielversprechender Duft ging von diesem vollmundigen Bukett aus und verlieh diesem Rendezvous das Aroma eines lang entbehrten Geschmacks. Das Zusammenspiel von reifer

Brombeere, Himbeere und Johannisbeere, aus dem dazuhin die Süße von echter Vanille, ein Hauch von Zedernholz und Pfeffer hervortrat, versprach einen überwältigenden Genuss. Mit jedem Schluck bekam Tom Lust auf mehr. Samtig lag ihm der Abend auf der Zunge und wärmte, erdete und erregte ihn. Feuer loderte auf. Sie tranken diesen Abend wie guten Wein, versanken in dem Gefühl, die einzigen Menschen auf der Welt und glücklich zu sein. Vergnügt überließen sie sich dem Fluss des Lebens, trieben dahin. Es war eine übereinstimmende, schwerelose Bewegung aufeinander zu. Er hatte ihr ein Geschenk mitgebracht, sie hatte sich für ihn bis ins letzte Detail schön gemacht, trug das schärfste Höschen, das sie sich je geleistet hatte, wie sie ihm verriet. In den Gesprächspausen, die entstanden, fühlten sie sich aufgehoben und nicht unbehaglich. Das erregende Gefühl, das ihren Körpern entströmte, sagte mehr als tausend Worte. Der Geschmack von Freiheit lag in der Luft. Fleißig trieb der magnetische Dienst sie aufeinander zu, spülte sie wie Strandgut an das Ufer einer fremden, unerforschten Insel. Nichts störte ihre Eintracht. Weder tauchte ein Gespenst aus der Vergangenheit auf noch gab es irgendwo versteckte Einbrecher. Dies war Berlin, eine in sich verschlungene Stadt, in der das Leben unternehmenslustig strotzte, ohne den Anspruch zu erheben, erwachsen sein zu wollen. Pubertieren war erlaubt. Ihr Zweisamkeit war vollkommen. Gemeinsam tranken sie das Leben, tranken es wie Wein. War das Glas leer, schenkte er ihr nach. Der Genuss war unbeschreiblich.

Es stellte sich heraus, dass sie beide Zwiebelsuppe liebten. Genießerisch gaben sie ihre Bestellung auf. Die fette Käsekruste auf der Suppe begeisterte sie beide. Als Tom sah, wie genüsslich Meli ihre Suppe schlürfte, überfiel ihn der dringende Verdacht, sie immer schon gekannt zu haben. *Wieso bin ich eigentlich mit einer Frau verheiratet, die Zwiebelsuppe verabscheut?*, fragte er sich. *Ich glaube, ich habe viel zu früh geheiratet.*

Die Suppe war nur der Auftakt, denn der Abend selbst war Wein – und sie kosteten ihn voll aus. Lebensfroh schwebten sie dem Höhepunkt entgegen.

Irgendwann bezahlte Tom, half Meli in den Mantel und strebte mit ihr dem Ausgang zu. Sie folgte ihm in sein Hotelzimmer. Er fühlte sich veranlasst zu erläutern, weshalb er seine Ehe für unerfreulich hielt und sagte: »Ich fühle mich missverstanden und vernachlässigt. Ich bin es, der den Karren sowohl finanziell als auch emotional zieht. Es ist mühsam.« »Ich weiß, wie du dich fühlst. Lars vernachlässigt mich auch«, antwortete Meli.

Er umarmte sie. Mit jeder ihrer Gesten signalisierte sie ihm, wie gut sie ihn verstand. Verliebt blickte sie ihn an. Er zog sie an sich und küsste sie leidenschaftlich. Sie schmeckte nach mehr. Er küsste sie erneut. Dann zündete er die Kerzen an, die er vor ihrem Treffen besorgt hatte, füllte die Badewanne mit Wasser und einer duftenden Essenz und begann, Meli auszuziehen. Als er das von ihr angekündigte Höschen sah, das ihren apfelförmigen Hintern reizvoll zierte, stellte sich alles bei ihm steil auf. »Komm her«, sagte er, ließ sich dabei auf einen Hocker gleiten. Er streckte die Arme nach ihr aus. Sie schmiegte sich an ihn und setzte sich auf seinen Schoß. Er verspürte einen so starken Drang, sich mit ihr zu vereinigen, dass er an sich halten musste, um nicht die Kontrolle zu verlieren. Diese Frau war eine Versuchung Gottes. Sie küsste ihn zärtlich und neckte ihn mit diesem Spitznamen, der ihm Unwiderstehlichkeit verlieh.

»George, sag Georgie, dass ich bereit bin«, flüsterte sie. Das machte ihn richtig scharf. Er zog sie so dicht wie möglich an sich heran. Sein Begehren war riesengroß. Sie spreizte die Beine.

Das Badewasser wurde kalt, die Nacht heiß. Merkwürdigerweise fühlte sich das erste Mal in ihr weniger aufregend an, als er es sich vorgestellt hatte, doch ihre Verspieltheit und ihre Experimentierfreudigkeit rissen ihn unweigerlich mit. Gemeinsam versanken sie im Meer der Lust. Als sie wieder auftauchten, lachten sie. Er schnurrte vor Vergnügen, sie miaute zurück. Das schuf eine Innigkeit, die er so noch nie erlebt hatte. Er liebte den Humor, den sie im Bett zeigte. Sie war eine Frau nach seinem Geschmack, und er ganz offensichtlich nach ihrem. Zungensamtig verloren sie sich erneut ineinander, verschwendeten keinen Gedanken daran, was morgen sein würde, ließen sich vom Zauber der Gegenwart gefangen nehmen. Das Dunkel raunte. Verschwörerisch munkelten sie zurück.

Kapitel 9

Stepford

Sarina wachte mit einem Kratzen im Hals auf, was ihre Hoffnung trübte, heute Abend ausgehen zu können. Sie war nämlich mit einer Freundin verabredet. Sollten sich die Halsschmerzen verschlimmern, würde ihr das jedoch einen Strich durch den geplanten Ausgehabend machen. Sie schluckte angestrengt, um die Spannung zu vertreiben, aber das Innere ihres Halses fühlte sich weiterhin wund an. Noch ein anderes Weh bedrängte sie. Sie war Tom im Traum begegnet. Ein schlimmes Erlebnis. Die Details waren ihr entfallen, sie wusste nur noch, dass er sich von ihr abgewandt und ihr weh getan hatte. Als sie darüber nachdachte, wurde sie ganz traurig. Ihr gemeinsames Leben war sowieso schon schwierig genug, dass nun auch noch ihr Unterbewusstsein in Alarmstimmung verfiel, war kein gutes Zeichen. Tom war entweder nicht zu Hause oder trotz Anwesenheit abwesend. In seiner Freizeit tat er nur das, worauf er Lust verspürte. Alles andere interessierte ihn wenig, von den Kindern mal abgesehen. Weder konnte sie ihn dazu bewegen, mit zum Schwimmen oder Tanzen zu gehen, noch war er richtig bei der Sache, wenn sie ihm von ihrem Alltag und ihren Sorgen erzählte. Tanzen nannte er »das Rumgehopse«, dem er kein Vergnügen abgewinnen konnte, und zum Schwimmen ging er seit Jahren nicht mehr, obwohl er sie früher, als sie noch kinderlos waren, stets begleitet hatte. Er kam ihr manchmal vor wie ein Hexenmeister, dem sein Zauberbesen abhanden gekommen war. Unruhig und nie bereit sich anzupassen oder anzukommen.

Während sie Museen und Galerien liebte und dort Beschaulichkeit fand, fegte er, sofern sie nicht mit Fotografie und Film zu tun hatten, durch sie hindurch, als wäre der Teufel hinter ihm her. Immer vorausgesetzt, er ging überhaupt mit. Sie gab sich in der Regel geschlagen, trabte hinter ihm her, protestierte manchmal auch, aber der Ausstellungsbesuch war ihr vergällt. Sie genoss Kunst gern in allerRuhe, doch Tom ließ er keine Zeit dazu. Wann immer sie ihn zu etwas aufforderte, winkte er in der Regel gelangweilt ab. Sie war es längst leid, sich für all ihre Unternehmungen rechtfertigen zu müssen, und verschob die meisten auf Zeiten, in denen Tom unterwegs war. Nun musste sie den heutigen Abend, auf den sie sich so gefreut hatte, vermutlich absagen.

Bedrückt fragte sie sich: *Was mache ich bloß, damit mein Halsweh nicht schlimmer wird?* Sie wusste, dass das Halschakra mit dem offenen Ausdruck des Seins zu tun hatte – und ihr stellte sich die Frage, welcher tieferen Ursache sie diese Schmerzen zu verdanken hatte. Im Bewusstsein ihrer vollkommenen Ganzheit hätte sie sie nicht bekommen, da war sie sich sicher. Unterdrückte sie irgendetwas? Sie wollte auf keinen Fall krank werden. Sie liebte den kleinen Freiraum, den sie hatte, wenn Tom beruflich unterwegs war. Tapfer schälte sie sich aus dem Bett und beschloss, den Tag anzupacken, komme, was da wolle. Oft verflüchtigte sich Halsweh nach dem Aufstehen. Vielleicht hatte sie ja Glück.

Es war still im Haus. Außer ihr war niemand da. Alle waren ausgeflogen. Die Jahre, in denen sie Tag für Tag um sechs Uhr in der Frühe aufgestanden war, um den Kindern mit Hilfe eines anständigen Frühstücks einen guten Start in den Tag zu ermöglichen, lagen hinter ihr, es sei denn, es goss aus vollen Kübeln. Dann brachte sie Michael und Marilena, die sonst mit dem Fahrrad fuhren, mit dem Auto zur Schule und versorgte sie zuvor noch mit einem guten Frühstück. Es war ihr wichtig, den Kindern, die schon 21, 19 und 16 Jahre alt waren, immer noch eine Stütze zu sein, damit sie sich ganz auf ihre Aufgaben konzentrieren konnten und nicht auf Abwege gerieten. Wer sich wie ihr Sohn im Abitur befand, brauchte familiären Rückhalt. Auch die Nachwehen der Pubertät bei Marilena durften nicht auf die leichte Schulter genommen werden. Über Skype pflegte Sarina regelmäßig Kontakt mit Miriam, ihrer ältesten Tochter, die sich derzeit in Neuseeland aufhielt. Alles war gut eingerichtet in ihrer Welt.

Sie hatte eine völlig andere Kindheit gehabt. Ihre Mutter war zeitlebens berufstätig gewesen und stand nie zur Verfügung, wenn Sarina sie brauchte. Wenn sie daran dachte, wurde sie ganz traurig. Umso mehr bemutterte sie ihre eigenen Kinder. Sie liebte es, Mutter zu sein. Es machte ihr Freude, sich um alles zu kümmern und für andere zu sorgen. Eine Vereinbarung zwischen ihr und Tom, über die nicht direkt gesprochen, die dafür aber umso intensiver gelebt wurde.

Um neun Uhr war Sarina mit ihrer Morgentoilette fertig. Sie wollte gerade frühstücken, als das Telefon klingelte. Tom wünschte ihr einen guten Morgen und ließ sie wissen, dass er am Abend wegen Dreharbeiten nicht zu erreichen sei. Es war nicht ungewöhnlich für ihn, nachts zu arbeiten, sein Job als Regisseur verlangte viel Flexibilität, dennoch war Sarina ein wenig verwundert. Warum betonte er das so ausdrücklich? Das tat er sonst nie.

»Wie läuft es bei Michael?«, fragte Tom in diesem Moment.

»Englisch lief nicht so gut«, antwortete sie. »Das beschäftigt ihn.«

»Darüber reden wir ein anderes Mal«, erwiderte Tom.

Da war er wieder, der Punkt, der sie schmerzte. Tom ging nicht auf sie ein. Was ihr am Herzen lag, blieb für ihn stets Nebensache. Sarina hätte so gerne seinen Rückhalt gespürt, doch da geriet sie bei ihm an den Falschen. Er sorgte dafür, dass Geld reinkam, der Rest fiel in ihren Zuständigkeitsbereich. Okay, sein Beruf beanspruchte ihn stark, aber gab ihm dies das Recht, sich ansonsten alles vom Hals zu halten oder ihre Angelegenheiten abzutun? Sie litt an dieser Starrheit der Rollenverteilung und an seinem Unverständnis. Ihr gemeinsames Leben erschien ihr durch dieses Verhalten oft wie eine Farce, zumal sich seine familiäre Anpassungsbereitschaft von Jahr zu Jahr zu verringern schien.

»Ich muss los«, sagte Tom und legte zack auf. Sarina hörte nur noch den langgezogenen Ton, der ihr anzeigte, dass die Verbindung unterbrochen war. Eine seltsame Leere beschlich sie. Das Gefühl, ein kleiner Hamster in einem Rad zu sein, das von anderen bewegt oder angehalten wurde, wie es ihnen gerade passte, beschlich sie. Bedrückt lehnte sie sich für einen Augenblick zurück. Ihr Magen knurrte. Sie strich sich ein Marmeladebrot. Der Kaffee schmeckte bitter. Als sie mit dem Frühstück fertig war, schnappte sie sich ihre Einkaufskörbe, setzte sich ins Auto und fuhr los.

Ihre übliche Tour, die sie einmal in der Woche absolvierte, führte sie zum Biobauern, danach zu einem Lebensmitteldiscounter und schließlich noch in eine Drogerie. Die Prozedur wiederholte sich seit unzähligen Jahren Woche für Woche. Hin und wieder veranlasste das stereotype Programm ihres Lebens sie dazu, sich als »Stepford-Frau« zu bezeichnen, so hießen die weiblichen Wesen in dem Roman von Ira Levin. Es handelte sich, oberflächlich betrachtet, um attraktive Frauen von aufopferungsvoller Hingabe, die in Wirklichkeit jedoch Cyborgs, also Mischwesen aus Mensch und Maschine waren, dazu hergestellt, um der Welt des Patriarchats zu dienen. Hin und wieder fragte sich Sarina ernsthaft, ob sie nicht auch wie eine Maschine tickte. Sie konnte sich des Gefühls nicht ganz erwehren, mehr mit diesen Stepford-Frauen gemein zu haben, als ihr lieb war.

Hastig graste sie die gewohnten Läden ab – eine Einkaufstour, die sich durch nichts von den vielen anderen zuvor unterschied. Volle Gangreihen, unüberschaubare Regale, Leute, die den Einkaufswagen in der Mitte des Durchgangs platzierten, ohne eine Sekunde an die anderen zu denken, plärrende Kleinkinder, ältere Herrschaften, die alles fünfmal umdrehten und dann an der Kasse keine Zeit mehr hatten, lange Warteschlangen, volle Parkplätze.

Ein Blick auf die Uhr verriet ihr, dass sie sich beeilen musste, um das Essen pünktlich bis dreizehn Uhr auf den Tisch zu bringen. Das Beisammensein beim Mittagessen war ein Ritual, auf das sie nicht verzichten wollte. Es war wichtig, Gemeinsamkeiten zu pflegen. Während der Zusammenkunft kamen oft Sachen zur Sprache, die sonst womöglich untergegangen wären. Ihr lag viel daran, am Ball zu bleiben, denn sobald sich Michael und Marilena in ihre eigenen vier Wände zurückzogen, war Schluss. Dann waren sie mit Dingen beschäftigt, die sich der elterlichen Aufsicht entzogen. Sarina konnte nur erahnen, was stundenlang am Telefon gequatscht oder im Internet getrieben wurde.

Sie hatte es fast hinter sich, stand mit ihren letzten Einkäufen an der Kasse und sah sich beim Warten mit einer Reihe von Sprüchen bombardiert. »Mit uns können sie rechnen. Beste Qualität zu fairen Preisen. Auf uns ist Verlass«, versprach der Lebensmitteldiscounter. Das Band lag voller Waren, vier Personen waren noch vor ihr. Wie aufgezogen scannte die Kassiererin ein Warenteil nach dem anderen ab. Als sie endlich dran war, kam Sarina kaum mit Wegräumen nach. Sie fühlte sich unter Druck gesetzt. Ihr Hals schmerzte. *Always in a run, always in a hurry, alles muss schnell und immer schneller gehen, niemand hat mehr Zeit,* dachte sie. In diesem Augenblick vermisste sie irgendetwas Grundlegendes so nachhaltig, dass ihr beinahe schlecht wurde. Rasch bezahlte sie, verließ den Supermarkt und eilte zu ihrem Auto.

Zu Hause machte sie sich an die Zubereitung des Mittagessens. Während sie kochte, erklang David Dundas »Jeans on« im Radio. Der Song aus den 1970ern überschwemmte sie mit Erinnerungen. Sie musste an ihre erste große Liebe denken, an die Zeit, als sie siebzehn war. »When I wake up in the morning light, I pull on my jeans and I feel alright ...«, sang sie laut mit. Auf einmal fühlte sie sich sehr einsam. Tom war so viel unterwegs. Die Kinder waren groß und mit sich selbst beschäftigt. Eine heftige Sehnsucht überfiel sie. Sie dachte an Paul, den ersten Mann in ihrem Leben, an diesen verrückten Träumer und Poeten, der großartige Aufsätze schreiben und stundenlang philosophieren konnte, dabei trotzdem sportlich war und Motorrad fuhr. Die Erinnerung zauberte ihr einen zarten Schmelz ins Herz, den sie lange nicht mehr gespürt hatte. Einen Moment lang fragte sie sich verwundert, wo sich diese Sehnsucht all die Jahre versteckt gehalten hatte. Sie summte den Song noch immer leise vor sich hin, als ihre Tochter auftauchte und sofort zu meckern anfing, weil ihr irgendetwas am Essen nicht passte. Sarina wurde ganz leise und ließ das Pubertier maulen.

Ein paar Stunden später war klar, dass sie sich das Ausgehen aus dem Kopf schlagen konnte. Fiebrig, zerschlagen, mit schmerzendem Hals und einer Nase, die so verstopft war, dass sie kaum noch Luft bekam, lag sie im Bett, so gefangen in diesem Zustand, der ihr jegliche Energie raubte, dass alles andere dahinter verblasste. Ihr Körper forderte eine Auszeit ein. Matt hing sie in ihren Kissen. Im virulenten Würgegriff war das Bett der einzig sinnvolle Zufluchtsort. *Wie sehr schon eine einfache Erkältung die Prioritäten des Lebens verwischen kann. Was uns gerade noch wichtig erscheint, verliert plötzlich seine Bedeutung,* stöhnte sich Sarina durch ihre Gehirnwindungen. Leidend blieb sie an ihrer verstopften Nase hängen. Nachdem sie sich geschnäuzt hatte, plätscherten ihre Gedanken träge weiter. Ihr Alltag, dem sie sonst eine hohe Brisanz einräumte, trat völlig in den Hintergrund. Nichts davon war wirklich mehr wichtig. Sie musste an Tom denken und wünschte, er wäre hier. Aber Tom war nicht da und auch nicht zu erreichen. Ihr Bedürfnis, mit ihm zu sprechen, war riesengroß. Sie versuchte, ihn zu erreichen, aber sein Handy war abgeschaltet. Er musste mit dieser Produktion ziemlich im Stress sein. Die Einsamkeit bohrte sich wie ein kleiner, unsichtbarer Stachel in ihre Seele. Sie fühlte sich hundeelend und ahnte bereits, dass dieser Infekt sie länger als erwartet ans Bett fesseln würde.

Im Zeitlupentempo wählte sie Evas Nummer. *Bitte sei da, Eva,* wisperte es in ihr.

»Hallo«, ertönte da auch schon Evas Stimme.

»Eva, ich bin so beunruhigt, ich erreiche Tom nicht«, sprudelte es aus ihr heraus.

»Den erreichst du doch oft nicht, ohne dich deshalb zu beunruhigen.«

»Ja, ich weiß, aber dieses Mal ist es anders.«

»Wie hoch ist dein Fieber?«

»38,8 Grad Celsius, ich bin durchaus noch bei Verstand, wenn du das meinst, Eva! Ich bin nur so durcheinander. Irgendetwas fühlt sich so anders an.«

»Du kennst doch deinen Workaholic. Was dich und die Familie anlangt, war auf ihn noch nie Verlass. Er versprüht seinen Charme in der Welt und überlässt dir liebend gerne den Rest. Willst du dich deshalb jetzt verrücktmachen?«, fragte Eva.

»Ich weiß auch nicht, was los ist. Ich muss dauernd an ihn denken.«

»Du sorgst dich doch sonst nur um die Kinder und nicht um ihn«, erwiderte Eva.

»Hm. Meinst du, man kann Gedanken kontrollieren, Eva? Ich meine, richtig kontrollieren?« Sarina musste daran denken, dass ihr Eva schon einige Bücher über positives Denken geschenkt oder ausgeliehen hatte.

»Davon bin ich überzeugt. Aus Gedanken werden Dinge. Es ist wichtig, sich seinen Gedanken nicht einfach so auszuliefern«, meinte Eva.

»Ich finde das gar nicht so einfach«, entgegnete Sarina.

»Ich habe auch nicht gesagt, dass es einfach ist, sondern wichtig. Aber ruh dich jetzt lieber aus, anstatt mit mir eine Diskussion über positives Denken anzufangen«, sagte Eva.

Sarina ließ nicht locker. »Ich wäre gerne eine Meisterin meiner Gedanken, denn sie lösen oft tiefe Beunruhigung in mir aus, aber ich bekomme es nicht hin. Mit positiven Gegengedanken, wie du sie mir empfohlen hast, komme ich da nicht wirklich weiter.«

»Um was geht es eigentlich, Sarina?«, hakte Eva nach. »Kurier dich erst mal aus, dann reden wir weiter.

»Nein! Bitte, Eva, lege nicht auf! Ich habe so ein komisches Gefühl.«

»Dreht es sich um Tom? Süße, der sitzt im Schneideraum oder am Regiepult und arbeitet. Wo ist das Problem?«

»Ich erreiche ihn nicht.«

»Na und? Dein Mann ist doch andauernd weg. Das hat dich bisher nie beunruhigt.«

»Ich weiß, aber dieses Mal ist es irgendwie anders. Du musst mir glauben – ich verspüre nicht die geringste Lust auf beunruhigende, ärgerliche, neidische, hässliche, gemeine oder gar schreckliche Gedanken, aber nun verdüstern sie mir wie dunkle Wolken den Kopf und ich kann nichts dagegen tun. Sie breiten sich in Windeseile aus. Ich bin ihnen einfach ausgeliefert.« Sarina stöhnte laut auf.

»Wovon sprichst du? Du steigerst dich da in was hinein! Gedanken kommen und gehen. Die krallen sich doch nicht in einem fest, es sei denn man erlaubt es ihnen. Mach dich nicht verrückt. Der meldet sich sicher heute noch«, rief Eva ins Telefon.

Sarina seufzte. Wie konnte sie die Wahrnehmungsebene, die sich in ihr zu Wort meldete und die sie quälte, Eva klar machen, ohne dass ihre Freundin sie für irre hielt? Flehentlich sagte sie: »Was soll ich tun? Ich weiß nicht wohin mit meinen düsteren Gedanken?«

»Das bringt doch nichts, Sarina! Wie kannst du dieser Unruhe so viel Macht über dich einräumen? Das muss das Fieber sein, so kenne ich dich sonst gar nicht. Nimm eine Beruhigungs- oder Schlaftablette und schlaf dich gesund«, mahnte Eva.

»Du hast recht. Ich werde versuchen, zur Ruhe zu kommen. Das Gespräch mit dir hat mir gut getan. Danke, dass du meine Freundin bist. Ich hab dich lieb.« Sarina ließ den Hörer aufs Bett fallen und überließ sich ihrer fiebrigen Mattigkeit. Sie versank in ihrem Kissen. Je tiefer sie versank, desto mehr verflüchtigten sich ihre Gedanken. Sie verschwanden einfach in irgendwelchen Gehirnwindungen, wo sie keiner mehr wiederfinden konnte. Dösig sah Sarina ihnen nach.

Plötzlich verspürte sie Lust, eine CD der Söhne Mannheims anzuhören, ein Geschenk von Michael. Sie schälte sich aus dem Bett, um danach zu suchen. Michael hatte ihr die CD vor ein paar Jahren mit den Worten überreicht: »Die wirst du noch gebrauchen können.« Nun war es also soweit. Sie durchforstete das CD-Regal und wurde fündig. *Gut, dass Eva mich jetzt nicht sieht*, dachte sie verwundert über sich selbst. Sie legte die CD ein, ließ sich ins Bett fallen, hörte den Blues der Söhne Mannheims und verlor sich darin. Sie hatte das Gefühl, sich in Trance zu befinden. Jahrelang hatte sie diese CD ignoriert, nun lauschte sie ihr ergriffen, wurde sowohl von der Musik als auch den Texten emotional durchgeschüttelt. Es erschien ihr sogar, als seien die Songs das Wunderbarste, das ihr je zu Ohren gekommen war. Sie summte leise mit.

Kapitel 10
Schlaflosigkeit

Für das Grauen, das über Winnenden und die umliegenden Ortschaften hereingebrochen war, gab es keine Worte. Jedenfalls sah Lars sich nicht in der Lage, sie zu formulieren. Er telefonierte stattdessen mit Jasmin. Jasmin war eine Freundin von Diana. Diana wiederum war die Frau von Lars' Schulfreund Joachim. Er hatte Lars erzählt, dass Julia, die Tochter von Jasmin, den Amoklauf hautnah miterlebt hatte und mit ansehen musste, wie ihre beste Freundin ums Leben kam. Dank der Vermittlung von Diana hatte sich Jasmin zu einem Gespräch mit Lars bereit erklärt.

»Wir stehen alle unter Schock«, erzählte sie ihm gerade. »Ich bin einfach nur froh, dass Julia noch lebt, froh, aber auch zutiefst erschüttert.« Lars hörte ihr so ruhig wie möglich zu. Sie berichtete, wie die Nachricht vom Amoklauf sie erreichte, wie sie ohne Unterlass versuchte, ihre Tochter ans Handy zu bekommen – und wie butterweich ihre Knie wurden, als sie erfuhr, dass Julia überlebt hatte.

»Der Frieden ist unwiederbringlich verloren. Wir sind alle aus unserer Umlaufbahn geschleudert worden. Es wird lange dauern, einigermaßen zur Normalität zurückzukehren, falls es überhaupt möglich ist«, sagte sie.

Lars spürte ihre Bewegtheit und Trauer über diesen ungeheuren Krater, der sich da von einer Stunde auf die andere aufgetan hatte. Jeder, der nicht drum herumgehen konnte, sondern hinuntersteigen musste, weil es ihn direkt betraf, war von Herzen zu bedauern. *Zu düster, zu abwegig, zu dämonisch. Der von den Engeln des Todes bewachte Eingang dieses Kraters ist so schwindelerregend, dass er unbegehbar ist,* dachte er. Jasmin schluchzte. »Julias beste Freundin ist tot.« Das klang so beunruhigt und entsetzt, dass Lars nicht wusste, was er erwidern sollte. Wie groß musste da der Schmerz bei den Eltern sein, die ihre Kinder nie wieder in die Arme schließen konnten. Er sah Geröll vor sich, in dem heiße Lava brodelte. Kein Mensch konnte sie berühren, es sei denn, er nahm den eigenen Tod billigend in Kauf. Er hatte das Gefühl, vor dem Abgrund, der sich da auftat, haltmachen zu müssen, um nicht von den Lavaströmen erfasst und vernichtet zu werden. Es gab Dinge, über die man nicht sofort nachdenken durfte, wollte man irgendwie weiterleben. *Da helfen nur Beruhigungstabletten, Menschen, die für einen da sind, Gespräche, jahrelang und immer wieder,* ging ihm durch den Kopf.

»Es wird nie wieder so sein, wie es einmal war«, flüsterte Jasmin mit tränenerstickter Stimme.

Er wagte nicht zu antworten, sondern bedankte sich für ihre Bereitschaft, mit ihm zu reden, dann lehnte er sich nachdenklich zurück. *Wir sind Durchreisende, nichts als Durchreisende,* sinnierte er. *Wir können es uns noch so bequem machen, uns in unserem Leben einrichten, uns in Sicherheit wiegen - wir bleiben dennoch*

Durchreisende. Als Veranstalter unserer eigenen Reise reisen wir kreuz und quer, Tag und Nacht. Wenn es hochkommt, stehen uns 36500 Tage zur Verfügung, um unsere Reise zu vollenden. Das ist nicht gerade umwerfend viel, und für eine große Anzahl von Menschen ist es noch viel kürzer. Dabei gehen wir oft so achtlos mit diesen Tagen um, lassen sie lieblos verstreichen! Hundert Jahre sind so kurz - und wir Idioten gehen mit unseren Möglichkeiten und unserer Zeit um, als seien wir unsterblich. Wir reisen zu schnell und verirren uns dabei. Rast- und ruhelos, hungrig, gierig, aufgeregt, wütend, ängstlich und traurig hasten wir durchs Leben, bloß um scheinbar irgendwo anzukommen, wo wir dann doch nicht bleiben wollen. Wir vergessen, dass der Weg das Ziel ist und jedes Ankommen nur eine Station, oder wir verbummeln uns, kommen vom Weg ab, laufen ständig im Kreis, verlieren die Orientierung, lernen uns selbst wirklich nie kennen. An diesem Punkt seiner Überlegungen angelangt, fragte sich Lars ganz ernsthaft, ob er den Mut haben würde, mit dem Rest der ihm zur Verfügung stehenden Ressourcen eine neue Reiseroute einzuschlagen? Schon lange träumte er davon, ein Buch zu schreiben. Würde er den Mut haben, sich eine Auszeit zu nehmen, um es endlich in die Tat umzusetzen? Die wenigsten Leute, die er kannte, schafften den Absprung ins Land ihrer Träume, zumindest nicht auf die Art, die ihm vorschwebte. Entweder versuchten sie, alles unter einen Hut zu bekommen und waren deshalb ständig im Stress oder sie blieben von vorneherein in ihrer Komfortzone stecken. *Die Ereignisse belegen mal wieder, wie brüchig das Leben ist - ein seidener Faden, der schneller reißen kann, als wir uns klarmachen. Und das letzte Hemd hat bekanntlich keine Taschen. Unsere scheinbare Sicherheit ist pure Illusion,* dachte er.

Er beschloss, mit Meli zu reden, sie über seine Pläne, sich eine Auszeit zu nehmen, zu informieren, damit sie vorbereitet war. Dann setzte er sich an seinen Laptop, schrieb einen Artikel über Winnenden und sandte ihn noch in dieser Nacht per E-Mail nach Berlin. Obwohl ihn der Amoklauf tief bewegte, versuchte er, sich nicht davon gefangen nehmen zu lassen. Das Wissen, dass er nicht grundlos hier war, sondern eine Mission erfüllte, indem er seinen Eltern Trost spendete, half ihm dabei. Auf leisen Sohlen schlich er in den Keller, um sich eine Flasche Rotwein zu holen. Die Nacht war schon weit fortgeschritten, als er endlich einschlief.

Kapitel 11

Zorn

Palm war seit halb vier Uhr nachts auf Tour. Als LKW-Fahrer hatte er kurz nach acht Uhr morgens schon die erste von vier Fahrten hinter sich. Einladen, fahren, ausladen. Die Strecken unterschieden sich. Mal war er nur eine halbe Stunde, dann wieder bis zu zwei Stunden unterwegs, je nachdem, wo sich der Laden, den er beliefern musste, befand.

Obwohl er sonst gerne LKW fuhr, hatte er heute keinen Kopf für seinen Job. *Wild gewordenen Egoismus*, hatte Munia ihm vorgeworfen. Nun musste er unentwegt an ihren verdammten Egoismus und an seine Kinder Nuno, Mona und Túlio denken. Wütend schlug er mit den Händen auf sein Lenkrad. Immer wieder gelang es diesem Weib, ihm schlechte Gefühle zu vermitteln. Es war zum Aus-der-Haut-Fahren. Er musste dringend etwas dagegen unternehmen. So ging es nicht weiter. Er beschloss, Anne in Berlin anzurufen. Sie war eine Psychotante, die ihn schon immer beeindruckt hatte und dazuhin eine langjährige Freundin seiner Schwester. Er erinnerte sich noch gut an den Versuch der beiden, ihm ins Gewissen zu reden, als er anfing, sich einem ungezwungenen Lebensstil hinzugeben und schließlich das Studium schmiss. Lieb gemeint, aber völlig unnütz. Weder hatte er Bock, sich von seiner Schwester und der anderen akademischen Tussi etwas sagen zu lassen, noch war er bereit, zu einer total verspannten Lebensform zurückkehren. Annes Busen allerdings beeindruckte ihn. Lockend schimmerte er durch den engen Pullover durch, den sie trug. Ob sie immer noch enge Pullis trug? Er schnalzte mit der Zunge. Aber dann fielen ihm seine Kinder und seine verdammten Magenschmerzen wieder ein, und da verging ihm alle Geilheit. Er musste mit jemandem reden, so konnte es nicht weitergehen. Bei Anne war es bestimmt umsonst. Sie und seine Schwester waren schon eine halbe Ewigkeit befreundet.

Schlimme Gedanken stiegen in ihm auf. Scheiße, Scheiße, Scheiße! Laut stöhnte Palm vor sich hin. Jedes Lebenszeichen, das Munia von sich gab, regte ihn auf. Die Frau konnte ihn zur Weißglut bringen. Wieder schlug er auf den Lenker. Nuno! Mona! Túlio! Und er? Ende im Gelände. Sein Blick fiel auf die gegenüberliegende Fahrbahn. Um sich abzureagieren, wäre er am liebsten in die Autoschlange gerast, die sich dort bildete. *Die besten Wettermelder*, tönte es aus dem Radio. »Klugscheißer! Saftsäcke! Als ob sich das Wetter an das hält, was ihr da labert.« Sein Magen brannte, wie so oft in letzter Zeit. Was war los? Hoffentlich konnte Anne ihm helfen. *Tamara!* Tamara ging ihm durch den Sinn. *Sie fickt einfach verdammt gut, und sie ist für mich da,* sagte er halblaut vor sich hin. Er stand auf sie. Vielleicht liebte er sie sogar. *Was soll dieser ganz Scheiß hier überhaupt?* fuhr er fort und kratzte sich am Kopf. Ein Wort erschien vor seinem inneren Auge. Sein Blick rutschte auf die Stelle zwischen seinen Beinen. Gleich würde er beim Warenlager angelangt sein. Die Ladung für die nächste Runde. Tamara schlief sicher noch. Wieder spürte er seinen Magen, Druck, Stiche. *Scheiß Magen!* Der sollte ihn bloß in Ruhe lassen. Unbehagen breitete sich in ihm aus. *Hoffentlich ist es nichts Ernstes. Ein Geschwür, Krebs,* schimpfte er in Gedanken. Wie konnte bloß so viel Scheiße durch sein Gehirn kriechen? War das heilbar? Hoffentlich. Er stöhnte auf. *Anne muss für Abhilfe sorgen. Sie schuldet mir einen Gefallen, ich habe ihr damals beim Umzug nach Berlin geholfen. Ist zwar schon 'ne Weile her, aber was soll 's?* Als er beim Lager ankam, stieg er aus seinem Laster und griff nach seinem Handy.

Kapitel 12
Unlust

Müdigkeit hielt Anne umschlungen. Die Nacht wollte nicht von ihr weichen. Warum war sie nur so müde, so antriebslos? Weil Roman ihr nicht wirklich zur Seite stand – oder gab es einen anderen Grund? Sie wusste es nicht, war aber beunruhigt. Als Ärztin hielt sie es für kein gutes Zeichen, sich so ausgelaugt und ohne jegliche Motivation zu fühlen. Sie war immer engagiert und zuversichtlich gewesen. Was war los?

Seit einiger Zeit benötigte sie mehr Aufmerksamkeit von Roman, wurde aber gleichzeitig auf ganz merkwürdige Art wütend, wenn er sie ihr, feinfühlig wie er war, tatsächlich zuteil werden ließ. Bitter umklammerte sie der Gedanke, dass er ihr längst einen Heiratsantrag hätte machen oder wenigstens mit ihr zusammenziehen sollen. Vielleicht war es ja das, was ihr fehlte. Aber Roman dachte nicht im Traum daran, so zugewandt er sich auch verhielt. Als sie an diesem Punkt ihrer Überlegungen angelangt war, klingelte ihr Handy. Eine vertraute Stimme drang an ihr Ohr. *Was will der,* fragte sie sich überrumpelt.

»Peter hier. Hey Anne!«, meldete sich der Bruder von Nora. »Ich wollte dich schon längst mal anrufen.

Ich brauche deinen Rat. Du hast doch Erfahrung mit unguten Zuständen«, fuhr er fort.

»Hallo, Peter! Das ist ja eine Überraschung. Es ist lange her«, erwiderte sie und hoffte, er würde es kurz machen.

»Wie geht's?«, fragte er.

»Ganz ordentlich. Und dir?«, antwortete sie.

»Man lebt. Was soll ich sagen? Ich habe ziemliche Probleme in letzter Zeit. Ich möchte nach Berlin kommen, um mit dir zu reden. Ich brauche Hilfe. Du hilfst mir doch?«, fragte er lauernd.

»Und wann?«

»Am Wochenende«, antwortete er.

Anne stockte kurz der Atem. Was sollte das denn? Peter verlangte kleinlaut nach Hilfe? Was war da passiert? Sie hatte mit einem freien Wochenende gerechnet. Die Anreise von Palm bedeutete, dass sie ihn bei sich unterbringen und ihm zuhören musste. Das passte ihr ganz und gar nicht, aber nein sagen konnte sich auch nicht. Er war Noras Bruder, außerdem schuldete sie ihm noch einen Gefallen.

»Das kommt ziemlich überraschend, Peter«, sagte sie und betete innerlich, dass er es sich noch überlegen würde. »Ist es denn wirklich so dringend?«

»Ich würde dich nicht anrufen, wenn es nicht wichtig wäre. Ich habe mich vor einigen Monaten von Munia getrennt und bin seither voll von der Rolle. Jede Nachricht von ihr regt mich auf. Mein Magen brennt höllisch – und wenn er nicht brennt, sticht oder drückt er die ganze Zeit. Eigentlich halte ich ja nicht viel von eurem Psychoquark, wie du dir sicher denken kannst, aber diese Magenschmerzen sind mir unheimlich. Früher hatte ich so etwas nie. Es muss ein Zusammenhang zwischen diesen Schmerzen und dem anderen Scheiß bestehen. Du bist doch Ärztin und gut in deinem Job. Ich habe dir damals bei Umzug geholfen. Jetzt bist du mal dran. Diese Schmerzen bringen mich noch um. Weißt du, ich habe einen Scheißhass auf die Alte und gleichzeitig Heimweh nach meinen Kindern. Damit fängst du doch sicher etwas an.«

Anne schüttelte wortlos den Kopf. Liebend gerne hätte sie ihn abgewimmelt, doch ihr schlechtes Gewissen war stärker. Was würde Nora sagen, wenn sie erfuhr, dass sie ihrem Bruder seinen Wunsch nach Hilfe abgeschlagen hatte? Um Hilfe zu bitten war keineswegs selbstverständlich für ihn. Er hatte schon viel Mist in seinem Leben gebaut, ohne dass es ihn gezupft oder er um Hilfe ersucht hätte. Früher wollten Nora und sie ihn immer zum Besseren bekehren, was aber nicht klappte, weil er sich verweigerte. Jetzt, wo er endlich bereit war, sich zu öffnen, durfte sie die Chance nicht verstreichen lassen. Vielleicht gelang es ihr ja, ihn zu einer gewissen Einsicht zu bewegen. Schon Nora zuliebe durfte sie ihn nicht abweisen. Es war schließlich ihr Job, anderen zu helfen. Sie atmete tief durch und sagte: »Okay! Wann genau kommst du?«

»Am Samstag. Ich ruf dich an, sobald ich Berlin erreicht habe«, antwortete er. »Das wird wohl so gegen Mittag sein. Ich fahre zwischen vier und fünf Uhr morgens hier ab. Mach dir keinen Stress. Du hast dann immer noch genügend Zeit, deine Wohnung auf Vordermann zu bringen«, fügte er leicht anzüglich hinzu.

Sie gab ihm ihre Adresse durch. Noch bevor sie etwas sagen konnte, sagte er: »Bis dann.«

»Ja, tschau«, erwiderte sie matt, aber er hatte schon aufgelegt. Ein wenig verdutzt hielt Anne den Hörer in der Hand. *Immer noch der gleiche dreiste Typ,* ging ihr durch den Sinn.

Stunden später war für Anne die Woche im Zentrum vorüber. Sie fühlte sich ausgelaugt und dankte Gott, an den sie immer weniger glaubte, dass die Arbeit hinter ihr lag. Zweieinhalb Tage Ruhe vom Zentrum, war eine Wohltat für sie, zumal sie in letzter Zeit ausgesprochen schlecht schlief. Meist lag sie todmüde im Bett und fand doch keinen Schlaf. Tagsüber fühlte sie sich dementsprechend gerädert. Ihr Leben war ungemein anstrengend geworden, auch wenn sie sich nach außen nichts anmerken ließ. Von der Zähigkeit ihrer schlaflosen Nächte mal abgesehen, fegte die Zeit bloß so dahin. Schon wieder war eine Woche vorüber. Wohin sollte das noch führen? Ihre trüben Gedanken rotierten. Gut, dass sie nachher mit Roman Kaffee trinken und ein wenig im Grunewald spazieren gehen würde. Jedenfalls hatten sie das vereinbart. Dazu lagen ein langer Abend und eine gemeinsame Nacht vor ihnen. Das tröstete sie ein wenig. Sie hatte vor, ernsthaft mit ihm zu reden. Für sie konnte es so nicht weitergehen. Sie kam sich vor wie eine Fassade, äußerlich intakt, aber innerlich ausgehöhlt. Sie benötigte alle Kraft, die ihr noch zur Verfügung stand, um diese Fassade aufrecht zu erhalten. Sie hätte so dringend ein inneres Auftanken gebraucht, doch wo sollte das herkommen? Sie steckte in einem Teufelskreis fest, aus dem es kein Entkommen gab. Es sei denn, sie würde die Fassade einreißen, ihre Erschöpfung, ihre Frustration sichtbar machen. Vielleicht war das tatsächlich ein notwendiger Schritt, um wieder Frische in sich zu spüren. Aber wenn sie sich den ganzen Schutt vorstellte, den das aufwirbeln würde, den es dann aufzuräumen gab und an die Anstrengungen, die ein Neuanfang zweifellos erforderte, wurde ihr ganz schwindlig und schlecht. Sie war fast 50. Woher sollte sie den Mut und die Energie dafür nehmen? Den Gedankenblitz, mit Roman darüber zu sprechen, verwarf sie sofort wieder. Roman würde es nicht begreifen, nichts von alledem, was sie bewegte.

Als sie neulich erschöpft auf einer Liege im Zentrum lag, hatte er gefragt: »Machst du auch regelmäßig die Atemübungen, die ich dir gezeigt habe?« Als ob Atemübungen ihre Probleme lösen würden. Wütend äffte sie ihm innerlich nach: *Machst du auch regelmäßig die Atemübungen, die ich dir gezeigt habe?* Das klang so schrecklich fürsorglich, so von oben herab. Am liebsten hätte sie ihm seinen Satz ins Gesicht geschleudert, damit er endlich etwas begriff, aber sie wollte sich nicht die Blöße geben, ihn zu der Bemerkung zu veranlassen, sie brauche eine Verhaltenstherapie.

Ohne zu ahnen, wie aufgebracht sie war, fuhr er fort. »Du weißt doch, das Göttliche liegt im Atem.«

Oh bitte, nicht schon wieder diese Leier, toste es in ihr. Sie war so genervt. Wie sie diese Attitüden hasste. Nach dem Tod seiner Frau hatte Roman offenbar beschlossen, echte Partnerschaft auf ein Minimum zu beschränken. In seinen Augen waren Atemübungen das Allheilmittel gegen jegliche Verstimmung. Vielleicht noch ein wenig Om, und schon war die Welt auf dem Weg der Heilung. Sein Credo lautete: »Glück ist machbar.« Er ließ nichts anderes gelten, es sei denn, man war ernstlich krank. Die Psychotiker oder Neurotiker brauchten dann eben professionelle Hilfe. Das war Romans Maxime, nach der er auch handelte. Erfolgreich, wie Anne sich eingestehen musste. Zumindest was seine Patienten anbelangte. Doch um sie zu verstehen, um ihr wahren Trost zu spenden, hätte er ihr seelisches Gelände, an das er doch so bekennend glaubte, mutig und in Liebe betreten müssen, hätte sich aufrichtig mit ihr verbinden müssen. Dann wäre ihm die Leere aufgefallen, die sie auffraß. Aber so nah ließ er sie gar nicht an sich heran. Sein Inneres war für Roman ein heiliger Raum, den er hütete und schützte wie einen Schatz. Nur in ganz besonderen Momenten durfte sie einen Blick hineinwerfen. Er wolle nie wieder Treuhänder einer Bescherung sein, die einen anderen Menschen betraf, hatte er mal gesagt. Sie war sich sicher, dass er sie verlassen würde, wenn sie ihm ihre wahre Bedürftigkeit zeigte, denn er pries Selbstständigkeit und Eigenverantwortung als das Mittel, das alle Übel fernhielt. Kein Teilen, kein ineinander Aufgehen. Seine Argumente waren immer die gleichen. »So wie es ist, so ist es gut. Es läuft doch. Was willst du denn noch?«

Ja, was wollte sie eigentlich? Anne verstand es selbst nicht ganz genau. Legte sie ihre äußere Wirklichkeit zugrunde, ging es ihr gut. Ihm zu sagen, dass sie unglücklich war, klang sogar in ihren eigenen Ohren wie Hohn. Sie war gesund, erfolgreich, hatte ein angenehmes Leben, einen liebevollen Partner, denn das war Roman ohne Zweifel, was also trieb sie um? Was gab ihr das Gefühl, sagen zu wollen, mir geht es nicht gut, am liebsten würde ich davonrennen? Woher rührte dieses düstere Empfinden, das ihr in guten Zeiten kafkaesk dünkte? In ihr vollzog sich ein zermalmender Prozess, der unaufhaltsam weiterrollte wie ein Zug, in dem keiner die Notbremse zog. *Er wird entgleisen,* dachte sie einen Augenblick lang voller Panik. Sie sah sich aus dem fahrenden Zug springen. Ihr fiel Anna Karenina ein. Schon als Jugendliche hatte sie Leo Tolstois Roman fasziniert verschlungen. *Ein großartiges Werk. Tolstoi ist es gelungen, die kleinen Laster neben der Leidenschaft, die Ausschließlichkeit und Verzicht verlangt, sichtbar werden zu lassen. Und wie mutig von Anna, sich auf die Gleise zu legen.*

»Wir scheitern immer an den eigenen Ansprüchen und Bequemlichkeiten«, erklärte sie Roman und las ihm mehrere Sätze, die ihr besonders gut gefielen, aus dem Buch vor.

»Was für ein dramatisches Werk. Sie hätte Atemübungen machen sollen, statt sich vor den Zug zu werfen«, meinte er.

Gut sah er immer noch aus, dieser Atemübungs-meister, obwohl er schon über fünfzig war. Federnd schritt er auf sie zu. Stirn, Nase, Wangenknochen und das Kinn standen in einem angenehmen Verhältnis. Obwohl er salopp, ja, fast alternativ gekleidet war, strahlte er etwas Elegantes aus und legte dabei gleich-zeitig eine eigentümlich ungezwungene Souveränität an den Tag, die ohne Härte auskam und daher unge-mein leger wirkte. Ein eleganter Mann ohne Attitü-den. Groß war er nicht, sie überragte ihn locker um drei bis vier Zentimeter, aber gertenschlank wie ein junger Mann, und er besaß noch immer volles Haar, das nur leicht graumeliert war. Er sah sie aufmerk-sam und liebevoll an, als er vor ihr stand.

»Hoffentlich stellt bald mal jemand die Dusche ab. Ich würde gerne mit dir spazieren gehen. Lass uns abhauen und den Rest des Tages gemeinsam ver-bummeln«, sagte er. Sie zogen ihre Mäntel an. Als sie nichts erwiderte, blickte er sie aufmerksam an und fragte: »Alles okay? Geht es dir gut, Anne?«

»Ja, ja«, antwortete sie schnell.

Kapitel 13
Eine zweite Wirklichkeit

Zeit, dass dieser trübsinnige Monat zu Ende geht, dachte Roman. *Anne wirkt schon wieder geknickt, in sich versunken, beinahe ablehnend. Wo ist die Frau geblieben, in die ich mich einst verliebte? Die engagierte Freundin, die mir über die schwersten Stunden meines Lebens hinweggeholfen hat – wo ist sie?* Rasch schob er diese Gedanken beiseite. Er wollte sich weder mit der desolaten Gefühlswelt von Anne befassen, seine Patienten reichten ihm derzeit vollauf, noch die angespannte Stimmung weiter vertiefen. Das führte nämlich zu nichts, sondern provozierte lediglich eine Erschöpfung, die er zur Genüge kannte. In der Folge würde er aufkeimenden Zweifeln begegnen oder mit Anne darüber diskutieren müssen, ob es diesen Seelenraum überhaupt gab, der für ihn keine Frage, für sie aber ein ständiger Stein des Anstoßes war. In letzter Zeit beharrte sie mehr und mehr darauf, dass die Seele bloß eine Erfindung des Gehirns sei, mit der es die chemischen Reaktionen, die ständig abliefen, plausibel machen wollte. Eine Art Freispruch, den sich der Verstand selbst erteile, wie sie meinte, um keine Verantwortung übernehmen zu müssen.

»Was soll das heißen?«

»Wenn beispielsweise das Gesicht rot anläuft, dann ist das eine chemische Reaktion, auch wenn der Unterleib von Säften überflutet wird.«

»Ja, und?«

»Das Gehirn befindet sich mit Angelegenheiten, die sich seiner Kontrolle entziehen, in einem Kompetenzgerangel. Und um sich das nicht eingestehen zu müssen, hat es die Seele erfunden.« Er wollte ihr nicht widersprechen.

»Lass uns aufbrechen«, schlug er vor.

»Wo gehen wir eigentlich hin?«, fragte sie.

»Das hatten wir doch besprochen. Hast du es vergessen oder möchtest du es erneut diskutieren?«, antwortete er eine Spur schärfer als beabsichtigt.

»Wir können das Reden auch ganz lassen und nur noch atmen«, erwiderte sie bissig.

»Atemübungen würden dir momentan ganz gut tun«, sagte er und lächelte dabei so milde wie möglich.

»Du hast keine Ahnung, was gut für mich ist, Roman Bitterfeld!«, rief sie wütend.

Mit einem Schlag hätte er am liebsten die Flucht ergriffen. Wie unerträglich Frauen sein konnten.

»Bitte hör auf, Anne! Wir wollten uns heute einen entspannten Nachmittag gönnen und kein Fass aufmachen. Vergiss nicht, dass ein arbeitsintensives Wochenende vor mir liegt.«

»Oh, ich weiß«, erwiderte sie mit einem so giftigen Unterton in der Stimme, dass es ihm kalt den Rücken hinunterlief.

»Das bezweifle ich allen Ernstes, Anne«, entgegnete er genervt. »Was ist los? Du bist ziemlich aggressiv.«

»Wahrscheinlich fehlt es mir an Atemübungen und Seelenbeschwörung«, sagte sie provozierend.

»Was soll das, Anne? Suchst du Streit? Ich weiß, dass du meine Arbeit in letzter Zeit äußerst kritisch betrachtest, aber das ist keine Art des Umgangs.«

Anne kommentierte seine Worte mit einem höhnischen Lachen.

»Du musst aufpassen. Wenn du so weitermachst und den Seelenhaushalt weiterhin in Abrede stellst, schadest du dem Zentrum und dir selbst«, sagte er beschwörend.

»Wie typisch für dich, sofort ans Zentrum zu denken«, antwortete sie.

»Anne, Anne, Anne! Der Seelenraum existiert.« Versöhnlich wollte er sie an sich ziehen, aber sie trat rasch einen Schritt zurück. Ratlos stand er vor ihr und sah sie an, fragte sich einmal mehr, wie er ihr diesen unergründlichen Raum erklären konnte, der das Leben unbedingter beeinflusste als alles andere. Die Seele – was für ein unsichtbares und dabei allzeit präsentes Wesen.

»Das ist alles eine Sache der Wahrnehmung«, fuhr er fort.

»Aha! Und du verfügst, wie wir alle wissen, über diese Wahrnehmung«, sagte sie.

Roman lächelte. Ihr Ärger fing an, ihn zu amüsieren. »Ich liebe deine Ratio, so wie ich auch Kant schätze. Aufklärung ist der Ausgang des Menschen aus seiner selbstverschuldeten Unmündigkeit! Aber unsere Ratio ist winzig, ist in weitaus größere Zusammenhänge eingebettet, als wir uns jemals vorstellen können, ist im günstigsten Falle eine Regierungsbeauftragte, die wortreiche Erklärungen für etwas liefert, das vollkommen eigenen Lebensgesetzen folgt.«

»Quatsch! Die Irrationalität ist es doch, die die Leute immer weiter in den Wahnsinn treibt«, sagte sie.

»Ich sehe das anders. Es ist wichtiger denn je, die Existenz des Seelischen zu betonen, um den rationalen, materialistischen Tendenzen entgegenzuwirken, sonst werden immer mehr Menschen krank werden. Eine entseelte Welt ist eine grauenhafte Welt«, betonte er.

»Für mich ist das Seelische ein vom Verstand konzipiertes Konstrukt, um in diesem Wirrwarr unseres Wollens, Fühlens und Denkens einen Schuldigen zu benennen. Einer muss ja schließlich für dieses ganze Schlamassel herhalten. Wir verdienen alle eine Menge Geld damit, nach der Psyche des Menschen zu greifen und Seelenbeschwörung zu betreiben, anstatt diese Illusion endlich aufzudecken.« Anne redete sich in Fahrt. Roman lachte und fragte: »Merkst du, wie deine Ratio gerade versucht, die Oberhand zu behalten? Sag mir lieber, was du fühlst, was dich bewegt?«

Als sie nicht antwortete, sondern ihn nur ansah, beschlich ihn Traurigkeit. Er fühlte eine Abwehr, einen Widerstand, den er nicht begriff. Was wollte sie ihm mit diesem Schweigen sagen? Für ihn existierte die Seele. Sie war die wahre Wirklichkeit hinter der Welt der sichtbaren Erscheinungen. Ein göttlicher Geist wirkte in allem, da war er sich sicher. Warum konnte er diese Gewissheit nicht an Anne weitergeben? »Ich wünschte, du könntest an meinen Erkenntnissen teilhaben, Anne, dann wäre so vieles einfacher für dich«, sagte er.

»Mag schon sein, aber ich bin eben ich, und du bist du«, erwiderte sie.

»Das Augenblicksmeer der Ewigkeit ist magisch. Jeder von uns ist ein Gefäß, in dem sich Augenblicke sammeln und wieder auflösen. Sein entsteht durch Nichtsein, verstehst du? Erst in der Einheit von Körper, Seele, Geist können wir zu einem harmonischen Ganzen werden, dieses Gefäß sein, das den Klang des Universums vernehmen und wahrhaft leben kann«, sagte er und nahm ihre Hand.

»Ach, Roman!« Anne lehnte ihre Stirn an seine. Roman fühlte Erleichterung in sich aufsteigen, offenbar war das Gespräch an einem friedlicheren Punkt angelangt.

Still fragte er sich, ob der totale Durchbruch in dieses Meer des Seins wohl ein Ankommen bedeuten würde, ein Eintauchen in das Element, aus dem wir einst hervorgetreten waren, ein Verschmelzen mit der Essenz, dem Fluidum, das uns belebte. Eins werden mit dem Wesen, das wir einst gebildet hatten und das uns gebildet hatte. Oder würden aus diesem Augenblicksmeer der Ewigkeit neue Meere und Welten auftauchen, die noch viel unermesslicher waren? Wie auch immer – die Kraft der Seele war der entscheidende Faktor jeder Heilung, da war sich Roman sicher. Und es war seine Aufgabe, dies den Menschen nahezubringen. Er leistete deshalb so erfolgreiche Arbeit, weil er nicht an der Bedeutung seiner Aufgabe zweifelte.

In den 1990ern war er aus der internistischen Gemeinschaftspraxis, der er angehörte, ausgestiegen, um Konzepte zu verwirklichen, die er für sinnvoller hielt, als Menschen mit chemischen Mitteln vollzustopfen. Er eignete sich zahlreiche Praktiken an, um Heilungsprozesse anzuregen, und eröffnete die *Harmoniewelten23* in Berlin, wo er das sogenannte *Rainbow Healing* vertrat. Gelegentlich bezeichnete er die Unterstützung, die er seinen Klienten aus tiefster Überzeugung anbot, spöttisch liebevoll als *Voodoo*. Dabei konnte er im Energiefeld und im Bereich der Chakren Blockaden spüren, manchmal sogar sehen, was nicht das Geringste mit Voodoo zu tun hatte, sondern vollkommen plausibel war. Jedenfalls für ihn, denn er sah die Wirkung. Mit seiner Hilfe gelang es unzähligen Menschen, wieder auf die Beine zu kommen und, was noch viel wichtiger war, wieder zu sich selbst zu finden. Was die Mitwirkung anderer Therapeuten anlangte, folgte er einem ganzheitlichen und gleichzeitig experimentellen Ansatz. Von überall holte er Leute ins Zentrum, von denen er glaubte, dass sie einen sinnvollen Beitrag leisten konnten. Anne gehörte ebenso dazu wie sein Kompagnon Gamal Khalil und viele andere, die oft nur für ein Wochenendseminar oder einen Vortrag kamen. Nicht alles fand Einlass ins Zentrum und nicht alles hatte Bestand. Ausufernde Esoterik war ganz und gar nicht nach seinem Geschmack.

Dass Anne das Konzept zu weit ging – früher einmal hatte es ihr gefallen, sonst wäre sie sicher nicht mit eingestiegen – hatte Roman geahnt, aber noch nie war es so offen zur Sprache gekommen. Irgendetwas in ihrem Verhältnis hatte sich verändert.

Sie packten zusammen und strebten dem Ausgang zu. Melanie Kramer war auch gerade am Gehen. »Tschau und schönes Wochenende«, wünschte er ihr. Anne trippelte seltsam unbeteiligt neben ihm her. Die Tür fiel hinter ihnen zu.

Freitagnachmittags war das Zentrum üblicherweise geschlossen. Roman gönnte sich und dem Team diesen Freiraum, da wegen der Seminare am Wochenende häufig alle wieder auf der Matte stehen mussten. Gamal arbeitete noch. Als ausgezeichneter Physiotherapeut mit zahlreichen Zusatzqualifikationen konnte er sich vor Patienten kaum retten und schuftete meist wie ein Besessener.

»Das wird anstrengend morgen. Wir haben volles Programm«, sagte Roman.

»Ach ja?« erwiderte Anne.

»Ja. Wir beginnen mit Gymnastik. Gamal wird das Warm up mit sehr sanften und emotionalen Bewegungs- und Atemübungen machen, bis sich alle spüren können. Ich schließe den Bewegungsablauf mit einer schönen Meditation ab, damit alle zur Ruhe kommen«, antwortete er.

»Das klingt gut.«

»Nach einer kurzen Besinnung erklärt Melanie, wie Stressabbau funktioniert. Sie hat in den letzten Jahren viel gelernt. Ich gehe davon aus, dass es gut laufen wird«, ergänzte Roman.

»Das klingt, als ob du Zweifel daran hättest, dass

sie es hinbekommt«, sagte Anne.

»Zweifel nicht, aber Gamal und ich werden auf jeden Fall dabei sein, um sie gegebenenfalls zu unterstützen.«

Kapitel 14

Was einmal war

Sie fühlte Enttäuschung in sich aufsteigen. Warum erzählte er ihr das? Musste er die ganze Zeit über dieses Seminar reden? *Ich habe Hunger. Wieso nährst du mich nicht, Roman? Mir geht die Kraft aus, von der du immer sprichst,* rumorte es in ihr. Ihr schien, als sei er unendlich weit weg und mit ihm der Zauber der früheren Jahre. Nichts war geblieben. Nichts.

Wie hatte sie damals nur so dumm sein können, sich auf einen verheirateten Mann einzulassen? Sie hatte etwas in ihn hineininterpretiert, was nicht da war, hatte gehofft, er würde sich eines Tages ganz und gar für sie entscheiden. Doch das war nie geschehen. Und nun fühlte sich alles so tot zwischen ihnen an, so entleert, und dieses Unvollständige belastete sie schwer.

Sie fühlte sich einsam. Immer ging es nur ums Zentrum, nie ließ sich Roman ganz und gar auf sie ein. Vermutlich hatte seine verstorbene Frau etwas von ihm mit ins Grab genommen oder ihm fehlte die Fähigkeit, sich auf jemanden einzulassen, und sie hatte sie, blind vor Verliebtheit, am Anfang nur in ihn hineininterpretiert.

Sie liefen die Straße entlang zu Romans Wagen. Es war grau und nieselte leicht. *Was einmal war, so wunderbar - getaucht in die Nässe der Straßen, wie Trä-nen, die jetzt und nie mehr sind.* Schweigend ging sie neben ihm her. Dass ihr Schweigen brüllend laut war, fiel ihm entweder nicht auf oder er ignorierte es. Bedrückt fragte sie sich, warum er mit seinen Pati-enten offene, zugewandte und herzliche Gespräche führen konnte, während er bei ihr stets in gesprä-chige Gönnerhaftigkeit verfiel oder sich auf berufli-che Schnittstellen zurückzog. Sie wollte, dass ihm der Mund überlief, weil sein Herz voll von ihr war, aber sein Herz hatte offensichtlich anderswo zu tun. Was auch immer sie sagte, das Wesentliche daran über-hörte er.

»Jeder ist für sich selbst verantwortlich«, sagte er oft, wenn sie Anlauf nahm, ihn aus der Reserve zu locken.

Auch jetzt fuhr er fort, ihr den Verlauf des Semi-nars aufzulisten. »Nach der Meditation werden wir ganz bewusst in die Tiefe gehen und schauen, was los ist, das Ganze anerkennen und, wenn möglich, los-lassen. Das wird dauern. Wir werden uns zentrieren und Blockaden auflösen und uns im Gesprächskreis austauschen. Falls es erforderlich ist, werden wir wei-tere Atemtechniken zum Einsatz bringen.« Er klang so, als ob er schon wüsste, wie es laufen würde.

Sie starrte aus dem Autofenster und sagte: »Ich glaube, es wird gleich heftig regnen. Aus unserem Frischlufttanken wird wohl nichts.« »Das lassen wir auf uns zukommen«, entgegnete Roman. Er liebte es, im Wald spazieren zu gehen und ließ sich nicht so leicht abschrecken. Laufen war für ihn wie Meditation.

»Am Wochenende sind übrigens einige Krebspatienten dabei«, sagte er.

»Ach ja?« Obwohl sie noch mitten in Berlin waren, säumten zwischenzeitlich kleine Einfamilienhäuser die Straße.

»Krebs ist Anarchie der Zelle. Ich frage mich schon lange, welche Verbindung zur geistig-seelischen Wirklichkeit besteht.«

Ja, frag dich nur, dachte Anne. Sie fühlte sich gelangweilt. Der Nachmittag nahm einen völlig anderen Verlauf, als sie gehofft hatte. Draußen regnete es nun in Strömen. Düstere Wolken türmten sich auf. Die Gegend verschwamm in Nässe. Roman fuhr fort, über das Seminar zu reden. *Was würdest du tun, wenn du wüsstest, wie es in mir aussieht, du großer, charismatischer Guru?*, fragte sich Anne im Stillen.

Sie bogen Richtung Grunewald ab. Anne ging davon aus, dass sie wegen des strömenden Regens erst einmal Kaffeetrinken gehen würden, aber Roman drängte zum Spaziergang. »Der Regen hat nachgelassen, es nieselt nur noch leicht. Komm, lass uns frische Luft schnappen«, sagte er aufmunternd. Weil sie nicht erneut schlechte Stimmung aufkommen lassen wollte, akzeptierte sie seinen Wunsch. Die Dinge liefen mit ihm sowieso nie nach ihren Vorstellungen, da kam es darauf nun auch nicht mehr an.

Sie spannten ihre Regenschirme auf und setzten sich in Bewegung.

»Unglaublich, was in Deutschland gerade passiert«, hörte Anne ihn sagen. »Die Politik versagt völlig – keine Voraussicht, keine wirkliche Weitsicht.

Das Denken und Handeln in Legislaturperioden und in Machtsicherungsstrategien schadet dem Land und schadet Europa.«

Anne verspürte kein Bedürfnis zu antworten.

Roman monologisierte weiter. »Es werden völlig falsche Zeichen gesetzt. Sie reden sich heraus, indem sie behaupten, dass wir keinen Einfluss hätten. In gewisser Weise stimmt das sogar, denn die sozialen Strukturen sind bei uns so angelegt, dass Leute Billigprodukte wie günstige H-Milch kaufen müssen, weil sie sich teurere Produkte nicht leisten können. Damit unterstützen sie, ohne es wahrscheinlich wirklich zu wollen, die Machenschaften, die der Landwirtschaft und unseren Landwirten so zusetzen. Und dann die Finanzkrise, eine tickende Zeitbombe, die keiner wirksam entschärfen kann, weil alles viel zu verflochten ist. Wir sollten uns die Bankkredite fürs Zentrum vom Hals schaffen, damit uns keiner mehr was kann, wenn der große Absturz beginnt. Alles andere ergibt sich. Crashs und Währungsreformen haben schon Generationen vor uns erlebt und überstanden. Warum sollten gerade wir auch langweilig vergnügt durchs Leben kommen?«

»Hältst du es wirklich für so dramatisch?«, fragte Anne schockiert.

»Ja, schon. Die Gesellschaft steht am Rande des Ruins und das nicht nur finanziell, sondern auch moralisch. Ich glaube, dass dies erst die Anfänge sind und dass es viel Zeit brauchen wird, bis die Exzesse, die dazu geführt haben, behoben werden können. Möglicherweise bekommen wir eines Tages sogar ein völlig neues Finanzsystem. Jedenfalls stehen wir vor einer Phase des Umbruchs, und das ist vielleicht auch gut so, denn so kann es nicht weitergehen. Satt bis zum Erbrechen auf der einen Seite und leer bis hin zum seelischen Kollaps andererseits. Du und ich, wir erleben es doch beinahe täglich. Menschen im Überfluss, deren Seelen hungern«, antwortet er.

»Ich mag nicht darüber nachdenken«, murmelte sie. Sie fröstelte.

»Denjenigen, die das mit ihrer Profitgier verursacht haben, gehört jeder Cent abgenommen. Einer meiner Patienten meinte neulich, dass ein Riesenansturm auf die noch existierenden Banken stattfinden würde, sobald das Ausmaß klar sei. Das Schlimme ist, dass wir unvorbereitet in diese Depression schlittern. Was glaubst du, was passiert, wenn es keine Cola und keine Kaugummis mehr gibt, wenn die Regale nach ein paar Tagen einfach leer sind und nicht wieder aufgefüllt werden?«

»Übertreibst du nicht etwas, Roman? Meiner Ansicht nach kann ein Staat nicht einfach so bankrottgehen«, wandte sie ein.

»Hoffen wir es. Hoffen wir, dass die Wohlstandsgesellschaft uns eines Tages nicht plötzlich um die Ohren fliegt und wir völlig unvorbereitet sind«, erwiderte er.

Der Weg zog sich. Anne fühlte sich schlapp. Ihr war, als sei sie endgültig im Einmachglas gelandet und werde von Roman gut konserviert mitgeschleppt. Sie hätte diesen Zustand dem Teufel verkauft, wenn der Mann an ihrer Seite sie gelassen hätte. Ihr Verlangen nach einem Kaffee wurde immer größer. Voller Sehnsucht dachte sie an die helle, zarte Schaumschicht, auf der sich für ein paar wertvolle Sekunden der Zucker staute, bevor er versank.

»Mein lieber Wald, du bist so nasskalt, aber wir umarmen dich. Ist Bäume umarmen nicht auch ein Kursprogramm von dir, Roman?«, spottete sie.

»Ja. Und weißt du was? Die Leute lieben es. Du solltest mal dabei sein«, antwortete er.

Er hatte keine Ahnung, wie schwer sie sich fühlte, stattdessen führte er sein Selbstgespräch fort. »Die Erde ist das Paradies, das Gott uns geschenkt hat. Wann erkennen wir das endlich?«, sagte er. In ihr schrie es: *Schweig, schweig, bitte schweig!*

Genervt sagte sie: »Erst beschwörst du die Staatspleite und jetzt fängst du auch noch mit Gott an. Für mich existiert Gott nicht, das wollte ich dir schon lange sagen, auch wenn ich damit am Gebäude deiner Überzeugungen rüttle. Der alte Herr ist doch nur ins Leben gerufen worden, um das Patriarchat zu legitimieren. Wieso erkennt das ein so kluger Mensch wie du nicht?«

»Ich erlebe Gottes Wirklichkeit. Wenn das für dich nicht gilt, tust du mir leid. Ihn als himmlischen Vater zu sehen, ist doch nur ein Bild, das dazu beitragen soll, dass sich gewöhnliche Menschen eine freundschaftliche Verbindung zu ihm ausmalen können. Ob Gott in der Vorstellung als behütender Vater oder als fürsorgliche Mutter realisiert wird oder sogar als beides in einem, ist total sekundär. Die Tatsache, dass wir durch die Quelle des Seins, durch die Substanz Gottes versorgt sind, ist das Entscheidende. Für mich gehört das zum meinem Selbstverständnis«, antwortete Roman.

Total schlecht gelaunt und zu Tode erschöpft, blieb sie stehen und funkelte ihn böse an.

»Was ist eigentlich los, Anne?«, fragte er.

»Nichts, das ist es ja gerade«, erwiderte sie.

»Ich möchte jetzt wissen, was los ist. Ich merke doch, dass du schlecht drauf bist. Also, was ist los?«, hakte er nach.

Als sie schwieg, fuhr er heftiger fort: »Sprich mit mir! Was ist los mit dir?«

Da hielt sie nicht länger an sich, sondern schleuderte ihm entgegen: »Falls du das noch nicht mitgekriegt hast, wir führen keine echte Kommunikation. Doch das scheint dich nicht zu interessieren. Ich habe es schon hundertmal gesagt, aber du hörst mir nicht zu oder hörst nur das, was du hören willst. Du nimmst mich nicht wahr und du nährst mich nicht. Es macht auch keinen Sinn, es dir zu erklären. Du würdest es sowieso nur missverstehen.«

»Für deine Komplexe kann ich nichts! Du bist einfach zu kompliziert, glaube ich«, rief er.

»Ich habe keine Komplexe, jedenfalls nicht die, die du mir zu unterstellen versuchst,« sagte sie leise und spürte eine tiefe Melancholie in sich.

»Brauchen wir das Anne?«, fragte er mahnend. »Ich jedenfalls brauche den Stress nicht und du doch auch nicht. Wir haben frei, wir wollten einfach die Zeit zusammen genießen. Ich bringe dich jetzt nach Hause und fahre dann zu mir heim. Lass uns morgen Abend miteinander telefonieren.«

Typisch, dachte Anne. Ihr wurde das Herz schwer. Es war immer das Gleiche, sie kamen aus ihrer Beziehungssackgasse nicht heraus. Wütend schrie es in ihr: *Soll er doch für immer verschwinden. Weitermachen hat ja eh keinen Sinn.*

Ohne ein weiteres Wort fuhr er sie heim. Er wirkte ernst und verschlossen. Sie hätte am liebsten geheult, doch sie riss sich zusammen. Als sie ausstieg, nickte er auf diese freundlich unbestimmte Art, die sie nicht ausstehen konnte. Dann fuhr er weg und ließ sie einfach im Regen stehen. In die Nässe der Straße versunken, stand sie da. Ein titanisches Untergangsgefühl überrollte sie. *Ich bin ihm völlig gleichgültig. Ich bin nichts für ihn. Es sei denn, er will gerade etwas von mir. Es interessiert ihn nicht, was ich empfinde und wie ich mich fühle. Wir sind eine Million Lichtjahre voneinander entfernt und ein Näherkommen ist nicht möglich. Ich bin so allein. Wir sind alle so allein. Jeder ist ein Universum für sich. Die Liebe ist eine Illusion.*

Müde, ohne wirklich müde zu sein, schlich sie zu ihrer Wohnung hoch. Sie kam sich vor wie weggefegt. Ihr war elend. Auseinandersetzungen mit Roman erschütterten sie immer, aber diese erschütterte sie besonders. Wie sinnlos und fremd sich das Leben anfühlte. Dieser Mann hatte sie verbraucht. Sie hatte so viel Energie aufgewendet, um ihn zu lieben. Und was war davon geblieben? Traurig blickte sie auf den Schlüssel in ihrer Hand. Was sollte sie tun? Ihr war, als habe sie ihr ganzes Leben lang auf ihn gewartet, um nun festzustellen, dass ihr Warten vergeblich war. Sie wusste nicht mehr, wie es weitergehen sollte.

Unendlich einsam stand sie im Dunkeln, bestürmt von vielen Fragen, auf die es keine Antworten gab. Anne schloss die Tür auf, betrat ihre Wohnung und ließ sich auf den Boden fallen.

Kapitel 15

Vorahnung

Sarina vermisste Tom, war aber gleichzeitig froh über seine Abwesenheit. So konnte sie den Haushalt ohne schlechtes Gewissen zusammenbrechen lassen, ohne ihren Mann dadurch in Aufregung zu versetzen. Tom hasste Unordnung. Das Chaos in der Küche würde ihn zur Weißglut treiben. »Du musst es ja gar nicht selber machen, du musst nur die Kinder dazu anhalten, es zu tun«, sagte er oft. Genau das aber wollte Sarina nicht. Die Schule war schon stressig genug. Es erschien ihr unfair, Michael und Marilena noch zusätzlich zu belasten.

Sie lag im Bett und lauschte den Söhnen Mannheims. Seit dem Virenüberfall war sie ganz verrückt auf die Musik dieser Gruppe. Sie liebte den Soul dieser Songs, ganz im Gegensatz zu Tom, der sie als Jammermusik abtat. Es gefiel ihr auch, dass sie weder abschalten noch leiser drehen musste, sondern das Haus volldröhnen konnte, wie es ihr passte. Ihr wurde bewusst, dass es Vorteile hatte, wenn Tom weg war. Seine Anwesenheit zuhause war bisweilen wie ein Korsett, das sie tragen musste, um den Familienfrieden zu wahren. Friedfertig, wie sie war, zog sie lieber die Schnüre des Korsetts enger, als sich mit Tom auf eine Diskussion einzulassen. Schuldgefühle stiegen in ihr auf, als ihr klar wurde, was ihr da durch den Kopf ging. Er war doch ihr Mann, sie liebte ihn. Mochte die Liebe auch manchmal blind sein, es gab keine andere Brücke, die so sicher zum anderen führte als sie. Zerknirscht griff sie zum Telefon, um ihm etwas Liebevolles zu sagen. Er ging ran, klang aber kurzangebunden. »Ich bin gerade in einer Regiebesprechung, im Anschluss daran proben wir, Aufzeichnung. Lass uns telefonieren, bevor es mit der nächsten Runde losgeht. Bis später«, sagte er und legte auf.

Flügellahm sank Sarina in ihre Kissen zurück und schloss die Augen. Ihr Kopf glühte. In dieses Glühen hinein fragte sie sich, wo Michael eigentlich blieb. *Er müsste längst zurück sein*, dachte sie fiebrig und wollte aufstehen, um nach ihm zu sehen, aber sie fühlte sich zu schwach. Wenig später fand sie sich an einem anderen Ort wieder.

Sie gingen im Gleichschritt. Nach über fünfzig Jahren Ehe schlenkerten sie nebeneinander her, vier Beine, vier Arme im Takt eines gemeinsamen Lebens. Er, noch immer groß und gut gewachsen, mit vollem weißem Haar und einer angenehm tiefen Stimme - sie, mit einem schiefen Lächeln in einem Antlitz, das verschoben schien. Erstaunt registrierte sie, dass er sie, so ramponiert wie sie war, noch immer liebte, denn sonst würde er ja wohl nicht neben ihr schreiten. Es gab keine Bäume in dieser Landschaft, nur ein kleines Haus, das einsam auf einer Wiese stand. Es wirkte unbewohnt und verlassen. Die Trostlosigkeit der Szenerie schmerzte. »Ich rieche den Frühling«, sagte der Mann. »Das wird vergehen«, antwortete sie und wischte sich den Regen vom Gesicht. Sie gingen weiter, zwischen diesem kühlen Grau und dem leichtem Nieseln hindurch, als hätten sie nie etwas anderes getan, als durch diese trostlose Gegend zu gehen. Ein Sonnenstrahl glitt über sie hinweg, aber sie konnten ihn nicht festhalten und so versank er wieder in bleierner Fahlheit. Sie schwiegen. Was hätten sie auch sagen sollen? Es war alles längst gesagt. Dazuhin wimmelte die Welt vor Worten. Wie Ameisen, die durch jede noch so kleine Ritze kriechen, lauerten sie überall. Der Gleichschritt verband sie. Gleich Marionetten an unsichtbaren Fäden bewegten sie sich in eine Richtung. Ihr gemeinsames Leben schien schon eine halbe Ewigkeit zu währen. Gestern, heute und morgen verschmolzen zu einem Einheitsbrei und ob ihnen das schmeckte oder nicht, ging keinen etwas an. »Dieses Haus da, keine Sau kümmert sich darum. Es verrottet. Dabei weiß doch jeder, dass es einem Haus schadet, wenn es nicht bewohnt wird, sagte er anklagend. Sie war nicht wirklich überrascht, dass er so etwas sagte. Er sagte immer solche Sachen, das lag wahrscheinlich daran, dass er keine Unordnung mochte. Sie ärgerte sich dennoch über ihn. Das war nichts Neues. Wenigstens hatten sie einen unumstößlichen Punkt vor Augen, nämlich dieses dem Verfall preisgegebene Haus inmitten dieser wie eine Steppe wirkenden Landschaft. Sie näherten sich diesem Haus Schritt für Schritt. Es rührte sich nicht von der Stelle. Seine materialisierte, vom Verfall bedrohte Wirklichkeit klammerte sich dumpf an ihnen fest, seine Leere begann sie zu verfolgen. Sie beschlossen, das Haus zu ignorieren, aber je mehr sie es versuchten, desto bewusster wurde ihnen seine für sie unauflösbare Existenz. Jeder Versuch, sich zu befreien, musste scheitern, solange sie selbst Teil des gleichen

Bildes waren. Sie konnten das Haus nicht einfach aus-radieren. »*Wer will schon mitten in der Pampa wohnen*«, *ließ Tom verlauten.*

Schweißgebadet wachte Sarina auf. Gliederschmerzen plagten sie. Ein absoluter Tiefpunkt. Sie rief Tom wieder an. Dieses Mal hatte er es nicht so eilig. Er legte ihr nahe, das Bett auf keinen Fall zu verlassen. Seine Fürsorge tat ihr gut, nichtsdestotrotz löste das Telefonat tief in ihrem Innern Unbehagen aus, denn Tom hielt sich kurz. Er war so weit weg. Sie musste an die trostlose Einsamkeit denken, die das Haus in ihrem ausgestrahlt hatte.

Wo steckt Michael?, fragte sie sich wieder. Sie stieg aus dem Bett, um nach ihm zu sehen. Doch er war nirgendwo zu finden, weder in seinem Zimmer noch sonstwo im Haus. Beunruhigung flammte in ihr auf. Seit der Geburt ihres ersten Kindes wurde sie häufig von Besorgnisanfällen heimgesucht. Früher war sie ganz anders gewesen, ein unbekümmertes Persönchen, das abenteuerliche Dinge anstellte, was ihre Eltern oft an den Rand der Verzweiflung trieb. Nun litt sie an Schlaflosigkeit, wenn ihre eigenen Kinder nicht pünktlich heimkamen oder sie in Unkenntnis über irgendetwas ließen. Zum Glück nahmen ihre Kinder darauf Rücksicht.

Sie legte sich wieder ins Bett, nun zweifach fiebernd. Als sie das Heulen des Martinhorns hörte, schoss sie hoch. Es dauerte eine ganze Weile, bis sich ihre Aufregung legte. Ihre Gedanken wanderten zu Miriam nach Neuseeland. Dort hielt sich ihre älteste Tochter zu einem Work-and-Travel-Jahr auf. Das Telefon klingelte.

»Hallo, Sarina!«, sagte ihre Mutter, als sie sich meldete. »Du klingst verschnupft. Was ist los?«

»Ich bin schon seit Tagen krank und liege die meiste Zeit im Bett. Wie geht es euch?«

»Wie es alten Leutchen halt so geht. Mir fällt das Laufen schwer und dein Vater hat eine schmerzende Schulter.«

»Ist es schlimm?«

»Nein, nein, es geht schon.«

»Was macht Papa sonst so?«

»Der hängt schon seit dem Aufstehen über seinen Sudokus und hat bisher nur drei Worte mit mir gewechselt. Guten Morgen, Rosemarie!«

»Aha!« Sarina lachte. »Immerhin wünscht er dir noch einen guten Morgen, Mama. Manche Herrschaften in eurem Alter wünschen dem Partner nur noch den Teufel an den Hals.«

»Gegen einen gesprächigen Teufel hätte ich nichts, mit dem würde ich schon fertig werden, aber streite mal mit einem Taubstummen«, lautete die Antwort.

»Mama«, sagte Sarina besänftigend, »mach Papa nicht so madig.«

»Du hast recht. Bestimmt richtet er heute noch einmal das Wort an mich und sagt: Gute Nacht, Rosemarie!«, erwiderte Sarinas Mutter.

»Hm!« Sarina wusste, dass ihre Eltern eine gepflegte Beziehung führten, es aber so direkt gesagt zu bekommen, fühlte sich heute nicht schön an. Gar nicht schön.

»Ja, und du? Was fehlt dir eigentlich ganz genau?«, fragte Rosemarie.

»Irgendein blöder Infekt, der mich fest im Griff hat. Aber das wird schon wieder«, erwiderte sie.

»Natürlich, du bist ja noch jung. Ich wünsche dir gute Besserung. Schone dich! Am besten, wir beenden das Gespräch, damit du dich gesund schlafen kannst.«

»Danke, Mama, und richte Papa bitte einen Gruß von mir aus. Schlaf du auch gut!«

Obwohl sich die Kinder nicht blicken ließen, blieb Sarina nicht allein. Etwas bedrängte sie und nahm Raum in ihr ein, ohne dass sie sich dagegen wehren konnte. Sie spürte die Veränderung ganz genau, sie wusste nur nicht, was sie bedeutete. Das Gefühl ließ sie nicht los, es begleitete sie in die Nacht und breitete sich in ihr aus. Als sie Stunden später die Augen aufschlug, torkelte sie schlaftrunken ins Bad. Sie griff sich einen Lippenstift und beschriftete den Spiegel mit Worten, die in ihrem Inneren tobten. Dann schlüpfte sie wieder ins Bett.

Kapitel 16

Lars und seine Träume

Ein gefräßiges Tier, der Computer, dachte Lars, als er seinen Laptop aufklappte und sich erneut dem Amoklauf widmete. Das Netz war voller Informationen. Die Jugendlichen schütteten auf Blog-Spots und Blog-Posts, auf Twitter, StudiVZ und Facebook ihr Herz aus, gaben alles preis, was sie wussten oder auch nicht wussten, und äußerten hemmungslos ihre Meinung. In dieser teilweise schon exhibitionistisch anmutenden Netzwerkkommunikation war keiner mehr ein unbeschriebenes Blatt. Die sozialen Netzwerkaktivitäten vereinten Opfer und Täter zu einer geballten Informationsflut. Seriöser Journalismus mutete bieder dagegen an.

Beim Googeln ereilte Lars der Verdacht, dass Zeichen, die das Entsetzliche hätten verhindern können, übersehen oder nicht rechtzeitig wahrgenommen worden waren. *Wir leben in einer Gesellschaft der weit geschlossenen Augen. Einerseits sind wir voyeuristisch bis zum Wahnsinn, andererseits gleichgültig bis zum Verrücktwerden,* ging ihm durch den Sinn. Er lehnte sich zurück und dachte an die Sciencefiction-Story, die ihm schon so lange vorschwebte. Ein Satz von Lovecraft fiel ihm ein: *Es ist wahr, dass ich meinem besten Freund sechs Kugeln durch den Kopf gejagt habe, und doch hoffe ich, mit dieser Erklärung beweisen zu können, dass ich nicht sein Mörder bin.* Als ein Meister des Genres beschwor Lovecraft besessene Seelen, die aus Schattenzonen hervorbrachen, um eine dem Grauen verfallene Wirklichkeit zu demonstrieren.

Lars liebte die unheimlichen Geschichten der phantastischen Weltliteratur und wünschte, er würde eine ähnlich gute zustande bringen. Er lauschte dem Ticken der Standuhr. Verging die Zeit wirklich? Manchmal hatte er das Gefühl, dass sie eine Illusion war, die etwas suggerierte, das gar nicht existierte. Das gleichmäßige Ticken suggerierte eine Art Verlust. Aber was ging eigentlich verloren? Er tauchte tief in sich hinein. Die Zeit blieb stehen, Düfte, Farbmuster und Worte streiften ihn. Es fühlte sich an, als ob er überall und doch nirgendwo sei. Worte beflügelten ihn. Er hatte sie nicht gerufen und doch waren sie da. *Manchmal, wenn ein Vogel ruft oder ein Wind in den Zweigen geht, erinnern wir uns. Es ist eine Erinnerung, die uns nur ganz leicht berührt, aber ihr Zauber ist tief. Alle Grenzen heben sich auf. Die Toten werden wieder lebendig, denn Leben und Tod sind eins. Wir treten in Verbindung mit etwas, das wir vergessen glaubten, obwohl es immer da ist. Wozu sind Tage da,* fragte sich Lars und gab sich gleich selbst die Antwort. *Tage sind dazu da, um glücklich zu sein.* Das war jedenfalls seine Lebenseinstellung. Rasch tippte er in seinen Laptop.

Zwischenräume von Nichts, die etwas Neues ermöglichen. Ist es nicht letztlich die Geschichte des unvorhergesehenen Todes, die uns an das Leben erinnert. Was macht uns so sicher, dass sich Zeit und Raum wirklich im sel-

ben Kontinuum befinden? Womöglich bewegen wir uns in verschiedenen Dimensionen, sind in weitaus größere Zusammenhänge gebettet, als uns bewusst ist? Nichts ist von Dauer. Weshalb sollte der Tod von Dauer sein? Tage, nur Tage machen deshalb unser Leben aus, Momente, die sich summieren und zu dem führen, was wir sind und zugleich nicht sind.

Er verspürte einen unbändigen Drang, der Rasanz seines Alltags zu entgehen, um endlich den Roman zu schreiben, von dem er träumte. Er hatte, verdammt noch mal, Bock drauf. In ihm hatte sich ein Schalter umgelegt. Raus aus dem Hamsterrad, hieß die Devise. Er wählte die Nummer von Meli. Es dauerte eine ganze Weile, bis sie am Apparat war.

»Guten Morgen«, sagte er fröhlich.

»Morgen Lars«, antwortete sie gähnend.

»Hey, du, ist bei dir alles okay?«, fragte er.

»Ja, klar. Und bei dir?«

»Es geht wieder.«

»Echt jetzt? Hattest du solche Probleme mit der Situation in Winnenden?«, frage Meli.

»Ja, es ist heftig. Stell dir mal vor, aus heiterem Himmel bricht plötzlich die Hölle los. Ich habe mit einer Mutter gesprochen, deren Tochter vom Handy aus anrief und sagte: »Mami, hier ist ein Amoklauf!« Die Mutter drehte beinahe durch. Das Mädchen kam mit dem Leben davon, aber ihre beste Freundin wurde erschossen. Das muss man erst einmal verkraften. Die Betroffenen stehen total unter Schock, sind teilweise völlig apathisch. Ein Glück, dass es psychologische Betreuung gibt. Ohne die würde es überhaupt nicht gehen. Ich glaube, das Ausmaß kann keiner wirklich verstehen, der das nicht mitgemacht hat oder unmittelbar betroffen ist. Meinen Eltern tut es sehr gut, dass ich da bin. Die Sache nimmt sie ziemlich mit.«

»Mmhm«, murmelte Meli.

»Bist du noch da? Was treibst du denn so?«

»Wir veranstalten wieder ein Seminar an diesem Wochenende.«

»Stimmt, daran habe ich überhaupt nicht mehr gedacht. Ich würde gerne mit dir über was reden.«

»Jetzt? Ich muss bald gehen.«

»Schade, dann verschieben wir es halt auf ein anderes Mal.«

»Was machst du heute noch?«

»Ich werde Heidi besuchen«, antwortete er.

»Richte ihr bitte liebe Grüße von mir aus.«

»Das mach ich.«

»Pass auf dich auf!«

»Du auch.« Lars gähnte. *Alter, du bist übermüdet,* sagte seine innere Stimme belustigt. *Schau zu, dass du wieder einen klaren Kopf bekommst.*

Kapitel 17

Telefonat

Sie lag auf dem Boden und verkrampfte sich in tonlosem Schmerz. Als das Telefon klingelte, ließ sie es läuten. Irgendwann erhob sie sich. Sie beschloss, Nora anzurufen, um zu fragen, was sie vom Verhalten ihres Bruders hielt. Zum Teufel mit dem ganzen Beziehungsstress und mit Roman.

Nora meldete sich mit fröhlicher Stimme.

»Hallo, ich bin es«, sagte sie.

»Anne! Wie schön! Wie geht es dir?«, rief Nora.

»Danke, es geht so. Wie geht es dir?«

»Mir geht es prima.«, erwiderte Nora.

»Passt es dir gerade?«, fragte Anne.

»Ja, ich freue mich über deinen Anruf. Was gibt es Neues?«

Sie plauderten eine ganze Weile über Gott und die Welt, bevor Anne auf Peter zu sprechen kam. »Dein Bruder Peter kommt morgen zu mir nach Berlin. Weißt du was davon?«

Nora reagierte völlig überrascht. »Waaas? Nein, keine Ahnung! Wie kommt das denn?«

»Er will unbedingt mit mir sprechen. Hast du eine Ahnung, um was es geht?«

»Nein, aber ich kann es mir denken«, erwiderte Nora. »Seit seiner Trennung von Munia ist er ständig schlecht drauf. Munia ist mitsamt den Kindern nach Brasilien zu ihrer Familie zurückgekehrt. Ich nehme an, dass er seine Kinder vermisst, aber Manschetten hat, etwas zu unternehmen. Nach allem, was vorgefallen ist, kann er sich in Sao Paulo wahrscheinlich nicht mehr blicken lassen. Pedro Alves, der Vater von Munia, ist sehr temperamentvoll und legt sich keine Zwänge auf. Ich schätze, er würde Peter am liebsten mit eigenen Händen den Hals umdrehen.«

»Was ist passiert? Die schöne Brasilianerin und dein Bruder waren doch total ineinander verschossen.«

»Tja, was soll ich sagen? Ich weiß nur, was mir Munia erzählt hat. Vor etwa zweieinhalb Jahren klingelt es bei ihr an der Tür, da ist sie gerade mit dem dritten Kind hochschwanger. Ein junges Ding, so Anfang zwanzig, stellt den Fuß in den Türspalt und knallt Munia in aller Seelenruhe an den Kopf, dass sie mit Peter vögeln würde und das schon seit geraumer Zeit. Meine Schwägerin fällt aus allen Wolken. Als sie mich Tage später anruft ist sie noch immer so außer sich, dass sie damit droht, Peter umzubringen.«

»Ach du meine Güte«, sagte Anne und fragte sich im Stillen, ob sie zurzeit überhaupt in der Lage war, mit dieser Angelegenheit umzugehen.

»Ich kann sie kaum beruhigen. Zu allem Überfluss fängt das Übel damit erst richtig an. Sie stellt Peter ein Ultimatum, aber er kann sich nicht entscheiden. Er gibt vor, zur Familie zurückkehren zu wollen, doch das ist bloß Geschwätz, denn er hält den Kontakt zu seiner Geliebten aufrecht. Als Munia Túlio entbindet, ist Peter nicht auffindbar. Sogar Nuno und Mona merken, dass der Papa nicht mehr wirklich bei ihnen ist und erzählen mir das. Ich versuche mit Peter zu reden, aber du kennst ihn ja. »Ich bin nicht für ein langweiliges Spießerleben geboren«, lautet sein Kommentar.

»Wen wundert es? Bei Frauen kam er ja schon immer gut an«, sagte Anne.

»Kurz vor Weihnachten zwingt Munia ihn, sich zu entscheiden. Zu diesem Zeitpunkt ist sie bereits völlig abgemagert und mit den Nerven total am Ende. Und was passiert? Peter entscheidet sich für Tamara, er spielt den tollen Hecht, der im Karpfenteich verrückt spielt. Munia packt in Windeseile das Nötigste zusammen, schnappt sich die Kinder und düst nach Brasilien. Wer kann es ihr verdenken? Die Frau hat auf jeden Fall Power. Kaum sind die Kinder und Munia weg, wächst Peter ein völlig anderer Kopf, er ruft bei Munia an und bittet sie, ihm zu verzeihen. Sie bespricht sich mit ihren Eltern und mit mir und beschließt der Kinder wegen, ihn wieder aufzunehmen. »Er ist ein Egoist und ein Schwein, aber ich liebe ihn trotzdem«, sagt sie und lässt ihn wieder in ihr Leben. Peter kündigt seinen Job und macht sich auf den Weg nach Brasilien. Erst ist alles schwierig für ihn, wie ich aus den Telefonaten heraushöre, doch schließlich bekommt er Arbeit und ist bald gut integriert. Es scheint bergauf zu gehen. Den Kindern sagt er, dass er sie liebe und sich nie wieder von ihnen trennen wolle. Mir erzählt er, dass es ihm in Brasilien gefalle. Ich freue mich sehr für alle. Ich mochte Munia schon immer. Sie ist eine schöne und temperamentvolle Frau. Dann kommt der 17. September. Peter geht zum Dienst, springt anschließend für jemanden ein, wie er behauptet. In Wahrheit geht er für immer. Einen Tag später bekommt die vollkommen ahnungslose Munia um acht Uhr eine SMS. Er schreibt: *Ich konnte nicht anders. Das Auto steht in der Garage der Nachbarin. Schlüssel und Brief sind im Briefkasten.* Sie kann es nicht glauben, ruft ihn an und fragt: »Was machst du?« Er legt sofort wieder auf. Er befindet sich bereits auf dem Flughafen und wartet auf seinen Rückflug nach Deutschland. Munia holt die Kinder und versucht es erneut – alle schluchzen ins Telefon. Nuno versucht seinen Papa zu überreden, bei ihnen zu bleiben. Peter wehrt das ab. Er schickt eine nur an die Kinder gerichtete SMS und geht zum Gate. Völlig außer sich ruft Munia mich an. »Dein Bruder bricht mir und den Kindern das Herz, hörst du, wie sie weinen«, schreit sie ins Telefon. Zwischen uns liegen über 14 000 Kilometer Entfernung, aber ich kann ihre Verzweiflung spüren. Wieder und wieder spricht sie über jede winzige Kleinigkeit des Dramas. Ich erwische Peter kurz vor dem Abflug, versuche mit ihm zu reden, appelliere an ihn, im Namen der Familie einen Rest von Anstand zu wahren. »Brasilien ist eben nichts für mich, Schwesterchen, am besten, du hältst dich da einfach raus, es war schon schön hier, aber jetzt reicht es mir«, meint er rotzfrech und hängt ein. Im Anschluss an unser Gespräch teilt er Munia per SMS mit: *Ich fliege doch nicht.* Aber Munia ist am Ende.

Sie kann nicht mehr, wie sie mir später mitteilt. Sie ruft ihn ein letztes Mal an und fordert ihn auf, für immer aus ihrem Leben zu verschwinden. Sie sagt ihm, dass sie ihn nicht mehr will, nie mehr, weil er sie fertig gemacht, keinen Respekt gezeigt, keine Liebe bewiesen und sich wie ein Arschloch verhalten habe. Peter ist an diesem Abend abgeflogen und hat seine Familie seither nicht mehr gesehen. Bist du noch da, Anne?«

»Ja, ja, ich höre dir aufmerksam zu.«

»Ich habe den Eindruck, dass es ihm damit nicht wirklich gut geht. Er stellt es so hin, dass ihn letztlich alle unter Druck gesetzt hätten, gibt sich als Opfer der Umstände. Ich glaube, dass diese Tamara ihn zwischenzeitlich abserviert hat. Vorher hat sie sich aber noch die Wohnung von ihm renovieren lassen«, fügte Nora hinzu.

Anne seufzte. Nachdem sie nun mehr wusste, verspürte sie erst recht kein Bedürfnis, mit Peter zu reden. Doch Nora fuhr fort: »Ich werte es als Fortschritt, dass er sich an dich wendet. Vielleicht kannst du ja tatsächlich etwas gerade rücken. Er ist und bleibt mein Bruder, auch wenn er sich oft daneben benimmt. Ich würde mich freuen, wenn du ihm hilfst, weiterzukommen und einen Sprung nach vorn zu machen. Verstehst du, was ich meine? Möglicherweise steht ihm ja seine eigene Ausstrahlung und Männlichkeit im Wege. Ich habe schon erlebt, wie Frauen auf ihn reagieren. Sie werden einfach schwach. Dabei ist er definitiv
ein Macho.«

Anne fasste sich ein Herz und sagte: »Lass uns bitte Schluss machen, Nora! Es war ein langer Tag. Ich muss mich jetzt ausruhen. Wir reden ein anderes Mal weiter.«

»Natürlich, Süße! Ich versteh schon. So interessant sind die Geschichten meines Bruders auch wieder nicht. Lass es dir gut gehen und regle das so, wie du es für richtig hältst.«

»Das mach ich. Danke, Nora«, erwiderte Anne.

Sie hatte kaum aufgelegt, als es erneut klingelte. Roman war am Telefon und schlug ein Treffen vor. Er wolle sich mit ihr aussprechen, sagte er.

Kapitel 18
Berliner Abend

Sie fuhren zu einem Lokal. Roman nahm ihre Hand. An dem Blick, den ihr die Frau vom Nebentisch zuwarf, konnte Anne ablesen, dass sie beneidet wurde. Sie entzog Roman ihre Hand und murmelte etwas vor sich hin. »Alles in Ordnung?«, fragte er. »Ja, ja« antwortete sie. Die Leere, die sie empfand, war unsäglich.

»Was grummelst du da vor dich hin, Anne? Du wirkst in letzter Zeit oft so abwesend. Geht es dir wirklich gut?«, fragte Roman.

»Nichts ist los«, erwiderte sie. Dabei merkte sie selbst, dass das seltsam hohl und spitz klang. Am liebsten wäre sie aufgesprungen. »Ich mach mir Sorgen um dich«, sagte er.

Anne wand sich unter seinen Worten. *Deine zärtliche Besorgnis ist doch nur Getue,* warf sie ihm in Gedanken vor. Nervös blickte sie sich um. Sie wäre gerne weggerannt. Sie musste sich beherrschen, um sitzenzubleiben. Brüsk sagte sie. »Ich bin eine Frau aus Fleisch und Blut, keine deiner Patientinnen, Roman!«

»Ich weiß, dass du eine Frau aus Fleisch und Blut bist. Komm her!« Er beugte sich zu ihr und küsste sie auf die Stirn. Sie hätte schreien können. Sein gönnerhaftes Verhalten verletzte sie.

Er schien ihren Widerstand zu spüren, denn er zog sich sofort zurück, sagte aber: »Ich verstehe nicht, Liebes. Können wir nicht wie zwei vernünftige Menschen miteinander reden und einfach ein bisschen abschalten?«

»Wir sprechen doch miteinander.«

»Stimmt, ich habe dich gefragt, wie es dir geht, weil du mir niedergeschlagen vorkamst.« Er pausierte, schien auf eine Bemerkung ihrerseits zu warten. Als sie nichts sagte, fuhr er fort: »Aber offenbar darf man dich das heute nicht fragen. Du reagierst gereizt, um nicht zu sagen unwirsch, stellst mich hin, als ob ich ein Verbrechen begangen hätte.« Seine Stimme verlor ein wenig ihre Weichheit.

Ja, zeig nur, wer du wirklich bist!, triumphierte es in ihr.

»Du müsstest dein Gesicht sehen. Als ob ich dir zuwider wäre«, sagte er.

»Wenn dir mein Gesicht nicht gefällt, kann ich ja gehen«, erwiderte sie.

»Anne, Anne, Anne! Was ist bloß los mit dir?« Beschwichtigend tätschelte er ihr die Hand. Sie zog sie rasch weg und sagte: »Was ist los mit dir, Roman?«

»Du gefällst mir, hast mir immer gefallen und wirst mir immer gefallen. Auf uns!« Er hob sein Glas, um ihr zuzuprosten.

Sie lehnte sich zurück und starrte ihn an, ohne ihr Glas zu heben.

»Was ist, Anne?«, fragte er.

Sie hatte das Gefühl, den Bogen überspannt zu haben, lächelte entschuldigend und stieß mit ihm an.

Es brachte nichts, ihm die Hölle heiß zu machen. Ihr Blick schweifte ab, blieb im Nichts hängen. Er war ihr Traummann, aber für alles, worauf es ankam, war es zu spät. Aus wie vielen Widersprüchen die Liebe doch bestand.

»Praktizierst du regelmäßig die Atemübungen, die ich dir gezeigt habe?«, fragte Roman in diesem Moment.

Lautlos äffte sie ihn nach. *Machst du regelmäßig die Atemübungen, die ich dir gezeigt habe?* Abneigung wütete in ihr.

»Das Göttliche liegt in unserem Atem«, fügte er da auch schon hinzu.

Oh, nein, nicht schon wieder diese Leier! Ich kann es nicht mehr hören, dachte sie gereizt.

Roman war mal wieder in seinem Element. »Der Seelenraum existiert! Er ist ebenso real wie das Leben. Ohne die Kraft dieses unbegrenzten, zeitlosen Raumes wären wir Zombies, lebende Tote, ohne Kontakt zu der Substanz, die uns nährt und lebendig hält. Du erlebst es doch auch tagtäglich – Menschen, die zu lange von dieser Kraft abgeschnitten sind, gehen zugrunde.«

»Ach ja? Weshalb predigst du mir das jetzt?«, fragte sie aufgebracht.

»Weil ich den Verdacht habe, dass du die Übungen nicht regelmäßig machst. Dabei würden sie dir gut tun. Du wirkst angespannt und gestresst in letzter Zeit. Deine Aura hat Löcher«, entgegnete er.

Einen Moment lang fragte sich Anne, ob sie ihm eine scheuern oder nur kreischen sollte. Dann fragte sie spöttisch: »Meine Aura hat Löcher? Bist du

sicher?« Er wollte gerade etwas erwidern, als sie fortfuhr: »Sei mir nicht böse, Roman, aber ich bezweifle
ernsthaft, dass du meine Aura sehen kannst. Das ist
doch alles esoterischer Humbug. Du spürst ja nicht
einmal, was ich fühle.«

Er blickte sie durchdringend an. »Hauptsache, du
weißt, was du fühlst und kannst deine Gefühle hand-
haben. Ich werde sowieso nie fühlen, was und wie du
fühlst. Das wäre pure Anmaßung. Die Gefühle anderer sind Interpretationssache. Willst du ernsthaft,
dass ich dich interpretiere? Gefühle sind ewig wech-
selnde Zustände, Momentaufnahmen des Lebens,
die weder überbewertet noch unterbewertet werden
dürfen, schon gar nicht sollten wir uns die Gefühle
anderer zueigen machen.«

Da hilft nur noch Ironie, dachte Anne und sagte:
»Großer Guru, meine Ego-Struktur ist so undurch-
lässig, dass sie keine Löcher zulässt.« Das brachte
Roman zum Lachen. »Ich wollte dich nur daran
erinnern, Atemübungen zu machen. Durch den
Atem bekommen wir Zugang zu unserem seelischen
Bewusstsein. Aber wem sage ich das? Du bist schließ-
lich vom Fach.«

»Danke, ich habe verstanden«, erwiderte sie.

Er schmunzelte. »Prima.«

»Ich würde zwar viel lieber mit dir zusammenziehen, aber wenn du meinst, dass ich mit Atemübungen meine löchrige Aura kitten kann, um mein
Leben als Singlefrau besser auf die Reihe zu kriegen,
bleibt mir wohl nichts anderes übrig als zu gehorchen«, lästerte sie.

»Ach, Anne, das haben wir doch schon so oft besprochen. Gib mir einfach Zeit.«

»Bis wir alt und grau sind?« Sie sah ihn an, diesen Mann, der ihr Leben mitbestimmte, ihr dann und wann etwas in Aussicht stellte und dann doch wieder einen Rückzieher machte. Sie hatte an seiner Seite Boden unter den Füßen verloren statt gewonnen, das stand fest. *Wird es mir je gelingen, wirklich zu ihm vorzudringen? Wird er je Verantwortung für mich als Mann übernehmen oder wird es immer so weitergehen?* Das fragte sie sich. Dann wechselte sie das Thema und fing an, ihm etwas von einer Frau zu erzählen, die sie beide kannten. Der Abend war noch lang.

Kapitel 19

Roman

Er saß dieser ungeheuer sinnlich wirkenden Frau mit den langen blonden Haaren, dem üppigen Mund und den schwarz umrandeten Augen gegenüber, die er nun schon so viele Jahre kannte und immer noch begehrte, und fühlte sich mit einem Mal erschöpft. Es war nicht gerade leicht mit ihr in letzter Zeit. Sie öffnete und schloss die linke Hand, als ob sie sich weder für noch gegen eine Faust entscheiden konnte, und lachte schrill. Dann schürzte sie plötzlich die Lippen und riss dabei die Augen weit auf. Das hatte etwas Fratzenhaftes. Gereizt wandte er ein: »Klar geht das.« »Nein«, erwiderte sie. Ihr Nein klang weich und melodisch, aber ihrer Gestik haftete etwas Unnatürliches an. Er hätte sich am liebsten ausgeklickt. Sie streckte den Zeigefinger in die Höhe und fuchtelte mit den Armen. Es kam ihm vor, als ob sie sich am Rande einer Hysterie bewegte. Vermutlich wollte sie nur etwas betonen, aber es wirkte fahrig und überspannt. Roman schaltete auf Autopilot.

»Gar nicht«, rief sie.

Er war verdutzt, weil ihm entgangen war, worum es eigentlich ging. Er kramte in seinem Gedächtnis, aber es verweigerte die Antwort. Die spanische Musik, die den Raum rhythmisch durchtränkte, spielte mit seinem vernebelten Bewusstsein. Undeutlich blieb er sitzen. Wie aus weiter Ferne hörte er Anne sagen: »Ich könnte schwören, dass du gar nicht richtig zuhörst.«

»Ich sitze dir doch direkt gegenüber und sehe dich an. Glaubst du, ich bin taub?«

»Bestimmt hängst du wieder in den Tiefen deiner ausgeklügelten Theorien fest«, sagte sie anklagend. Er lächelte sie beruhigend an, sagte aber kein Wort. »Was soll dieser Einwand eben«, fragte sie aufgebracht.

»Was meinst du?«

»Betreibst du etwa wieder Psychopathologie?«, rief sie und hatte Mühe, ihre schlechte Laune zu verbergen. Roman überlegte fieberhaft, was er antworten sollte. Er wusste beim besten Willen nicht mehr, was er von sich gegeben hatte. Sie hasste es, wenn er, wie sie es nannte, Seelensezieren betrieb. Er wollte sie keinesfalls unnötig reizen, aber sein drittes Auge aktivierte sich manchmal ganz von allein. So entblößt wirkte Anne nun mal schrecklich exaltiert und übertrieben auf ihn. Er strengte sich an, sein Hirn klar zu bekommen, um nicht erneut in ein Fettnäpfchen zu treten. Der Zug fuhr sowieso schon in die falsche Richtung. In diesem Moment fingen zwei Männer am Nebentisch an, lautstark miteinander zu streiten. Es war, als hätten die im Lokal Anwesenden nur auf diese Ablenkung gewartet. Alle lauschten gebannt, keiner mischte sich ein. Roman verfolgte den Streit aus den Augenwinkeln. Mit einem Mal eskalierte die Situation. Mit einem Ruck warf einer der beiden Männer den Tisch um und ging mit erhobenen

Fäusten auf den anderen los. Das Bedienungspersonal eilte herbei und versuchte zu beschwichtigen. Doch die Streithähne ließen sich nicht beruhigen. Der andere Mann erhob ebenfalls die Fäuste. Roman sah schon Menschenteile herumfliegen und griff zum Handy, um die Polizei zu rufen.

Da setzte sich einer der Männer plötzlich hin, fasste das Handgelenk des anderen und sagte versöhnlich: »Warum soll ich mich mit dir streiten. Du bist doch mein Freund. Komm, wir lassen es gut sein.«

Von einer Sekunde zur anderen kehrte Ruhe ein. Roman fing völlig verblüfft zu lachen an. Anne stimmte mit ein. Das Lachen lockerte ihre Gesichtszüge. Hübsch sah sie aus. Er zog sie an sich und flüsterte ihr ins Ohr: »Heute machen wir uns einen schönen Abend bei mir, hm? Ich möchte dir mal wieder ganz nah sein. Du bist so eine schöne Frau. Ich liebe dich.«

Kapitel 20

Lust und Frust

Anne träumte von leidenschaftlichem Sex mit Roman. Als sie erwachte, kam es ihr bizarr vor, dass sie im Traum viel fülliger gewirkt hatte, als sie es in Wirklichkeit war, und dass sie Roman so viel heftiger begehrte, als sie es im wirklichen Leben tat. Fürchtete sie sich davor dick zu werden? Das war lächerlich. Sie war schon immer schlank gewesen und würde es auch bleiben. Was hatte es mit dieser dicklichen Frau auf sich, die danach gierte, dass ihr Geliebter in sie eindrang? War das eine Art von Bedürftigkeit, die sie ausblendete? Dabei war sie zwischenzeitlich weit entfernt von dieser Art Begehren. Sie war bedürftig, ja, aber sie entbehrte etwas anderes als die Leidenschaftlichkeit in den ersten Jahren mit Roman. Lag es daran, dass der gestrige Abend weniger innig ausgefallen war, wie sie es sich erhofft hatte?

Ein Geräusch verscheuchte das Traumbild, das sie beschäftigte, ließ Anne aber mit der brennenden Frage zurück, ob Roman sie auch als rundlich gewordene Frau noch begehren und lieben würde. Sie tastete nach ihm und streichelte sein erigiertes Glied. Das war in den letzten Monaten kaum noch vorgekommen, wie sie sich selbst eingestehen musste, zu groß war ihre Frustration über die Stockung dieser

Beziehung gewesen. Der anbrechende Morgen sandte einen Sonnenstrahl durchs Fenster. Roman drehte sich auf die Seite und blickte sie lächelnd an. Dann drängte er sich an sie. Sie roch seinen Atem. Er hatte Mundgeruch. Sie drehte ihr Gesicht weg. »Würdest du dir bitte die Zähne putzen«, bat sie.

Er reagierte sofort und schälte sich aus dem Bett. Sie registrierte, dass seine Morgenlust in sich zusammensackte. Als er im Bad verschwand, zog sie ihr Nachthemd aus. Er sollte sich belohnt fühlen, wenn er mit frisch geputzten Zähnen zurückkam. Aber Roman machte keine Anstalten zurückzukehren, sondern blieb unerwartet lange im Bad. Ihre Erregung wich einer Abgeklärtheit, die keinen Raum mehr für Leidenschaft bot. Als er endlich auftauchte, schlug sie vor, aufzustehen und zu frühstücken.

Kapitel 21

Eindringling

Er checkte seine E-Mails. Wieder war nichts von Nuno dabei. Munia verstand etwas von Rache. Ihre Anstrengungen, ihm die Kinder zu entfremden, wirkten. Was mochte das für Túlio bedeuten? Sein jüngstes Kind wurde wahrscheinlich in dem Glauben aufgezogen, einen Scheißkerl als Vater zu haben oder, noch schlimmer, gar keinen Vater zu haben. Auch das Wetter regte Peter auf, dieser März war sowas von ungemütlich, dann die Meldungen vom Amoklauf, die seit Mittwoch ständig auf allen Sendern verbreitet wurden.

Horrormeldungen juckten ihn normalerweise nicht, aber was da geschehen war, ging ihm unter die Haut. Für die Zukunft sah er schwarz. Wenn so etwas schon in einem Kaff wie Winnenden geschah, was war dann mit Sao Paulo? Er hätte gerne mit Tamara darüber gequatscht, welchen Gefahren seine Kinder in Brasilien ausgesetzt waren, doch daran war nicht zu denken. Erstens schmollte sie noch immer und zweitens mochte sie es nicht, wenn er auf seine Kinder und das, was ihn in diesem Zusammenhang bewegte, zu sprechen kam.

Unruhig starrte er auf den Bildschirm. Mit Gewalt kannte er sich aus. *Munia übt Gewalt aus, sie bean-*

sprucht etwas für sich, das nicht ihr Besitz ist, wütete es in ihm. Er hatte genug von dem Mist. Er musste die Kloake, die in ihm wie eine fette heiße Brühe waberte, zum Abkühlen bringen, bevor sie überkochte.

Er fuhr den Computer herunter und verließ die Wohnung. *Auf nach Berlin,* dachte er. *Vielleicht hat Anne ja eine zündende Idee, wie ich die Kontrolle über mein Leben zurückgewinne. Mit Munia habe ich mir Probleme eingehandelt, die ich alleine nicht in den Griff kriege. Sich auf eine Ehe einzulassen, ist wirklich eine verdammte Herausforderung. Haft auf Lebenszeit,* redete er sich selbst ein. Er hatte genug hinter sich, um zu wissen, was ihn da bewegte. Was auch immer alle behaupteten, ihm war eine Menge durch die Lappen gegangen. *Kaum ist ein Mann verheiratet, schnappt die Falle zu, denn Frauen wollen einen Mann Tag und Nacht kontrollieren,* dachte er, als er auf die Straße trat. Mit etwas Glück war es wenigstens gelockerte Einzelhaft, nicht jedoch bei ihm und Munia. Ihr Sinn für Bindungsdramatik ließ ihn alt aussehen. Brasilianerin eben. Die Auswirkungen waren verheerend. Eigentlich konnte er sich gleich die Kugel geben.

Während er auf Berlin zuraste, gab sich Peter allerhand Vorstellungen hin. Tamara in ihren scharfen Höschen. Tamara auf dem Tisch. Mannomann, was für eine geile Zeit! Hätte es nicht so weitergehen können? Er erinnerte sich daran, wie der Stress anfing. Tamara wurde eines Tages auf ein Bild von Munia und den Kindern aufmerksam, das in seinem Lastwagen hing. Das Problem war nicht das Foto selbst, denn Tamara wusste, dass er verheiratet war.

Er hatte ihr allerdings glaubhaft weisgemacht, seine Ehe bestehe nur noch auf dem Papier. Er mochte Frauen und er mochte Sex und Sex nicht nur mit seiner Angetrauten, sondern auch mit anderen Weibern. Weder wollte er sich deshalb rechtfertigen noch lange Erklärungen abgeben müssen. Er hielt es für sein gutes Recht, sich auszuleben. Wenn er mehr zu bieten hatte, als eine Frau in Anspruch nehmen konnte, war das doch ihr und nicht sein Problem. Dass seine Schmusekatze wenige Wochen später bei IKEA auf eine hochschwangere Frau stieß, in der sie wegen des dämlichen Fotos Munia erkannte, war ausgesprochenes Pech. Zumal Tamara, raffiniert wie sie war, seine Familie gleich am nächsten Tag mit der Wahrheit konfrontierte. Hinter seinem Rücken fuhr sie fauchend die Krallen aus, um ihn ganz für sich allein zu haben. Er trat das Gaspedal bis zum Anschlag durch.

Es regnete, als er in Berlin eintraf. Er stellte sein Auto ab und hechtete die Treppen zu Annes Wohnung hoch. Sie wohnte in der zweiten Etage eines alten, aber gepflegten Mehrfamilienhauses. Das Treppenhaus roch nach Seife.

Er klingelte. Anne öffnete die Tür. Um seine Wirkung auf sie zu testen, warf er ihr einen Schlafzimmerblick zu. Bei den allermeisten Frauen löste dieser Blick ein Kribbeln aus, aber Anne gab sich betont cool. Fast teilnahmslos blickte sie ihn an. »Hallo, Peter!«, sagte sie und bat ihn herein. Sie kam ihm größer vor, als er sie in Erinnerung hatte. Ihr Haar trug sie kampfbereit hochgesteckt. *Sieht gut aus,* dachte er, *auf jeden Fall hat sie mehr Geld als ich.* Es lag nicht nur an dem edlen Pullover und dem hochgereckten Kinn, sie war ganz die erfolgsbewusste Psychotherapeutin mit Doktortitel, die ihn immer schon ein wenig von oben herab behandelt hatte. Ihre Haltung war graziös.

»Hey, Anne, tut gut dich zu sehen« sagte er und ließ ein leicht anzügliches Lächeln seine Mundwinkel umspielen, dann drückte er sich an ihr vorbei in die Wohnung. Als er drin war, fuhr er herum und streckte ihr die Hand hin. »Lange her«, sagte er. Ihre Augen verrieten nichts, wirkten fast leer. *Du solltest ein bisschen mehr aus dir herausgehen,* dachte er.

»Ja«, antwortete sie und zog die Tür zu. Ihre Wohnung war schön, hohe und großzügig geschnittene Räume, in denen jedes Möbelstück Wirkung zeigte. Ein herrliches, sehr gepflegtes Dielenparkett. Er warf anerkennende Blicke um sich, bevor er sich in einen der herumstehenden Sessel schmiss und sich wieder auf Anne konzentrierte. Die Wohnung hatte Stil, das musste er ihr lassen.

»Was kann ich für dich tun?«, fragte sie und schaute ihn aufmerksam an. Er schnalzte mit der Zunge, vergegenwärtigte sich, warum er hier war und begann über seine zerbrochene Ehe und das Desaster mit Tamara zu reden. Sie setzte sich zu ihm und hörte ihm zu, ohne ihn zu unterbrechen. Das war er weder von Munia noch von Tamara gewöhnt, die quatschten immer dazwischen. Während er sprach, sah er sie genauer an. Sie besaß eine tolle Figur, obwohl sie viel älter als Tamara war, schlank, aber kein Hungerhaken, an den richtigen Stellen Kurven. Der cremefarbene, enganliegende Pullover und die edle Jeans passten ihr perfekt. Während er sie abwog, brachte er seinen ganzen Ärger, seine Wut und Enttäuschung zum Ausdruck.

»Das klingt, als ob die Dinge momentan ziemlich unangenehm für dich sind«, sagte sie, als er zu reden aufhörte.

»Unangenehm klingt hochtrabend, das ist deine Art es auszudrücken, ich finde meine Situation schlichtweg beschissen. Ich wünsche mir Frieden, aber keiner will mit mir Frieden schließen. Das ist doch madig. Außerdem vermisse ich meine Kinder. Was fällt der Alten ein, sie so gegen mich aufzuhetzen?« Er redete sich in Rage. Wut kochte in ihm hoch.

»Was brauchst du, um die Ereignisse in einem anderen Licht betrachten zu können?«, fragte Anne.

»Was ich brauche? Sag du es mir! Deshalb bin ich schließlich hier.«

»Merkst du, dass etwas in dir verhindert, einer gedanklichen Alternative Raum zu geben?«

»Guter Witz! Du glaubst, dass ich mir kein alternatives Denken erlaube?« Hältst du mich immer noch für so bescheuert?« Er lachte hämisch.

»Das war kein Witz.« Annes Stimme klang belegt. Sie griff sich ins Haar.

»Schieß los! Was meinst du damit?«, fragte er, weil er ihr eine Chance lassen wollte.

»Dass du die Dinge nur aus einem einzigen Blickwinkel betrachtest, nämlich deinem eigenen«, erwiderte sie.

»Aus welchem sollte ich sie denn sonst betrachten?« Er ließ sie nicht aus den Augen. Sie wirkte in sich versunken. Die Zeit versickerte in den Wänden. Seine Gedanken schweiften ab.

»Sogar mit Selbstmord hat sie gedroht«, fuhr er fort.

Anne richtete sich auf. Das gefiel ihm. Ihre Fragen waren doch bloß reines Ablenkungsmanöver, das die Wände schimmeln ließ. Die Zeit tropfte von den Wänden und Anne quatschte um den heißen Brei herum.

»Ich befürworte Selbstmord. Ist doch geil, dem Unglück eine lange Nase zu drehen«, fügte er hinzu.

»Was redest du da?«, fragte sie perplex.

Die Zeit tropfte, die Wand war schon feucht. »Sich die Freiheit zu nehmen und über das eigene Ende selbst zu bestimmen, ist okay, finde ich. Einfach aus dem Leben hinausmarschieren«, sagte er.

»Ich verstehe nicht ganz«, wandte Anne ein.

Sie will schon wieder ablenken, dachte er und sagte: »Jeder kann mit seinem Leben doch machen, was er will. Ich befürworte Selbstmord.«

»Wie sind wir bloß auf dieses Thema gekommen«, fragte Anne.

»Sag du es mir. Du bist doch die Therapeutin«, gab er zurück und grinste in sich hinein. Es war immer ein Vorteil, die Leute ein bisschen aufzuschrecken.

»Bei dir hört sich das so an, als ob im Selbstmord ein Trost stecken würde. Da liegst du daneben. Selbstmord bedeutet, die Herrschaft über sich selbst zu verlieren, das heißt, sich in die tödliche Umarmung mit dem eigenen, verletzten Ego zu werfen. Selbstmord ist ein Abgrund«, behauptete Anne.

»Klingt schriftstellerreif. Aber das meinst du nicht wirklich. Ich bin nicht so verkopft wie du. Ich merke, wenn jemand etwas sagt, und es anders meint. Selbstmord kann auch ein Schritt der Emanzipation sein. Ich wette, das weißt du.«

Sie starrte ihn so erschrocken an, dass er sich bemüßigt fühlte, ihr zu sagen, dass sie sich keine Sorgen zu machen brauche. »Ich bring mich schon nicht um. Ich wollte dich nur ein bisschen aufmischen. Du kamst mir so teilnahmslos vor. Siehst mich immer noch als den kleinen gestrandeten Peter, hm?« Als sie nicht antwortete, fuhr er fort: »Hat mich irgendwie an früher erinnert. Du und meine große Schwester steckten die Köpfe zusammen und ich war abgemeldet.«

»Bitte, Peter, das ist kein Scherz! Lenk jetzt nicht ab. Für mich ist Selbstmord, sofern er nicht wegen einer unheilbaren Krankheit ausgeübt wird, ein tödlicher Schritt der Selbstbestrafung.« Sie gab sich alle Mühe, ihn von ihrer Theorie zu überzeugen. Er musste einen wunden Punkt getroffen haben. Psychotanten liefen eben doch alle neben der Spur. Beinahe bereute er es, extra nach Berlin gekommen zu sein. Intensiv bohrte er seinen Blick in sie hinein, bis sie verlegen wegschaute. Das amüsierte ihn.

Sie sagte: »So kommen wir nicht weiter. Es ist vielleicht besser, wenn du dir jemand anderen suchst.«

»Ich will aber mit dir reden. Einen hübschen Pulli hast du übrigens an. Sehr hübsch. Steht dir gut.« Er starrte auf ihren Busen. So wie es aussah, hatte sie noch immer diese tollen Titten, die er schon immer an ihr bewundert hatte. Plötzlich konnte er an nichts anderes mehr denken.

Anne erhob sich und lief hin und her. Er verfolgte jeden ihrer Schritte, drang in sie ein wie eine scharfe Klinge, der die Haut nichts entgegenzusetzen hatte. *Ich krieg dich,* dachte er triumphierend. Der Raum drohte vor Spannung fast zu platzen.

»Weißt du, im Grunde sind wir alle allein und sehnen uns danach, geliebt zu werden«, sagte er in dieses spannungsgeladene Etwas hinein. »Darum geht es doch. Wir Männer stecken unsere Schwänze rein und ihr haltet eure Döschen hin. Das beste Mittel, um diese fundamentale Einsamkeit zu unterbrechen, um für einen winzigen Augenblick anzukommen«, fügte er hinzu.

Sie sah ihn hungrig an. Ihre Augen flackerten. Endlich gelang es ihm, sie aus ihrer kühlen Reserve zu locken. Er stand auf und hielt sie fest. »Setz dich wieder hin«, sagte er und schob sie in einen Sessel. Geräuschlos sank sie hinein. »Pst«, sagte er und stellte sich hinter sie. »Was?«, fragte sie. »Das«, antwortete er und begann, ihre Brüste zu massieren. Nicht zu fest, nicht so, dass es wehtat, aber doch so, dass es kein Streicheln mehr war. Ihre Brustwarzen reagierten auf der Stelle, wurden ganz fest, harte Knöpfchen, die er nur zu drücken brauchte. Seine männliche Energie brach sich vehement Bahn. Noch bevor Anne irgendetwas sagen oder dem Ganzen Einhalt gebieten konnte, setzte er sich ihr auf den

Schoß und drückte seinen Mund auf ihre Lippen. Er spürte, dass sie erregt war, schob eine Hand in ihre Hose und nestelte gleichzeitig an seiner Hose. Sie versuchte seine Hand wegzuschieben. »Hab dich nicht so, lass uns spielen«, sagte er, »dann quatscht es sich nachher umso leichter.«

Anne wirkte verdutzt, das steigerte seine Begierde noch. Er gab Gas. Wenig später war er, wo er hinwollte und das war gut, denn ihr Körper gebärdete sich wie erwartet, nahm ihn schmatzend auf. *Ich bin eben ein Routinier,* gratulierte er sich selbst. *Mag sie auch noch so abweisend tun, die Sprache ihrer Muschi ist eindeutig.* Die Nichtübereinstimmung törnte ihn im anarchischen Tumult dieser Vereinigung besonders an und ließ ihn vor Vergnügen brummen. Er war erst kurz in ihr, als sie einen Orgasmus bekam. »Da hast du es, Roman, da hast du es!«, schrie sie und stöhnte dabei laut. »Ist Roman dein Macker?«, fragte Peter. Ein kalter Hauch streifte ihn. Er schrubbte weiter in ihr herum, spürte aber wie ihm die Lust verging. Ärgerlich zog er sein bestes Stück heraus und knurrte. »Du bist nicht richtig bei der Sache. Du bist ganz woanders. Was soll das?«

Anne stieß ihn weg, sprang auf und rannte hinaus. Einen Augenblick versank die Welt in einem schwülstigen Nebel. Als der Dunst nachließ, stand er auf und schaltete den Fernseher an. Als eitle Psychotante brauchte sie bestimmt länger, um sich wieder in Form zu bringen, vor allem nachdem sie es ihrem Macker mit ihm als Stellvertreter gezeigt hatte.

Doch er hatte sich getäuscht. Aufgeladen kam sie zurück und forderte ihn zum Gehen auf. »Verschwinde, Peter! Raus, sofort«, fuhr sie ihn an.

»Ach, hast du es dir anders überlegt? Typisch! Es hätte was zwischen uns werden können, aber dann bist du versackt. Ihr seid alle gleich, ihr Weiber. Verdreht und zickig. Wisst, wie es geht, uns verrückt zu machen, aber damit seid ihr auch schon am Ende eures Lateins. Saubere Arbeit, Frau Doktor! Du setzt mich also vor die Tür, dabei habe ich dir einen Orgasmus verpasst. Schafft dein Alter wohl nicht mehr. Schlüpfrig bist du ja, das muss man dir lassen.«

»Raus! Verlass umgehend meine Wohnung«, tobte Anne.

Er schnappte sich seine Jacke und räumte das Feld. Nur Mist um ihn herum. Die Welt war bescheuert und Anne hatte sie auch nicht alle, so viel stand fest.

Als er draußen stand, atmete er erst einmal tief durch. Dann ging er in die nächste Kneipe und bestellte sich ein Bier. Weiber! Sie konnten ihm gestohlen bleiben.

Kapitel 22

Turbulenzen

Ein lautstarker Streit riss Sarina aus dem Schlaf. »Bist du verrückt, ich schmiere doch nicht den ganzen Spiegel voll.«, hörte sie Marilena brüllen.

»Wer sonst?«, fragte Michael.

»Ich war's nicht, du Buschmensch! Warum sollte ich das tun?«

»Um auf dich aufmerksam zu machen, ist doch klar«, gab Michael zurück.

Schlaftrunken richtete sie sich auf. Ihr war etwas schwindelig, aber ihr Kopf fühlte sich kühl an. Sie schwang ihre Füße aus dem Bett und marschierte ins Bad, wo ihre Kinder sich aufgebracht gegenüberstanden. Als ihr Blick auf den Spiegel fiel, erschrak sie. Knallrot prangten da die Worte: *Bitte bleib noch eine Weile hier bei mir. Ich liebe dich.* Zu den Kindern gewandt sagte sie: »Beruhigt euch, ich habe das gemacht.«

»Du?«, fragte Michael ungläubig.

»Ja, ich war heute Nacht im Delirium. Ich hatte hohes Fieber, weißt du.«

»Siehst du, Buschmann! Du hast mich völlig zu Unrecht verdächtigt«, rief Marilena und verließ hoch erhobenen Hauptes das Badezimmer.

»Na, dann«, sagte Michael und stapfte ebenfalls hinaus.

Sarina stand ratlos vor dem Spiegel und rätselte, warum sie das getan hatte. Dumpf erinnerte sie sich daran, heute Nacht ins Bad gestiefelt zu sein, sich wie unter Zwang einen Lippenstift geschnappt und traumwandlerisch etwas damit geschrieben zu haben. Dass sie den Spiegel als Tafel benutzt hatte, war ihr nicht bewusst, aber so musste es gewesen sein. Sie war fremdbestimmt, das fühlte sie genau. Jemand hatte sich in ihr Leben eingeschlichen und steuerte sie. Sie starrte auf das Geschriebene und fragte sich, was es bedeuten mochte, kam jedoch zu keinem Schluss. Das Ganze war ihr unheimlich. Was sollte sie tun? Tom anrufen? Hing diese Botschaft mit ihm zusammen? Ein unbekannter Duft stieg ihr in die Nase. Wie aus weiter Ferne hörte sie ein Rauschen. »Tom, bist du das?«, rief sie erschrocken. Niemand antwortete.

Gelb leuchteten die Forsythien und verliehen diesem grauen Tag Farbe. Tom war aus Berlin zurück und gab ihr sofort zu verstehen, dass er mit dem Zustand, in dem sich der Garten befand, nicht einverstanden war.

»Es ist noch viel zu kalt zum Bepflanzen«, rechtfertigte sie sich.

»Stiefmütterchen gehen immer«, erwiderte Tom. Sarina war klar, dass er recht hatte, trotzdem kränkte sie seine Mäkelei. Ihren krankheitsbedingten Ausfall ließ er völlig außer Acht.

»Ich bin ein ästhetischer Mensch, kapier's endlich«, fuhr er fort.

Wieso durfte immer nur seine Sicht auf die Dinge gelten? Er wusste doch, dass sie keine Stiefmütterchen mochte. Sie waren überdimensionierte Riesen einer schönen Blumenfamilie, das fand Sarina abstoßend. Sie liebte Veilchen, wollte aber keine abartige Variante davon.

»Sobald es etwas wärmer wird, setze ich etwas ein«, antwortete sie sanft. Dass sie sich nach dem Infekt noch immer geschwächt fühlte, erwähnte sie gar nicht, weil sie spürte, dass Tom schlecht drauf war. Sie wollte keinen Streit provozieren. Stattdessen nahm sie sich zurück. Viel lieber wäre sie aus sich herausgetreten, ganz und gar sie selbst gewesen, hätte beispielsweise gerne ihren wippenden Pferdeschwanz und die alte Schlabberhose von heute Morgen getragen, aber Tom gefiel das alles nicht, deshalb trug sie die Haare offen und hatte eine enganliegende Hose an. Sie wollte ihm gefallen, doch heute schien ihre Liebesmüh vergeblich zu sein. Tom reagierte auf alles übellaunig. Er konnte so charmant sein, vorausgesetzt er hielt den anderen Mann in sich in Schach, der jederzeit hervorspringen und sie zur Verzweiflung treiben konnte. Um den mit diesem anderen Tom verbundenen Karambolagen zu entgehen, verzichtete sie oft auf ihr Selbstsein, denn Harmonie war ihr wichtig. Standpunkte gab es so zahlreich, wie es Menschen gab. So vieles war reine Ansichtssache. Es war völlig unnötig, einen Streit vom Zaun zu brechen, nur um das letzte Wort zu behalten. Toms Bedürfnis nach Blumen im Vorgarten war verständlich, alle sehnten sich nach Frühling, aber dass er keinen

Gedanken daran verschwendete, wie es ihr während seiner Abwesenheit ergangen war, verletzte sie.

Als Tom sie beim Zubettgehen aufforderte, mit ihm zu schlafen, fühlte sich Sarina vollends vor den Kopf gestoßen. Sie sehnte sich danach, erst einmal die Unstimmigkeiten zu beseitigen oder wenigstens zu kuscheln, er jedoch knurrte: »Du bist manchmal echt zimperlich. Ich will nicht mit dir quatschen, ich will mit dir schlafen, das regelt vieles von selbst.« Sie kannte das. Dass er unverfroren zur Sache kommen wollte, war nicht ungewöhnlich für ihn, aber an diesem Abend empfand sie sein Verhalten als Zumutung, zumal er weder so verspielt noch so stellungswillig war wie sonst. Sie hatte das Gefühl, dass er nur forderte und nichts gab. Trotz jahrelanger Vertrautheit wurde der Beischlaf zu einem seltsam unbefriedigenden Erlebnis, das ihr noch tagelang nachging. Als sie nach dem Sex ihr Empfinden behutsam anzusprechen versuchte, brauste Tom auf. »Willst du mich terrorisieren? Wir kennen uns in- und auswendig, da ist eben nicht jedes Mal ein wilder Ritt drin.«

»Das meine ich doch gar nicht«, sagte sie besänftigend. »Ich sehne mich nur nach mehr Zärtlichkeit und Nähe. Können wir nicht einfach kuscheln?« Er zog sie an sich und tätschelte ihre Schulter. Das erschien ihr vollkommen trostlos. *Man lernt einen Menschen erst nach und nach richtig kennen,* ging ihr durch den Sinn. *Mit Männern ist es wie mit Kleidern, Frau sollte sie testen, ohne bereits verguckt* zu sein, sonst *stellt sich irgendwann womöglich heraus, dass das heiße Stück halb so gut sitzt wie angenommen oder es sich um ein Billigteil handelt, das aus den Nähten platzt.* Sie fragte sich, warum sie sich einst blind vor Liebe in diese Ehe gestürzt hatte. Energisch rückte sie ein Stück von ihm weg. Als sie nach einer Weile erneut das Gespräch suchte und sich nach seiner Zeit in Berlin erkundigte, erntete sie lediglich ein lautes Schnarchen. Verzagt fragte sie sich, weshalb Tom so wenig Interesse an ihr bekundete, gutes Essen und Sex und das war's. Sie sah ihn an. Er lag mit einem Lächeln auf den Lippen neben ihr und schlief tief und fest. Sie fühlte sich einsam. Am liebsten wäre sie aufgestanden und hätte ihre Koffer gepackt. Solche Anwandlungen überfielen sie in letzter Zeit öfters. *Manche Frauen rufen ihren Lover an und verschwinden, ohne mit der Wimper zu zucken, aber so bin ich nicht gestrickt, dazu liebe ich meine Familie zu sehr,* dachte sie. Trotzdem wäre sie in diesem Moment am liebsten auf und davon. Es tat weh, nicht mit ihm darüber reden zu können, wie beunruhigt sie war. *Nichts denken,* beschwor sie sich und versuchte es. Aber es war nicht so einfach, alle Gedanken beiseite zu schieben.

»Ich stoppe Gedanken«, sagte sie leise vor sich hin. Ihr frommer Wunsch schien in Erfüllung zu gehen, denn ihre konkreten Gedanken lösten sich auf, während ihre Nichtgedanken ineinanderflossen. Der Blues umflorte sie weiter. *Das ist die unstillbare Sehnsucht nach der blauen Blume. Doch sie stirbt, wenn man sie pflückt. Sei nicht so anspruchsvoll, Sarina,* sagte sie zu sich selbst. Die Kirchturmuhr schlug Mitternacht. Es rauschte. Sarina stand auf, um auf die Toilette zu gehen. Sie hörte Geräusche in der Küche, erkannte die Stimme von Michael. Wärme durchflutete sie. Als sie ins Bett zurückkroch, beschloss sie, eine Übung zu absolvieren, die sie sich des Öfteren gönnte: Sie rief sich Dinge ins Bewusstsein, die sie glücklich machten. Das war so etwas Ähnliches wie Schäfchen zählen.

In ihrer Vorstellung fischte sie fast leere Zahnpasta-Tuben aus dem Müll und putzte sich mit dem verbliebenen Rest die Zähne. Ihre verschwenderischen Mitbewohner warfen Tuben sofort weg, wenn nach kurzem Drücken nichts mehr herauskam. Sie schaffte es, diese Tuben noch tagelang zu gebrauchen. Sie trank aus einer alten Lieblingstasse, von der sie sich trotz einer Macke nicht trennen mochte. »Ich kann das Ding nicht mehr sehen. Wirf es endlich weg und kauf dir eine neue«, schimpfte Tom, aber Sarina blieb der Tasse treu. Auch mit ihrer Vorliebe für einen Tag am Strand von Saint Tropez konnte sie bei Tom nicht punkten. Er fand volle Strände grauenhaft, wohingegen sie sowohl den Trubel als auch die Beignets, die es dort gab, liebte. Eine Nacht in Monte Carlo schwebte ihr vor. Sie lächelte. Doch dann fiel ihr ein, dass Tom alles, was im Geringsten nach Mondänität roch, ablehnte. Er hielt es an solchen Orten nicht aus. Tom tat so viele ihrer Glücksmomente ab. *Ich lebe unter dem Diktat seiner Lebensweise,* dachte sie trotzig. *Nur um nicht ständig wiederkehrendem Streit ausgesetzt zu sein, richte ich mich nach seinen Bedürfnissen und stelle meine eigenen hinten an. Meine Bedürfnisse bilden bereits eine lange Warteschleife.* Sie stieg aus dem Bett und verließ das Schlafzimmer. Doch ihre Gedanken kamen mit. *Wie kalkuliert er seinen Charme einsetzt, um mich von etwas zu überzeugen. Eines Tages wird er von mir ein Recht auf Untreue einfordern. Mit der Rolle des Ernährers hat er sich eine solche Bedeutung verliehen! Wie konnte ich das bloß zulassen?* Vor ihr tat sich ein Beziehungsabgrund auf. Sie fröstelte. Dieses Gedankenspiel drohte aus dem Ruder zu laufen. Sie musste es beenden. Es war ein so großes Glück für sie, mit Tom eine Familie zu haben. »Lass mich schöne Gedanken denken«, flüsterte Sarina sich selbst zu, »gute, glückliche. Lass mich großzügig, liebevoll und verzeihend sein. Lass mich singen, lachen, Späße machen und tanzend durch diese Windungen dringen. Dann ist alles gut.« Doch das Niemandsland ihrer Gehirnwindungen schwieg.

Kapitel 23
Zwischenstopp

Lars war zurück in Berlin, aber innerlich schon wieder auf dem Sprung. Er musste sich auf den weltpolitischen Wanderzirkus vorbereiten, der Anfang April Baden-Baden, Kehl und Straßburg heimsuchen würde. Die Jahresfeier der Nato. Der Nordatlantikpakt bestand seit sechzig Jahren. Da gab es allen Grund zum Feiern. *Mal sehen, wie lange die sich noch einig sind,* dachte er und legte sich seinen Arbeitsplan für den Gipfel zurecht.

Er steckte mitten in den Vorbereitungen, als es wegen einer Bagatelle zu einem Streit mit Meli kam. Als sie ihn fragte, ob ihm etwas an ihr auffalle, verneinte er gedankenverloren, was einen Tobsuchtsanfall bei ihr hervorrief. Es stellte sich heraus, dass sie beim Friseur gewesen war und er das tagelang übersehen hatte.

Sein Versuch, den Fauxpas mit einem üppigen Blumenstrauß gutzumachen, scheiterte. Meli ließ sich durch nichts vom Schmollen abbringen und zeigte ihm die kalte Schulter. Er nahm es zur Kenntnis, ohne sich weiter darum zu kümmern. Das würde sich schon wieder einrenken. Die Zeit pfiff um die Ecken, als wäre der Teufel hinter ihr her. Der Frühling legte eine Geschwindigkeit an den

Tag, die atemberaubend war. Eines Morgens wachte Lars verkatert auf und begriff, dass der Frühling ein Sommerkleid trug. *Die Blütezeit des Lebens ist nur ein Traum, nichts als ein Traum, noch dazu ein rasanter, Klimawandel inklusive*, ging ihm durch den Sinn.

Kapitel 24
Verzweiflung

Anne raufte sich die Haare. Wie hatte sie nur dermaßen die Kontrolle verlieren können? Es war völlig verrückt, sich von Peter besteigen zu lassen. Sie musste von Sinnen gewesen sein, von der Bankrotterklärung als Therapeutin ganz zu schweigen. Das Geschehene marterte erbarmungslos ihr Gehirn. Ungeschützter Sex konnte grauenhafte Auswirkungen haben. Und wie, um Himmels willen, sollte sie in Bezug auf Roman damit umgehen? Verzweifelt rang sie die Hände. Ihre Haare stellten sich kampfbereit auf. Um sich abzulenken, zog sie sich die Laufschuhe an und verließ das Haus. Sie musste ihren Kopf freibekommen.

Sie joggte zwischen den Wohnblöcken hindurch, ignorierte die zunehmende samstägliche Belebung der Straßen, flitzte an vertrauten Orten vorbei und bog schließlich in einen Parkweg ein. Allmählich ließ ihre Anspannung nach. Ein junger Mann überholte sie auf dem Fahrrad. Er war schon ein ganzes Stück weiter, als er sich umdrehte und sie anstierte. Etwas in seinem Blick erinnerte sie an Palm. *Wichser*, dachte sie angeekelt und trabte an ihm vorbei.

Kurz danach überholte er sie erneut, bremste, stieg vom Rad und starrte sie an, als ob er auf sie warten würde. *Ziemlich altes Fahrrad, helle Hose, Rucksack. Lauf nicht weiter,* sagte eine innere Stimme, *dreh´ um! Ich muss mir die Sache mit Palm von der Seele laufen und meinen Selbstekel in Adrenalin ertränken. Ich kann nicht umdrehen,* antwortete eine andere Stimme in ihr. Sie stürmte an ihm vorbei. Da überholte der Typ sie ein drittes Mal. Einige Meter vor ihr hielt er an, lehnte sein Rad an einen Baum und vertrat ihr den Weg. Sie war mehr verdutzt als erschrocken. Was fiel dem Schnösel ein!

»Lass mich vorbei«, sagte sie laut. Dieser schreckliche Tag durfte keinen weiteren Triumph mehr davontragen. Mit einem Riesenschritt trat er dicht an sie heran. Plötzlich hatte er ein Messer in der Hand. »Sie tun jetzt, was ich will«, stieß er hervor und berührte mit der Spitze des Messers ihren Bauch. Sie hörte sich sagen. »Lass das! Du lässt mich sofort weiterlaufen und wir vergessen das Ganze. Aber gib sofort den Weg frei.« Bewusst wählte sie einen entschiedenen Tonfall. Ihre äußere Beherrschung täuschte. In ihrem Innern braute sich ein Sturm zusammen. Wieso um Himmels willen war sie nicht einfach abgehauen? Und wieso war hier momentan niemand außer ihr und diesem Gestörten? Hier waren sonst immer Leute unterwegs. Ein Abgrund tat sich vor ihr auf.

»Sie tun jetzt, was ich will.« Die Messerspitze streifte ihre Jacke. Etwas stand auf Messers Schneide. Sie spürte die Hausschlüssel zwischen ihren Fingern und hob unauffällig ihre Rechte. Sie schaute ihn an. Er war nicht einmal ein Mann. Eine nie zuvor gekannte Todesmutigkeit bestürmte sie. Sie musste an die Wut denken, die Peter in sie hineingestoßen, besser gesagt, gebumst hatte und brauste auf. Grau zog die Götterdämmerung vorbei.

»Du lässt mich jetzt gehen, ist das klar!«, flüsterte sie heiser. Er packte mit seiner Linken ihre Rechte, die den Schlüsselbund umklammerte, aber sie wand ihr Handgelenk sofort heraus. »Loslassen, sofort loslassen, ist das klar!«, rief sie. *Reden, überzeugen, befehlen*, ihr Hirn lief auf Hochtouren. Mittlerweile glaubte Anne selbst, dass sie stärker war, obwohl er doch bloß zuzustechen brauchte. »Geh mir aus dem Weg!«, herrschte sie ihn an.

Er trat zur Seite, wagte es nicht, sich ihr zu widersetzen, hatte das in seinen qualvollen Träumen wohl nie nötig gehabt. Jede Vorstellung, die Erfolg haben wollte, musste zu Ende gespielt werden. Die Spitze der Klinge berührte die Luft. Wieso schrie sie nicht? Er wollte ihre Angst spüren, denn das würde für einen Höhepunkt in seinem tristen Leben sorgen, ihn aufgeilen. Es war ihr Glück, dass das Zustechen ihm noch keine Lust bereitete, er war ein Neuling im Gehege der bösen Geister, sein Vorhaben war unausgereift.

Anne spürte etwas, das sie so noch nie gespürt hatte. Ihre Eingeweide und Muskeln waren zum Zerreißen gespannt. Die Spannung vervielfachte sich und fand in ihrer Stimme Widerhall. Ein gellender Schrei entfuhr ihren Lippen und durchbrach den anbrechenden Abend. Der Bluff war vorbei.

Blitzschnell drehte sie sich um und setzte sich in Bewegung. Hier mussten irgendwo andere Menschen sein, die ihr helfen konnten. Während sie rannte, fragte sie sich, was ihr Verfolger tun würde. Lief er ihr nach? Sie beschleunigte ihr Tempo. Vor ihr tauchten zwei Lichtkegel auf. Ein älteres Paar radelte auf sie zu. Erleichtert verlangsamte Anne ihre Schritte. Angesichts der Anwesenheit dieser Leute zerfloss die Souveränität ihres Widerstands. Sie merkte, dass sie sich elend fühlte. Da kam er auch schon. Er war ihr also doch gefolgt. Wortlos fuhr er vorüber. Sie hielt ihn nicht auf. Ihre Courage war erschöpft.

Wenig später saß sie vor einem sympathischen Kriminalbeamten und würgte sich durch ein Protokoll, das nur ein Minimum an Beruhigung versprach, denn die Wahrscheinlichkeit, dass sie ihn ausfindig machen konnten, tendierte gegen null. Wie oft so etwas vorkomme, wollte sie wissen, aber der Beamte blieb ungenau. »Im Sommer häufiger«, antwortete er schließlich.

Anne rannte nach Hause. Sie fühlte sich in Stücke zerhackt. All ihre Energie war dahin. Ihr war alles zu viel. Berlin war ihr zu viel. Das ganze Leben war ihr zu viel. Dieser furchtbare Tag hatte ihr den Rest gegeben. Grenzenlose Traurigkeit übermannte sie. Sie sprach sie an, doch stumm wie ein Fisch gab die Traurigkeit nichts von sich preis, außer dieser zermürbenden Präsenz, die nicht wich, sondern Anne wie ein Schlaglicht kennzeichnete. Warum konnte sie nicht einfach glücklich sein, lachen, Späße machen, diesen kurzen, bedeutungslosen Fick mit Palm abhaken, diesen Fahrradspinner in die Schublade des Vergessens schieben? Warum schleppte sie diese Dinge mit sich herum, die keiner sah und die doch ein so unglaublich schweres Gewicht hatten? *Ich weiß es nicht,* gestand sie sich ein. Wie ein Maulwurf grub sie sich in das Dunkel ihrer eigenen Existenz. In ihr nistete Kummer. Es war ein Kummer, von dem sie sich nie befreit hatte. Kummer über die zeitlebens schlechte und angespannte Beziehung, die zwischen ihrer Mutter und ihrem Vater geherrscht und ihr Leben geprägt hatte. Kummer über ihre Beziehung zu Roman. Augenblicke mit ihm waren wie Seifenblasen, die zerplatzten und nichts zurückließen. Der hohle Schimmer der Gegenwärtigkeit hüllte sie trostlos ein. Sie war wie leergefegt.

Kapitel 25

Enthüllung

Sarina nahm in der Aura von Tom eine Veränderung wahr, ohne sich erklären zu können, was das zu bedeuten hatte. Irgendwann hielt sie es nicht mehr aus und fragte ihn ganz direkt, was los sei – und ob er ihr etwas zu sagen habe. »Es ist alles wie immer«, antwortete Tom und blickte ihr fest in die Augen. Die Liebe in ihr schrie auf – und das verunsicherte sie. *Täusche ich mich so?*, fragte sie sich, blieb sich aber eine Antwort schuldig.

Die Beunruhigung über das, was sie wahrnahm, ohne es wahrnehmen zu wollen, wuchs immer mehr. Sie schlief schlecht und wurde unkonzentriert. Durch ihre Träume geisterten Stimmen, die sie nie zuvor im Leben vernommen hatte. Es war, als ob eine unsichtbare dritte Person ihren Lebensraum betreten hätte und dort herumgeisterte. Der Egotrip, der sich dahinter verbarg, und die eindeutigen Signale ihres dritten Auges wühlten Sarina auf, aber sie wusste nicht, was sie tun sollte. *Es kann sich um nichts Ernsthaftes handeln, sonst würde er doch mit der Wahrheit herausrücken,* beruhigte sie sich selbst, aber ihre Intuition schlug weiter Alarm.

Tom riss wohlmeinende Scherze über ihre übersinnlichen Fähigkeiten, stellte aber alles, was ansprach oder fragte, vollkommen in Abrede und beteuerte ihr seine Liebe. Das tat er gerne, wenn er nicht genervt werden wollte. Dieses Mauern von ihm kannte sie schon. Einer der Gründe, warum sie sich schon lange keine Zusatzausbildungen mehr gönnte, um ihre Fähigkeiten als Physiotherapeutin zu vertiefen. Denn Tom brachte kein Verständnis dafür auf und sprach dann immer von therapeutischem Unfug und von Sekten. Sie bedauerte seine Skepsis, nahm jedoch Rücksicht darauf, weil er der Finanzier ihrer Vorhaben war und sie sowieso nur stunden- und aushilfsweise arbeitete. Es war schwer zu beweisen, dass Zellen Erinnerungen speicherten und davon befreit werden konnten. Außerdem war das auch gar nicht ihr Anliegen. Sie war in allererster Linie Familienfrau und Praktikerin. Vor allem wollte sie nicht mit Tom streiten, sondern in Harmonie leben. Er und die Kinder hatten oberste Priorität bei ihr. Auch wenn ihr manches zusetzte, liebte sie ihre Familie von ganzem Herzen.

Die Wochen zogen ins Land. Michael beendete das schriftliche Abitur. Die Küche erfuhr durch frische Gemüsesorten und Kräuter eine Wiederbelebung. Der Frühling warf sich mit großer Geschwindigkeit in die Arme des Sommers. Bereits am 12. April wurde der heißeste Tag gemeldet, den man je in einem April gemessen hatte. Toms veränderte Aura beschäftigte Sarina weiter, aber sie hielt still, weil sie sich nicht dem Vorwurf aussetzen wollte, eine Esoterikerin zu sein. Nichts lag ihr ferner als Esoterik. Aus seelisch-geistigen Gesetzen eine Geheimlehre zu machen, widerstrebte ihrem Wesen zutiefst. Dubioses war ihr ein Gräuel. Es existierten höchst suspekte Dinge in der esoterischen Szene. Sarina selbst ließ sich weder die Zukunft vorhersagen, noch setzte sie sich fragwürdigen Behandlungen aus. Da sie das Energiefeld der meisten Menschen sehen oder spüren konnte, wusste sie in der Regel sofort, ob jemand in der Lage war, aufrichtige Anstöße zur Heilung zu geben oder nicht. Es gab immer wieder Leute, die nur so taten, entweder um eigene Löcher zu stopfen oder Macht auszuüben.

Ihre Wahrnehmung ließ Sarina keine Ruhe. Wieder fasste sie sich ein Herz und fragte.»Ist da eine andere Frau im Spiel, Tom?« Doch er lachte bloß. Was sollte sie tun? Sie hatte keinerlei Anhaltspunkte. Möglicherweise spielte ihre Intuition einfach verrückt. Tom verschwand weder stundenweise aus dem Haus, wie es andere Männer in solchen Situationen zu tun pflegten, noch verhielt er sich sonst anders. Alles war normal. Er ging ganz selbstverständlich seiner Arbeit nach, was natürlich immer wieder mit Abwesenheit und Reisen verbunden war. Er brütete stundenlang über seinen Regieplänen und wollte dabei wie üblich in Ruhe gelassen werden. Ihm zu misstrauen, kam ihr mies und verräterisch vor. Das Schicksal war kein mieser Verräter, sondern ein aus tiefsten Urgründen wirkender Mitspieler. Doch ihre Wahrnehmung schlug Purzelbäume. Nachts war es besonders schlimm. Auch in ihrer eigenen Aura bahnten sich Veränderungen an, was nur mit Tom zusammenhängen konnte. Immer seltsamere Träume suchten sie heim. Gedanken und Vorstellungen, die ihr gänzlich fremd waren, tauchten auf. Die Sache fing an, Sarina so stark zu beunruhigen, dass sie beinahe an nichts anderes mehr denken konnte. Sie war maßlos irritiert und brachte erneut zur Sprache, was sie quälte.

Gereizt und unwirsch verneinte Tom alle ihre Fragen. Verzweifelt zog sie sich in sich selbst zurück. Es machte sie völlig kirre, dass ihre Beunruhigung kein Echo fand oder wenigstens Aufklärung erfuhr. Eva drängte sie dazu, als sie mit ihr darüber sprach, Toms Sachen zu durchwühlen, sein Handy zu kontrollieren und nach verdächtigen Zeichen Ausschau zu halten. »Und mach dir deshalb bloß kein schlechtes Gewissen«, fügte sie hinzu.

Als das Nachspionieren ergebnislos blieb, gelangte sogar Eva zu dem Schluss, dass sie sich da in etwas hineinsteigere.

Sarina fühlte sich alleingelassen. Ein Mahlstrom der Angst erfasste sie und zermalmte unaufhaltsam alles, was sie an Lebens- und Liebesgewissheit mit Tom verband. Eva riet zu einer Auszeit. »Du musst aus deiner Rolle als ewig engagierte und brave Ehefrau und Mutter raus. Du brauchst mal was Neues. Wahrscheinlich fällt dir längst die Decke auf den Kopf, und aus diesem Grund siehst du Gespenster«, sagte Eva.

»Meinst du?«, fragte Sarina zweifelnd. »Ich bin aber gar nicht eifersüchtig veranlagt. Glaubst du wirklich, dass ich spinne?«

»Jetzt nimm das doch nicht so ernst. Ich sage bloß, dass du aus deinem Alltag raus musst. Du bist mit einem egoistischen Macho verheiratet, der dauernd weg ist und aller Wahrscheinlichkeit nach mehr über seinen großen Zehennagel nachdenkt als über dich. Da würde jede Frau irgendwann durchdrehen«, sagte Eva.

»Wie redest du über meinen Mann«, rügte Sarina.

»Ach, komm! Es war überdreht von dir, ihn zu heiraten. Er besitzt einen Hang zum Narzissmus, gib es zu. Klar weiß er, was er an dir hat und trägt dich dann und wann auf Händen. Der müsste auch blöd sein, so eine Frau wie dich findet der nie wieder«, erwiderte Eva.

»Dein Wort in Gottes Ohr«, flüsterte Sarina.

Das große Blühen begann. Die kolbenartig aufgerichteten Blütenstände der Kastanienbäume brachten Sarina zum Träumen. Ihre Befürchtungen schoben sich in den Hintergrund. Das Leben war zu schön, um sich ständig Sorgen zu machen. Weiße Schmetterlinge mit orangefarbenen Flügelspitzen flatterten durch die Gegend. Doch plötzlich war das Unbehagen wieder da und breitete sich in ihr aus wie eine Welle, die vom Strand Besitz ergreift. Unruhig toste das Wasser heran, kam näher und näher, anstatt sich endlich zurückzuziehen. Sie verzweifelte schier. Als die Diskrepanz zwischen ihrer inneren Stimme und dem äußeren Schein zu groß wurde, beschloss sie, den Stier bei den Hörnern zu packen und Tom unmissverständlich zur Rede zu stellen.

»Wenn ich dir irgendetwas bedeute, dann sag mir die Wahrheit, Tom. Tust du es nicht und eines Tages stellt sich heraus, dass ich mit meinen Gefühlen richtig lag und du mich belogen hast, lasse ich mich sofort scheiden. Dann gibt es kein Zurück mehr. Ich fühle, dass etwas nicht stimmt, dass du etwas vor mir verbirgst, komme mir aber gleichzeitig beinahe hysterisch vor, weil du so tust, als ob alles in Ordnung wäre.«

»Okay, lass uns am Freitagabend in aller Ruhe zusammen essen gehen, dann reden wir über alles. Du weißt, dass ich ab morgen beruflich wieder unterwegs bin und mich jetzt darauf konzentrieren muss«, antwortete er. Das klang ernst. Sie nickte. Ihr Hals war wie zugeschnürt und ihr Herz schlug hart und schnell. Am liebsten wäre sie davongerannt, so sehr fürchtete sie sich vor dem, was Tom ihr mitteilen würde. Sie konnte an nichts anderes mehr denken, als an diesen Freitagabend. Je näher der Termin rückte, desto mehr hatte sie das Gefühl, ein Tornado rase auf sie zu.

Sie saßen sich im Restaurant gegenüber. Tom rückte endlich mit der Sprache heraus. Er gestand ihr, eine andere Frau kennengelernt zu haben, in die er sehr verliebt sei. Sarina hörte zwar, was er sagte, war nach seinem Geständnis aber wie betäubt. Etwas in ihr schaltete einfach ab. Er redete und redete, versuchte ihr weiszumachen, dass ihre Ehe sowieso an einem toten Punkt angelangt sei. Sie weigerte sich strikt zu glauben, was er sagte, aber das Beziehungsgebäude, an das sie ein Leben lang geglaubt und auf das sie gebaut hatte, brach wie ein Kartenhaus zusammen. »Es zählt zu den wichtigsten Dingen im Leben, in der Stunde der Wahrheit zu lügen«, behauptete Tom oft. Doch nun rückte er so schamlos mit der Wahrheit heraus, dass ihr ganz kalt wurde. Irgendwann hielt sie es nicht mehr aus, sprang auf und rannte aus dem Lokal. Die frische Luft draußen tat ihr gut. Sie wusste nicht wohin, entfernte sich aber so schnell wie möglich vom Ort der Wahrheit. Als sie eine Weile gegangen war, fiel alle Angst von ihr ab. So weh es tat, war es gleichzeitig doch auch gut, weil der Glauben an ihre innere Ordnung, die sich so lange im dramatischen Widerspruch zu Toms Behauptungen befunden hatte, wiederhergestellt war. Das war wie eine Erlösung für sie. Obwohl das Ausgesprochene Zerfall und Verdammnis für sie bedeutete, war es doch besser als die Qual und Ungewissheit der letzten Wochen.

Einer Seifenblase gleich zerplatzten ihre romantischen Illusionen, was weh tat. Der Schmerz war sehr groß, aber etwas anderes war noch größer. Nein, sie rannte nicht zurück ins Restaurant, um Tom eine Szene zu machen. Sie schrie auch nicht und ihre Augen blieben trocken. Sie erlaubte sich zum ersten Mal in ihrer langjährigen Beziehung, das Wir hinzuschmeißen, ließ Tom dort sitzen, ohne einen müden Gedanken daran zu verschwenden, was er davon halten mochte. Ihr Herzeleid nahm sie mit sich.

Eine Woge der Freiheit ergriff sie und trug sie mit sich fort. Das Bedürfnis, etwas durch und durch Unanständiges zu tun, breitete sich in ihr aus, je weiter sie ging. Im Vorübergehen warf sie ihren Ehering, den sie all die Jahre immer getragen hatte, in eine

Mülltonne. Das verstärkte ihr Freiheitsgefühl. Nach einigen hundert Metern nahm sie ein Taxi und ließ sich zu einer Diskothek chauffieren. Sie bestellte sich einen Drink, mischte sich unter die Tanzenden und tanzte bis zum Morgengrauen, tieftraurig und ständig den Tränen nahe, aber unentwegt. Dabei fühlte sie sich so lebendig, wie schon lange nicht mehr. Die Stunde der Wahrheit dehnte sich aus.

Kapitel 26

Jenseits

Roman behauptete, dass das Zerstörerische ein verborgenes Eigenleben habe, und Anne dachte: *Da ist niemand, nicht einmal ein Strohhalm, an den ich mich klammern könnte.* »Aber alles drängt irgendwann ans Licht, so auch die menschlichen Abgründe«, fuhr er fort.

»Wovon sprichst du?«, fragte Anne.

»Gestern gestand einer unserer Seminarteilnehmer, sich an einem Kind vergangen zu haben«, erwiderte Roman.

Gespannt horchte sie auf und fragte. »Wie alt war das Kind, als sich der Missbrauch ereignete?«

»Sechs, ein sechsjähriges Mädchen«, antwortete Roman.

»Und? Ist es dir gelungen, die Situation in den Griff zu bekommen?«, fragte sie und dachte im Stillen: *So etwas ist noch nie vorgekommen. Womöglich ist auch der große Guru Roman mal ernsthaft gefordert.*

»Tja, wie man es nimmt. Wir haben auf Vergebung hingearbeitet, aber eine der Teilnehmerinnen stürmte plötzlich hinaus und verständigte die Polizei. Sie hat Anzeige erstattet.«

»Begreiflich. Wahrscheinlich ist sie ein Missbrauchsopfer und ertrug eure Vorgehensweise nicht«, antwortete Anne.

»Leider wurde der Vergebungsprozess dadurch unterbrochen. Kurze Zeit später tauchte nämlich die Polizei auf, was für enorme Aufregung sorgte. Wir hatten Mühe, wieder Ruhe hineinzubringen, als die Polizisten endlich wieder weg waren«, entgegnete Roman.

»Der Vorfall hat dich also aus dem Konzept gebracht?« Sie stellte die Frage bewusst ein wenig ironisch, weil sie wusste, dass sich Roman so gut wie nie aus dem Konzept bringen ließ.

Er lachte. »Wir haben das Seminar erfolgreich beendet, wenn es das ist, was du meinst.«

Sie meinte gar nichts. *Es war richtig, die Polizei zu benachrichtigen. Ich hätte es an Stelle der Teilnehmerin auch getan. Wie kann Roman bloß so unbeschwert sein?*, fragte sie sich. Es störte sie, dass er den Seminarprozess für wichtiger ansah als den Missbrauch. Sie wusste, was er von der Vergangenheit hielt. Sie war vergangen, ihre anhaltende Wirksamkeit bestand nach Ansicht von Roman lediglich in der Bewertung dessen, der sie erlebt hatte.

Sie hörte, wie er mit Gamal scherzte. Kalte Verzweiflung packte sie. Wie verrückt war das denn. *Diese Marathonläufer der Freude, diese Programmierer des Glücks hatten keine Ahnung. Das ist deiner unwürdig, Roman! Hahaha, das ganze Leben* ist ein *Hahaha. Wenn man wie du auf dem Schöpferstandpunkt steht, wird das Leben zum Witz. Aber positives Denken ist eine Lüge.* Alles in ihr revoltierte. Sie war wie ein fremder Passant in einer Umgebung, die ihr immer abstruser erschien. Sie wollte sich auch auf keine Diskussion einlassen. Es war sowieso zu spät. Der Kuschelfaktor Roman hatte alle Wärme für sie eingebüßt, war nur noch Staffage in einem Spiel, das jeden Reiz für sie verloren hatte. Er sprach sie an, doch seine Worte perlten an ihr ab.

Die Abläufe im Zentrum dehnten sich aus, ohne sie wirklich zu erreichen. Die Isolationsschicht, die sie umgab, schirmte sie von allem ab. Dunkelheit wütete in ihrer Psyche. *Der Meister des Verstehens hat keine Ahnung, wie ich mich fühle,* dachte sie frustriert. Sie fühlte sich deplatziert, spürte keinen Anteil an der Verbundenheit von Roman und Gamal, war angespültes Treibgut in einer Welt, die nicht die ihre war. Der Gemeinsinn der beiden Männer erschien ihr wie eine Mauer, an der sie abprallte. Körperlich nahm sie noch teil, saß neben diesem Gemeinschaftslachen, das unverschämt ausgelassen klang, und neben diesem Gemeinschaftslästern, das sich keine Scheu auferlegte, doch nichts davon berührte sie. Verloren hing sie ihren Gedanken nach. Ihr schien, als seien die Harmoniewelten23 ein fremder Kontinent, auf dem sie gestrandet war. Hätte sie begriffen, warum, wäre es vielleicht einfacher für sie gewesen, aber sie erkannte nur, dass sie eine Fehllandung hingelegt hatte und nun in einen Abgrund blickte. Einsamkeit soweit das Auge reichte. Es tat weh, allein auf der anderen Seite zu stehen.

Das Lachen der anderen sprühte zu ihr herüber ein wie feiner Nieselregen, der sich aus den Wolken entlud, die angefangen hatten, ihren Lebenshorizont zu überziehen und in eine graue Suppe zu verwandeln.

Sie versuchte es zu verstehen. Sie war doch Ärztin, Analytikerin, wie konnte sie nur so in sich gefangen sein? Wie eine Ertrinkende griff sie nach Romans Arm und flüsterte: »Wie schaffst du es nur, so einig zu sein, mit allem, was du tust und mit Gamal und deinen Patienten?« »Liebe«, erwiderte er schlicht. »Es ist Liebe. Und mein Glaube.«

Anne hätte gerne hysterisch aufgelacht, denn seine Worte klangen in ihren Ohren wie Hohn, aber sie beherrschte sich. »Weshalb funktioniert das bei dir und bei mir nicht? Ich habe immer nur Trouble.« »Das ist doch Quatsch. Du bist eine gute Psychotherapeutin, Anne«, antwortete er.

Mag sein, dennoch stehe im Abseits. Ich werde durch andere nicht so vervollständigt wie du. Doch der Schatten, den ich nicht abschütteln kann, ist auch dein Schatten, Roman! Meine Einsamkeit ist auch deine Einsamkeit. Es quält mich, dass du mir das alles aufbürdest. Was für ein Unfug zu meinen, dass wir in die Abgründe der Seele hinabsteigen können. Wenn du wüsstest, wie mich meine Ängste verfolgen, würdest du nicht so ruhig lächelnd neben mir sitzen. Ängste sind Gespenster aus der Vergangenheit, die sich nicht greifen lassen. Und eine Seele gibt es auch nicht. Sie ist eine Erfindung. So wie dein Gott eine Erfindung ist, dachte sie wütend.

Wie durch Watte drang Romans Stimme zu ihr durch. Er referierte weiter. »Sich den eigenen Ängsten zu stellen und sie als das zu erkennen, was sie sind, nämlich eine Illusion, die uns von der Wahrheit trennt, ist immens wichtig, sonst fressen sie nämlich so nachhaltig an unserer Seele, dass sie Schaden nimmt. Sich verlassen zu fühlen, die Trennung in sich selbst nicht überwinden zu können, sind neben der Angst, die sich häufig durch Wut ein Ventil sucht oder als Traurigkeit beziehungsweise Niedergeschlagenheit in Erscheinung tritt, die schlimmsten Fallstricke entlang menschlicher Abgründe. Manchmal schafft man es alleine nicht, sondern muss therapeutische Hilfe in Anspruch nehmen«, sagte er. Romans salbungsvoller Ton ödete sie an. *Als ob er mich belauscht hätte,* dachte sie und stand abrupt auf. In ihrem Aufspringen lag Sprengkraft verborgen. Ihr reichte es. Sie ließ ihn wissen, dass sie nach Hause gehen würde.

Erstaunt sah er sie an. Als sie an ihm vorüberzischte, berührte er sanft ihre Hand. »Wir müssen reden«, meinte er und sprang ebenfalls auf.

»Entschuldigt uns bitte. Die Besprechung ist hiermit zu Ende«, warf er in die Runde und folgte ihr hinaus. Vor der Türe brach es aus ihr heraus. »Ich werde nach Baden-Württemberg zurückkehren, Roman, und dort eine Praxis eröffnen. Ich brauche Abstand von dir und Berlin. Dies war mein letzter Tag im Zentrum.« Perplex starrte er sie an.

»Das ist doch nicht dein Ernst«, brachte er schließlich hervor.

»Und ob das mein Ernst ist, Roman! Du bist ein Idiot. Du begreifst gar nichts. Hast du dich je wirklich für mich interessiert? Das bezweifle ich. Ich war immer nur Mittel zum Zweck für dich, war die Frau, die ins Konzept passte. Du siehst mich doch überhaupt nicht!«, rief sie erregt, schnappte sich ihren

Mantel und rannte zum Ausgang. Er lief neben ihr her, aber sie gab ihm keine Gelegenheit mehr, sich zu äußern. Sie stürzte hinaus, ließ zehn Jahre ihres Lebens einfach stehen. Die Tür schlug sie hinter sich zu. Er riss die Tür wieder auf und rief ihr nach: »Anne, so warte doch! Bitte, Anne!« Sie drehte sich nicht um.

Zusammen mit ihrem Neffen wandert sie durch eine bergige Landschaft. Die Hügel sind nicht grün, wie sie es um diese Jahreszeit erwartet hätte, sondern von Schnee und Eis überzogen. Sie kommen gut voran, nähern sich dem Hotel, wo sie eine Übernachtung gebucht haben. Bei der Anmeldung stellt sich heraus, dass es von einem Chinesen geleitet wird. Seit wann betreiben Chinesen Hotels in Europa? Mit einem Mal befindet sich auch Kerstin in der Hotelhalle. Als Anne sie erkennt, ist sie schockiert. Kerstin ist doch tot. Wie kann eine Frau, die sich vor den Zug geworfen hat, plötzlich in dieser Eingangshalle stehen? »Du hast doch vorzeitig ausgecheckt, was tust du hier?« Kerstin antwortet nicht. Sie zieht ihren Neffen am Ärmel, sagt ihm, dass sie auf keinen Fall hierbleiben wird. Er ist überrascht. Sie will den Zug nehmen. Er willigt ein. Die Zugstation ist nur wenige hundert Meter entfernt, ein Zug steht zur Abfahrt bereit. Der Neffe will es sich noch einmal überlegen, aber Anne steigt rasch ein und winkt ihm, ihr zu folgen. Als sie das Abteil betritt, ist es voller Schlangen. Zischend schlängeln sie sich unter den Sitzen. Ihr ist sofort klar, dass diese Schlangen giftig sind. Auch giftige Spinnen gibt es. Ihr graut. Dieser Zug ist gefährlich, sowohl für sie als auch für ihren geliebten Neffen. Aussteigen möchte sie aber auch nicht, weil im Hotel ein Vampir auf sie wartet.

Alles hier ist bedrohlich. Eine Katastrophe bahnt sich an. Sie müssen so schnell wie möglich entkommen.

Anne erwachte aus diesem Albtraum mit einem Pfeifen im Ohr. Aber es war nicht das Pfeifen des abfahrenden Zuges, sondern ein hoher Ton tief in ihrem rechten Gehörgang, begleitet von einem dumpfen Rauschen. Sie wusste, dass das nichts Gutes zu bedeuten hatte. Sie versuchte, sich durch tiefes Ein- und Ausatmen zu beruhigen, doch mit dem Schlaf war es vorbei. Sie schaute auf den Wecker, es war gerade mal vier Uhr durch.

Eine heftige Unruhe erfasste sie. Sie setzte sich auf und bewegte vorsichtig den Kopf hin und her, um ihren Nacken zu entspannen. Als das nicht half, hielt sie sich die Ohren zu, das verstärkte das Geräusch aber eher noch. Sie sprang aus dem Bett und suchte in ihrem Medizinschränkchen panisch nach Mitteln, denen eine durchblutungsfördernde Wirkung zugeschrieben wurde, die Suche blieb erfolglos. *Das darf doch nicht wahr sein. Wenn ich den Rest meines Lebens mit diesem schrillen Pfeifton im Ohr verbringen muss, drehe ich durch,* dachte sie aufgewühlt. Sie umklammerte das Waschbecken und starrte in den Spiegel. Ihr Antlitz verschwamm vor ihren Augen. Palm starrte sie an. Sie fühlte sich elend und bedrückt.

Als sie vom Zentrum gekommen war, hatte sie sich frustriert vollgestopft. Unkontrolliert schaufelte sie in sich hinein, was ihre Vorratshaltung zu bieten hatte. Ihre Frustration war so groß, dass sie der Kühlschrankplünderung noch eine Packung Gummibärchen folgen ließ. Vollgefressen legte sie sich dann ins Bett. Zum ersten Mal begriff sie, was die Patientinnen empfanden, die wahllos in sich hineinfraßen. Diese unangenehme körperliche Sattheit, die das klare Denken zerfaserte, stand einer entsetzlichen seelischen Leere gegenüber, die durch nichts, aber auch gar nichts gefüllt werden konnte. Der Gedanke an Palm brachte sie zum Kotzen.

Sie spritzte sich kaltes Wasser ins Gesicht. Als Psychotherapeutin war ihr bewusst, dass giftige Spinnen und Schlangen nichts Gutes zu bedeuten hatten. Ihr war übel. In kleinen Stücken schwappte das Leben in ihr herum und fraß sich durch ihre Eingeweide. Sie fühlte sich bruchstückhaft. Splitter und spitze Scherben ragten aus ihr heraus, zersetzten sie. *Ich will mich nicht verletzten, ich will nur dieser Freudlosigkeit und diesem Pfeifton entrinnen,* schrie es in ihr. Der Schrei verstummte, aber die Traurigkeit blieb. Es war, als säße sie in einem finsteren Loch.

Ihre Beunruhigung grub sich tiefer. Dieser Kerker, der sich bei genauerer Betrachtung als Gummizelle entpuppte, sollte ihr Leben sein? Seit zehn Jahren war sie die Geliebte eines Mannes, der nicht im Traum daran dachte, sie zu heiraten. Die Nähe, die sie suchte, prallte an ihm ab wie an einer Wand. Sie war eine Gefangene der Liebe zu diesem Mann.

Mein Leben spielt sich in einer Gummizelle ab, dachte sie aufgeregt. *Auch als Romans Frau noch lebte, war mein Leben eine Gummizelle. Ich habe es bloß nicht gemerkt.* Sie waren beide sehr diskret vorgegangen, Roman hatte das von ihr erwartet. Und sie hatte sich an die Spielregeln gehalten, hatte Verständnis für seine Lage aufgebracht, obwohl es ihr manchmal mehr als schwer gefallen war. *Ein braves Mädchen.* Als es anfing war sie 38 und wünschte sich insgeheim ein Kind. Doch die Zukunft zerrann angesichts der Umstände zwischen ihren Fingern. Was für ein Desaster. Lange vor dem Tod von Romans Frau hatte sie in sich das brennende Verlangen nach Veränderung gespürt, aber es war ihr nicht gelungen, es in die Tat umzusetzen, zu sehr war sie dieser Liebe ausgeliefert. Es war wie ein Fluss, dem sie sich nicht entziehen konnte.

Als Romans Frau schließlich starb, änderte sich weitaus weniger, als Anne gehofft hatte. Ganz im Gegenteil, der Tod von Martha Bitterfeld schien Roman von ihr zu entfernen, statt ihn näherzubringen. Es war grotesk. Er berief sich darauf, sich um seinen pubertierenden Sohn kümmern zu müssen, dem der Tod seiner Mutter sehr zusetzte. Später schützte Roman vor, Abstand zu benötigen, um seine innere Ruhe wiederzufinden.

Ein Jahr nach dem Ableben von Romans Frau wurde Anne schwanger. Sie schwankte zwischen himmelhochjauchzendem Jubel und schweißtreibenden Angstattacken. Die Vorstellung, ein behindertes Kind zur Welt zu bringen oder dem Ganzen so oder so nicht gewachsen zu sein, versetzte sie in Schrecken. Um unbeeinflusst Klarheit über ihre Gefühle zu erlangen, verschwieg sie Roman die Schwangerschaft, bis ihr eine Fehlgeburt die Entscheidung abnahm. Der Verlust war unbeschreiblich. Sie begriff mit einem Mal, dass das Leben begrenzt war und trug mit diesem Kind ihre Träume zu Grabe. Es kam hinzu, dass Roman ihre Trauer nicht teilte. Immer hatte sie hart gearbeitet und sich voll eingebracht, doch was blieb ihr nun davon? Nie schenkte ihr das Leben etwas!

Sie war eine Gefangene und ihre Wohnung eine Gummizelle. Roman, der nicht mit ihr zusammenziehen wollte, machte sie zu einer Gefangenen. Es gab keinen Grund anzunehmen, dass er sie jemals heiraten würde. *Die Beziehung zu ihm, das gemeinsam aufgebaute Zentrum – es ist alles eine Sackgasse. Das Leben hält nichts außer Enttäuschungen bereit. Jedenfalls für mich. Außer dem eigenen Tod kann man nichts, aber auch gar nichts erzwingen. Roman hält mich auf Distanz. Das steht in einem krassen Widerspruch zu seinem gefühlvollen und fürsorglichen Wesen, das er sonst zum Ausdruck bringt,* ging ihr durch den Kopf. Trostlosigkeit übermannte sie. *Es gibt kein Entkommen. Die Gummizelle ist wahrscheinlich noch schieres Glück. Wenn man es genau nimmt, befinden wir uns alle zwischen blanken, kalten Betonwänden oder in einem dunklen, engen Verlies. Verrückt ist, wer etwas anderes glaubt. Es gibt keinen Ausgang. Der einzige Ausgang, der existiert, ist der Tod.* Ihre Gedanken rasten. Ihr schien, als ob die Wände sie umschließen würden. Erdrückend. Sie mahnte sich zur Ruhe, beschloss, nachher sofort einen Hals-, Nasen-Ohrenarzt aufzusuchen. Gleich um die Ecke hatte Dr. Römer, den sie kannte, seine Praxis.

Doch eine vertraute Stimme raunte ihr zu, *Reset-Taste drücken, einfach Reset-Taste drücken.* Sie stöhnte auf. Der Gedanke war ihr nicht fremd, sie hatte sich ihm in letzter Zeit immer wieder einmal angenähert, aber die Morbidität, die in dieser Aufforderung lag, war so schrecklich bedrohlich. Palms Worte fielen ihr ein. Die letzte große Freiheit des Menschen. *Für immer Ruhe. Nie wieder nach Luft ringen müssen, nie wieder an den eigenen Träumen zugrunde gehen.* Das hatte etwas Tröstliches. Schluss mit dieser wütenden Verzweiflung und dieser maroden Niedergeschlagenheit, die so hoffnungslos aufbegehrte und doch an der Realität der Gummizelle zerschellte. *Ich bin kein Till Eulenspiegel. Ich heiße Anne Richard und empfinde mich als zutiefst unglücklich. Was auch immer ich tue, ich kann weder meine Umstände ändern, diesem Zustand entgehen und schon gar nicht dem Pfeifton in meinem rechten Ohr. Ich bin verloren. Ich bin total verloren.* Ihre Gedanken webten sie wie eine in ihren Kokon versponnene Raupe ein. Grenzen lösten sich auf. Was bisher nur ein Spalt gewesen war, riss auf und entfesselte einen seelischen Abgrund. Und sie starrte wie hypnotisiert hinein. Sie konnte nicht anders. Da war auch keiner, der sie davor geschützt hätte. Der Abgrund hielt ihren Blick fest, gab keine Perspektiven mehr frei, zog sie hinab. Nichts machte wirklich mehr Sinn. Ob sie rechts, links oder geradeaus ging, überall war immer nur die Wand der Gummizelle, an der alles abprallte. Sie war so traurig, so todtraurig. Ihre Körperzellen erstarrten, ließen den Ton in ihrem Ohr unerträglich werden. Es war ein elementarer Verfall, der weh tat. Vor ihren Augen verschwamm alles.

Der rote Seidenschal war lang, der Fenstersims hoch. Aber das spielte keine Rolle. Anne schaffte es mit einem Ruck und überwand den schwarzen Abgrund ihrer Hoffnungslosigkeit mit einem einzigen Sprung. Die Vorstellung, die sie gefangen hielt, nahm sie mit. Sie kehrte zurück zum Anfang, legte zwischen sich und Roman und alles andere den Tod, den sie mit dem Leben bezahlte. Es war ein guter Preis. Die Mutlosigkeit, die in ihr wucherte, verband sich im Moment ihres Absprungs mit dem Mut und der Größe, den es erforderte, dem eigenen Tod ins Auge zu sehen. Sie entfloh ihrer Herzensschwere und Einsamkeit, ließ die Gummizelle Leben hinter sich. Für immer. Sie sprang. Es war ein Herzsprung ohne Wiederkehr.

Kapitel 27

Tanzende Begegnung

Die Nacht war bereits weit fortgeschritten, als sich Sarina ein junger Mann näherte und sie über das Gedröhne hinweg fragte, ob er ihr einen Drink spendieren dürfe. Er blickte sie so treuherzig an, dass sie sofort Vertrauen fasste. *Warum nicht,* dachte sie und folgte ihm an die Bar.

»Du tanzt schon seit Stunden nur für dich und siehst dabei ziemlich traurig aus.«, stellte er fest. Sie erbebte innerlich. Sie hatte nicht damit gerechnet, dass ihr der Kummer so auf dem Gesicht geschrieben stand. »Mir geht es nicht gut«, erwiderte sie und betrachtete ihn genauer. Er sah schnuckelig aus mit seinem Wuschelkopf. Sein Bart verlieh ihm ein leicht verwegenes Aussehen, dennoch hatte er sehr feine Gesichtszüge. »Willst du es mir erzählen?«, fragte er und blickte sie mitfühlend an. »Lieber nicht«, antwortete sie. »Vielleicht kann ich dir helfen«, sagte er. »Ich glaube kaum, dass du mir helfen kannst«, erwiderte sie. Der Gedanke an Tom und an die andere Frau drängte sich ihr auf. Sie überlegte kurz. »Ich glaube, ich behalte es lieber für mich«, antwortete sie. »Das habe ich mir fast gedacht«, gab er zurück.

»Wirklich?«

»Ja. Ich beobachte dich nämlich schon eine ganze Weile. Irgendjemand hat dir wehgetan und nun schwankst du zwischen Trotz und Verzweiflung. Ich kenne das gut. Am besten du fährst heute Nacht mit mir nach Paris, damit ich dich auf andere Gedanken bringen kann.« Sarina meinte beinahe, die Barthaare knistern zu hören, als sich sein Mund zu einem Lachen verzog.

Sie nippte an ihrem Bier. »Ich fahre ganz sicher nicht nach Paris und auch sonst nirgendwohin. Ich laufe nicht einfach davon.«

»Schade. Manchmal muss man einfach alles sausen lassen, um wieder zu sich zu kommen. Ich heiße übrigens Falk.« Er streckte ihr die Hand hin.

»Sarina«, erwiderte sie und wischte sich verstohlen eine Träne weg.

»Hat dein Mann dich verlassen?«

»Neugierig bist du gar nicht.«

»Und was hast du jetzt vor?«

»Ich tanze einfach weiter.«

»Du meinst, du vollführst so eine Art Trauertanz?«

»Vielleicht. Ich weiß es nicht. Ich weiß nur, dass ich sehr traurig bin und mich in einer Ausnahmesituation befinde«, erwiderte sie.

»Ich weiß, wovon du sprichst. Lass dir von einem erfahrenen Mann sagen, dass es Vorteile hat, von der Rolle zu sein.«

Sie musste über den erfahrenen Mann lachen. Ausgerechnet ein Youngster versuchte ihr das Leben zu erklären. »Ja? Welche?«, fragte sie.

»Na zum Beispiel den Vorteil, dass wir hier zusammen stehen. Würde dein Leben nicht aus dem Ruder laufen, wären wir uns vermutlich nie begegnet.«

Bezwingende Logik, dachte sie, *ich muss vorsichtig sein, der ist ausgefuchst.* »Ich verschwinde mal kurz auf ein Örtchen«, sagte sie und machte sich auf den Weg zur Toilette. Als ihr Blick in den Spiegel fiel, erschrak sie. Ihre Augen waren verquollen, sie sah blass und mitgenommen aus. Auch ihre Füße taten weh. Am liebsten hätte sie geheult. Kaum zu glauben, dass sich überhaupt noch jemand für sie interessierte.

Als sie an die Bar zurückkehrte, stand Falk noch immer an der gleichen Stelle und strahlte sie an. Er wirkte so jungenhaft und unerschrocken, dass ihr ganz warm ums Herz wurde. »Meine Familie wird sich vermutlich schon Sorgen machen. Ich muss gehen«, sagte sie.

»Nicht dein Ernst, oder?«

»Mein voller.«

»Dein Mann betrügt dich und du denkst darüber nach, dass er sich Sorgen machen könnte?«

»Es geht nicht nur um meinen Mann.«

»Okay, ich verstehe, du hast Kinder. Aber wenn die jetzt alleine sind, werden sie an einer längeren Abwesenheit ebenfalls nicht zugrunde gehen oder irre ich mich?«

»Nein, nein, du irrst dich nicht. Sie sind schon groß, dennoch brauchen sie mich noch.«

»Ja?«

»Ja. Ich gehe jetzt. Danke für das Bier.« Sie wandte sich ab.

Er hielt sie am Ärmel fest. »Ich gehe am Wochenende auf ein Konzert. Hast du Lust mitzukommen?

»Das ist wirklich ganz lieb von dir, aber ich kann nicht«, erwiderte sie.

»Du willst nicht, müsste es richtig heißen«, entgegnete er.

»Meinst du?«

»Ja.« Er lachte, zog einen Zettel hervor, notierte etwas und drückte ihr den Zettel in die Hand. »Das ist meine Telefonnummer. Ruf mich an, falls du es dir anders überlegst.«

Sarina ging zum Ausgang und bestellte sich ein Taxi. Den Zettel stopfte sie in die Tasche.

Zuhause war alles dunkel und ruhig. So leise wie möglich legte sie sich auf ihre Seite des Bettes. Obwohl sie todmüde war, fand sie keine Ruhe. Der Betrug von Tom geisterte in ihrem Kopf herum. Sie fühlte sich elend.

Nach dem Aufwachen am nächsten Morgen wollte Tom mit ihr kuscheln. Sie war fassungslos, wusste nicht, ob sie gellend schreien oder hysterisch lachen sollte. Verletzt wies sie ihn ab. Verdutzt fragte er. »Warum willst du denn nicht mit mir kuscheln?« Ihr blieb die Spucke weg. Sie sprang aus dem Bett und lief weg.

Der Tag war in Stücke zerhackt. Zwar gab sie sich Mühe, aufrecht zu gehen, aber es kostete sie sehr viel Anstrengung. Tom beteuerte herablassend, sich auf keinen Fall scheiden lassen zu wollen. »Ich wusste schon immer, dass mit einer Frau wie dir unkonventionelle Lösungen möglich sind. Wir sind doch keine Spießer. Wir kriegen das hin«, gab er nonchalant lächelnd von sich. Sie fühlte sich, als ob sie durch den Fleischwolf gedreht würde. *Er macht aus mir Hackfleisch,* dachte sie. *Taugt Hack zu unkonventionellen Lösungen? Ich muss einen Metzger fragen.* Bestimmt würde er sagen. »Nehmen sie doch lieber ein Steak. Oder essen sie neuerdings Würmer?« Sie war am Boden zerstört. Wie ein Regenwurm kroch sie durch den Regen.

Die Tage vergingen. Ein Vorhang war gefallen, der sie von Tom trennte, auch wenn sie weiterhin den Alltag miteinander teilten. Er telefonierte stundenlang mit dieser Frau. Sarina erfuhr, dass sie Melanie hieß und in Berlin lebte. Als das T-Mobile-Netz am 21. April wegen eines Softwarefehlers zusammenbrach, war ihr der Ausfall mehr als willkommen. Wegen ihr hätte er immer weitergehen können, keine Liebesbeteuerungen per SMS oder über das Telefon mehr, aber nach ein paar Stunden war er vorüber und Tom hing wieder am Telefon.

Ihre Mutter meldete sich. Sarina versuchte, so wie immer zu klingen, weil sie sie auf keinen Fall mit ihren Eheproblemen belasten wollte. Es funktionierte, denn Rosemarie plauderte fröhlich drauf los. »Stell dir vor, Anne Richard hat sich das Leben genommen«, sagte sie. Es war eine ausufernde Angewohnheit ihrer Mutter, stundenlang von Leuten zu erzählen, die Sarina gar nicht kannte.

»Wer?«

Ihre Mutter ignorierte die Frage und redete einfach weiter. »Sie soll sich in ihrer Wohnung in Berlin erhängt haben. Dabei war sie eine erfolgreiche Frau. Sie leitete mit ihrem Lebensgefährten ein ganzheitliches Zentrum«

»Ich habe keine Ahnung, von wem du sprichst«, erwiderte Sarina.

»Doch. Der Sohn ging sogar auf die gleiche Schule wie du, nur eine andere Stufe. Wir kennen Richards seit vielen Jahren. Martha war eine Freundin von mir. Sie ist leider viel zu früh verstorben. Brustkrebs, schon mit Ende Vierzig.«

Sarina unterbrach den Redefluss ihrer Mutter und sagte: »Das mag ja alles sein, aber ich erinnere mich nicht, Mama! Tut mir leid für die Familie.«

»Anne wird in einigen Tagen beerdigt. Ich würde gerne an der Begräbnisfeier teilnehmen und wollte dich bitten, mich abzuholen und hinzufahren oder noch besser mitzugehen. Matthias freut sich bestimmt über deine Anteilnahme und ich brauche jemanden, der mich fährt«, erwiderte Rosemarie.

Sarina stöhnte innerlich auf. Das war mal wieder typisch für ihre Mutter. Sie hatte keine Ahnung, wer diese Leute waren, aber Rosemarie wollte sie dabei haben. Ihre Mutter schien zu ahnen, was in ihr vorging, denn sie sagte bittend. »Wenigstens hinfahren könntest du mich. Es ist sehr umständlich, dorthin zu kommen.« »Wann und wo genau soll das sein?«, fragte Sarina. Rosemarie erklärte es ihr. »Gut, ich fahre dich hin«, antwortete sie.

Der Frühling legte ein enormes Tempo vor, es war noch nicht einmal Mai und der Blütenrausch war schon fast vorbei. War es mit der Liebe auch so? Kaum aufgeblüht, schon vergangen, nur einen Hoffnungs-schimmer hinterlassend, der schließlich den Stürmen des Herbstes und zuletzt der Eiszeit anheimfiel. Liebe war Anarchie. Wer war bloß auf die verrückte Idee verfallen, Beziehungen zu besitzregulierenden Ein-richtungen zu erklären, die rechtsverbindlich waren? Das war wider das Wesen der Liebe. Sie zerschmolz in den Händen wie eine Schneeflocke. Und doch konnte Liebe auch bindend, regulierend sein. Auf jeden Fall tat sie weh, so weh, so schrecklich weh.

Als Tom seine Hemden plötzlich selbst bügelte, geriet Sarina vollends aus dem Häuschen. Nur in den allerersten Wochen ihres Zusammenseins hatte er das getan, seither oblagen seine Hemden ihren zar-ten Frauenhänden. Sie war immer stolz gewesen, für ihn sorgen zu dürfen, auch wenn es ihr manchmal viel wurde. Dann und wann überfiel sie der Wunsch, er möge ihr Arbeit abnehmen, hilfsbereiter und auf-merksamer sein. In all den Jahren war das nie gesche-hen. Es hatte etwas Absurdes, ihn nun dazu im Stande zu sehen, ohne dass es etwas mit ihr zu tun hatte. Machte ihn die Liebe zu einer anderen Frau zu einem anderen Menschen? Es schmerzte. Mit der Ausstrah-lung eines Frischverliebten fuhr er schwungvoll über Ärmel, Hemdkragen, Vorder- und Rückseiten. Er tat es ganz offensichtlich nicht, um ihr zu helfen, son-dern er sah sich angesichts einer veränderten Gefühls-lage dazu aufgefordert. Oder übte er für die Zukunft?

Eva schlug vor, Tom aus dem Haus zu werfen. »Wirf diesen Legastheniker der Liebe verdammt noch mal raus. Er hat dich belogen und betrogen«, polterte sie am Telefon, aber Sarina konnte nicht. Weder wusste sie, wohin, noch fühlte sie sich der Situation gewachsen. Pure Verzweiflung beherrschte sie.

Der Himmel sandte ein kostenloses Waschmittel für die Seele. Es regnete. Der Duft des Flieders wurde durch den Regen schwerer und drang in ihre Nase. Der Raps leuchtete unter den dunklen Wolken hinreißend gelb. Diesem Raps konnte Sarina einen tiefen Blick schenken, ohne geblendet zu sein. Mit diesem Himmel fühlte sie sich verbunden. Mochten die anderen auch noch so über das Wetter schimpfen, ihr kam es gelegen, denn es war ein Spiegel ihrer Seele, fehlten nur noch wild zuckende Blitze und lautstarkes Donnern, das die Wände wackeln ließ. Ihr wäre alles recht gewesen, so aufgewühlt war sie. Sie stürzte aufgelöst ins Haus. Seit mehr als zwei Jahrzehnten kreiste sie um Tom und die Kinder und das war nun der Dank dafür.

Sie hörte, wie der Postbote draußen die Post in den Briefkasten warf. Das erinnerte sie mit einem Mal an das Angebot des schnuckligen jungen Mannes, sie auf ein Konzert mitzunehmen. Sie kramte in ihrer Handtasche nach dem Zettel, den er ihr in die Hand gedrückt hatte, und wählte seine Nummer.

Kapitel 28

Toms kleine Flucht

Tom verschanzte sich in seinem Zimmer. Das Leben zu Hause war anstrengend geworden. Obwohl Sarina und er weiterhin unter einem Dach zusammenlebten, herrschte Funkstille zwischen ihnen. Besonders schlimm war es, wenn sie sich über den Weg liefen. Dann wurde aus der Funkstille ein Brandherd, denn das Thema flackerte sofort auf. Entweder flossen Tränen oder es wurde geschrien. Ein Dauerdrama. Er hatte die Nase gestrichen voll. Frauen konnten einen kirre machen. Da konzentrierte er sich lieber auf seine Arbeit. Es war doch völlig normal, dass ein Mann wie er, Lust verspürte, nicht nur mit einer, sondern auch mit anderen Frauen zusammen zu sein. Was bildete sich Sarina bloß ein? Seit der Geburt der Kinder stand er bei ihr doch sowieso auf einem der hinteren Plätze. Seine Bedürfnisse kamen zu kurz, daran konnte kein Zweifel bestehen. Es hatte mehr mit ihr als mit ihm zu tun, dass das Feuer von einst zur Sparflamme verkommen war. Er kochte weder auf Sparflamme noch war er ein Mann fürs Eingemachte, das hätte ihr klar sein müssen. Er griff zum Telefon, um einen wichtigen Anruf zu tätigen. Für längere Gespräche bevorzugte er noch immer den Festnetzanschluss. Ganz zu trauen war der Handyindustrie nicht. Möglicherweise war an den Strahlungsvorwürfen mehr dran, als einem lieb sein konnte.

Alle Leitungen waren belegt. Er verließ sein Büro um nachzusehen, was da los war. Ihm fiel auf, dass das Haus vor Schmutz strotzte. Offenbar hielt Sarina plötzlich nicht mehr allzu viel vom Putzen. Dennoch hing seine Angetraute an der Strippe. Vermutlich telefonierte sie schon wieder stundenlang mit ihrer Freundin Eva. Auch Michael und Marilena telefonierten. Obwohl sie eine Telefonanlage besaßen, die er gekauft und eingerichtet hatte, gab es keine einzige freie Leitung mehr. Er wollte sein Handy aus der Hosentasche ziehen und stellte fest, dass es fehlte. Ihm fiel ein, dass er es im Schneideraum vergessen hatte. Die Cutterin würde es zwar sicher für ihn verwahren, aber im Moment war er der Geleimte und das nicht nur wegen seiner Schusseligkeit.

Er ärgerte sich. Sein Zuhause erschien ihm wie eine Nervenfalle. Vergangene Nacht hatte ihn Michaels neue Freundin beim Pinkeln überrascht. Tom pflegte die Gewohnheit, die Tür zum Bad offen zu lassen, solange alle schliefen. Es gab ihm ein Gefühl, das er mochte. Doch dieses Mädchen hatte sich im Dunkeln aus Michaels Zimmer zum Bad getastet und tauchte nun plötzlich wie ein Gespenst im Türrahmen auf. Puh! Stress und Spannungen an allen Ecken und Enden und mit dem entspannten Pinkeln war es auch vorbei.

Er schnappte sich seine Jacke und düste zu seinem Nachbarn. »Hast du ein Bier und bisschen Zeit für mich«, fragte er. Herbert nickte. Tom schilderte ihm die Unebenheiten seines momentanen Lebens. »Huh, du bist ja ziemlich aggro! Brauchst du einen Schnaps?«, fragte Herbert.

»Mir reicht ein Bier zum Runterkommen«, antwortete Tom.

Sie tranken schweigend. Toms Laune hob sich.

»Weißt du, Tom«, sagte Herbert nach einer Weile, »das nimmt ja alles ein Ende. Miriam wird noch während des Studiums ausziehen, heiraten und sofort Zwillinge bekommen, die sie dann bei dir und Sarina ablädt. Michael wird kurz vor Vollendung seines 80sten Lebensjahres zu seinen Kindern ziehen und Marilena ... Hm? Die wird nach Australien auswandern, damit ihr wisst, wohin ihr ab und zu reisen könnt.«

Tom grinste. »Du hast den Spruch bei meinem Sohn also auch gesehen? Man wohnt solange bei den Eltern, bis man bei den Kindern einziehen kann.«

»Ja, hab ich. Mach dir nichts draus. Du weißt doch, Beziehungen sind die Grundlage unserer Existenz«, erwiderte Herbert.

»Wie wahr! Du hast mir echt geholfen«, sagte Tom, klopfte Herbert auf die Schulter, trank sein Bier aus und ging.

Daheim waren die Leitungen wieder frei. Er rief Meli an.

Kapitel 29
Begräbnis

Die Ablagen der Bänke waren mit schwarzem Samt überzogen. Er hasste Samt. Er musste nur an das Gefühl des Anfassens denken, und schon bekam er Gänsehaut. Dass er bei Annes Trauerfeier ausgerechnet mit diesem Stoff konfrontiert wurde, erschien Roman wie bittere Ironie. Nun, wo die Hauptdarstellerin verschwunden, der dunkle Bühnengrund leergefegt und das letzte Wort verschleudert waren, hinterließ ihm Anne eine Botschaft, die ihm zu ihren Lebzeiten entgangen war.

Er sah, dass sich Bertram Burger unter den Trauergästen befand. Burger war Jahre vor ihm lange Annes Geliebter gewesen. Roman erinnerte sich noch gut daran, wie er ihnen eines Tages begegnet war und Anne ihn vorstellte. Ein gestählter Typ, dessen animalische Ausstrahlung einem unmittelbar ins Gesicht sprang, schüttelte ihm die Hand und grinste. Augenblicklich wunderte sich Roman, dass sich die penible Anne einen solchen Mann angelacht hatte. Burger führte in der Klinik, in der sie als Ärztin arbeitete, die Putzkolonnen an, war um einiges älter, geschieden und hatte drei Kinder. Seine Lebensphilosophie, die er Roman auf die Nase band, war denkbar einfach. Da sich Arbeit aus monetären Gründen nicht umgehen ließ, hatte er zwar einen Job, aber das war schon das höchste der Gefühle, denn das System durfte nicht gefüttert werden, schon gar nicht mit Hirnschmalz oder Kreativität. Roman gewann den Eindruck, dass Burger diejenigen verachtete, die Arbeit wertschätzten oder zu ihrem Lebensinhalt erhoben. »Ein Mensch schrammt komplett am Sinn des Daseins vorbei, wenn er ernsthaft einen Sinn darin sieht, sich in diesem bescheuerten System zu Tode zu arbeiten«, behauptete er und trieb stattdessen Sport oder lebte einfach in den Tag hinein.

Wie das mit Anne zusammenging, blieb Roman ein Rätsel, denn gegensätzlicher hätte ein Paar kaum sein können. Doch sie bekannte sich eindeutig zu ihm – und auch er schien sich mit ihr sehr wohl zu fühlen. Burger machte sie sportlicher, als sie von Haus aus war, weil er sie dazu animierte aktiv zu sein. Allerdings musste sie dafür ihren Wunsch nach Kindern ad acta legen. Einzelheiten erfuhr Roman, als die Beziehung zerbrach und Anne sich bei ihm meldete. Er wurde ihr Vertrauter. Nach einer Weile schlug er ihr vor, nach Berlin zu kommen und das Zentrum mit zu eröffnen. Er ging davon aus, dass der Abstand ihr gut tun würde.

Gott weiß, warum, stand auf der Trauerkarte, die Annes Bruder Matthias ihm geschickt hatte. Er drehte sie in seiner Jackentasche hin und her. Der Redner erhob den Spruch zum Eingangsmotto seiner Ansprache. Salbungsvoll führte er dann aus: »Gott schreibt uns in das Buch des Lebens hinein und radiert uns nicht aus, auch wenn uns das zu glauben manchmal schwerfällt. Gott gibt uns nicht auf. Niemals. Gott ist immer bei uns, sogar wenn wir sündigen. Keiner lebt sich selber, und keiner stirbt sich selber. Leben wir, so leben wir dem Herrn; sterben wir, so sterben wir dem Herrn. Darum: wir leben oder sterben, so sind wir des Herrn, Römer 14, 7,8.«

Dass Annes Bruder darauf bestanden hatte, sie in der Heimat beizusetzen, bedauerte Roman. Er hätte es lieber gesehen, wenn sie in Berlin begraben worden wäre, aber Matthias hatte ihm unmissverständlich klar gemacht, dass seine Zeit endgültig vorbei war. Gab er ihm eine Mitschuld an Annes Tod? Roman konnte sich des Gefühls nicht ganz erwehren, dass das der Fall war. Dann fiel ihm ein, dass sich ihre Ankündigung auf makabre Weise erfüllt hatte. Sie war tatsächlich heimgekehrt. Aber warum musste dieser Abgang so verzweifelt und so endgültig sein? Er fröstelte. Weil er die Nähe zur Familie vermeiden wollte, saß er ziemlich weit hinten. Vor ihm befand sich eine ganze Reihe mit Annes Freundinnen, die von überall her angereist waren. Er schaute zwischen den Köpfen hindurch auf das Foto, das vorne neben dem geschlossenen Sarg, den Kränzen und Buketts platziert war. Wehmütig lächelte Anne ihm zu. Renate, eine alte Freundin, drehte sich um und warf ihm einen argwöhnischen Blick zu. Unausgesprochene Vorwürfe lagen in der Luft. Der Frauenclub um Anne verurteilte ihn, das spürte er. Es schmerzte, ja, es schmerzte, aber er knickte nicht ein. Er atmete tief durch und ließ die Schwere seines Herzens auf diesem Atem reiten. Er berief sich auf den Urheberstandpunkt, den er seit so vielen Jahren vertrat. Jeder Mensch war selbst für seine Gedanken, seine Gefühle, seine Handlungen und damit für seine Leben verantwortlich. Jeder war der Schöpfer seiner eigenen Realität. Auch Selbstzerstörung zählte dazu. Gamal hatte recht, er trug keine Schuld an Annes Tod. Mochten sie denken, was sie wollten, es waren ihre und nicht seine Entscheidungen – und sie beruhten auf Urteilen, die er nicht vertrat. Aber warum? Seine Gedanken schweiften zur Familiengeschichte der Richards.

Die Großmutter von Anne, Helene Elfriede Seidenberg, entstammte einem alten Adelsgeschlecht. Wegen der Heirat mit Friedrich Georg Seidenberg büßte sie zwar ihren Titel ein, nicht aber ihre hochherrschaftliche Art zu leben und ihre Liebe zu Königsberg. Als der Krieg näher rückte, blieb sie, allen Warnungen zum Trotz, länger vor Ort als viele andere Ostpreußen. Da ihr Mann zu diesem Zeitpunkt an der Ostfront kämpfte, gab es keinen, der sie wirklich beeinflussen konnte, denn sie war sehr eigenwillig.

So kam es, dass ihre Entscheidung, die Familie in Sicherheit zu bringen, erst am 31. Januar 1945 fiel, als Königsberg schon von der Roten Armee eingekreist war. Mit Hilfe eines befreundeten Gutsbesitzers aus dem Umland machte sie sich mit ihren Kindern, der achtjährige Martha Auguste und den fast doppelt so alten Zwillingen Ernst Georg und Herta Emilie, auf den Weg. Es war exakt eine halbe Stunde zu spät, wie sich herausstellen sollte. Während der Pferdewagen mit der jüngeren Schwester noch durchkam, wurden die Seidenbergs auf ihrer Flucht abgefangen und zurückgeschickt. Die Folgen waren entsetzlich. Die Familie sah sich Feuer, Plünderungen, Kälte und Hunger ausgesetzt und musste dramatische Rechtlosigkeit über sich ergehen lassen. Das Schlimmste aber war, dass Herta Emilie Gewalt angetan wurde, obwohl Helene sie gut versteckt hielt. Unter der Androhung, alle zu erschießen, erzwangen die Soldaten eines Tages die Preisgabe des Verstecks und verschleppten die Sechszehnjährige für Tage. Danach war nichts mehr wie zuvor.

Verzweifelt wagte Helene im März 1945 erneut den Versuch, zusammen mit ihren Kindern der Hölle zu entkommen. Entschlossen kämpfte sie sich mit ihrer Familie bis Allenstein durch. Von dort fuhren sie in offenen Waggons Richtung Deutschland, begleitet von Regen, Schnee, Kälte, Krankheit und Plünderungen. Sie froren, sie litten Hunger, wurden fast alle krank.

Am 23. Januar 1946 starb Helene in einem Krankenhaus an Typhus, während die Kinder in einem Heim auf ihre Genesung hofften. Die Zwillinge landeten in Mitteldeutschland in der Landwirtschaft, Martha wurde von Tante Mathilde aufgenommen, die nach einer neunwöchigen Flucht wie durch ein Wunder körperlich unversehrt in einer deutschen Stadt angelangt war und auch ihren kriegsverwundeten Mann wiederfand. Die kinderlose Tante bot Martha ein Zuhause, doch die tiefen Spuren, die der Krieg in Marthas Seele gegraben hatte, ließen sie nie ganz ankommen. Sie trauerte um ihre Mutter, die in einem Massengrab vermoderte, und um ihren Vater, der als verschollen galt, und sie vermisste ihre Geschwister, Herta und Ernst, von denen sie wegen der Teilung Deutschlands abgeschnitten blieb. Ein Leben lang konnte sie nicht darüber sprechen, ohne in Tränen auszubrechen.

Mit 21 heiratete Martha einen deutlich älteren Mann, den sie, wie sie später zugab, nicht liebte. Fritz Richard schwängerte Martha zweimal. Beim ersten Mal wurde Matthias, beim zweiten Mal Anne geboren. Kurz danach ließ sich Martha scheiden und zog mit Hilfe von Tante Mathilde, die zwischenzeitlich verwitwet war, Matthias und Anne vaterlos auf. Als Martha Heribert Kolander traf, verlor der leibliche Vater von Matthias und Anne jegliche Präsenz in ihrem Leben und damit auch im Leben der Kinder. Martha bekam mit Kolander eine weitere Tochter. Während Anne und Matthias hauptsächlich von Mathilde aufgezogen wurden, wurde Ines Carina ein Haufen mütterlicher Zuwendung und Liebe zuteil, denn die Erziehung ihres dritten Kindes übernahm Martha selbst. Zeitlebens sah sich Anne durch das Verhalten ihrer Mutter abgelehnt, von der Vater-frage ganz zu schweigen. Als es Ines als erwachsener Frau gelang, Berufstätigkeit und Familie, sie hatte drei Kinder, erfolgreich unter einen Hut zu bringen, fühlte sich Anne vollends als Stiefkind. Womöglich wäre es leichter gewesen, wenn sie einen Verbündeten gehabt hätte, aber Matthias teilte ihr Problem nicht. Mathilde, die sich immer einen Sohn gewünscht und während der Kriegswirren eine Fehlgeburt erlitten hatte und kinderlos geblieben war, liebte ihn abgöttisch und verwöhnte ihn zärtlich. Er hätte sich keine bessere Ersatzmutter wünschen können und vermisste nichts. So blieb Anne mit ihren defizitären Gefühlen immer allein.

Solange Roman Anne kannte, und er kannte sie schon seit Studientagen, wurde sie von dem Gefühl beherrscht, erst dorthin gelangen zu müssen, wo ihre jüngere Schwester Ines immer schon war. *Schwierige Sache*, dachte er. *Eine Mutter, drei Kinder, doch im alles entscheidenden Seelenraum wachsen die drei völlig unterschiedlich auf. Zwar teilen sie ihre Abstammung miteinander, aber durch die Verdichtung der Charaktere erfolgen verschiedene Zuschnitte des Selbstkonzepts. Anne hat sich nie jemals wirklich zuhause oder angenommen gefühlt - und so konnte sie die Sicherheit des Angekommen-Seins auch nicht mit ins Leben nehmen.*

Er spürte, dass ihn die Frau, die neben ihm saß, beobachtete. Er schaute sie an. Sie hatte schöne Augen und ein ebenmäßiges Gesicht. Er fragte sich, ob sie wohl zur Familie gehörte.

»Mitten im Leben, sind wir vom Tod umfangen. Der Tod ist allgegenwärtig. Es ist ein Kommen und Gehen in dieser Welt«, sagte der Laienprediger. Einige Anwesende schluchzten heftig. »Im Seelenraum bleibt ein Mensch präsent, ob er nun lebt oder verstorben ist. Es existiert eine unvergängliche Wahrheit des Wesens. Auch wenn sie von uns gegangen ist, bleibt Anne Richard Teil unseres Lebens, so wie wir immer Kinder Gottes sind. Er fängt uns auf, wenn wir fallen und trägt uns, wenn wir nicht mehr weiterkönnen. Gott hat den Ruf von Anne Richard vernommen und sie zu sich geholt, damit ihre Seele heilen kann.«

Weil sie keiner gehört hat, dachte Roman und war einen Augenblick lang untröstlich. Alles umsonst, die Verbundenheit, die Gespräche, die Anziehung, die zwischen ihnen bestand. Er hatte ihr nicht helfen können, sonst hätte sie sich wohl kaum das Leben genommen. *Anne, Anne, Anne! Du hast doch immer versucht, deinem Leben neue Richtungen zu geben. Was hat dich so verzweifeln lassen? Hattest du Angst, an Brustkrebs zu erkranken wie deine Mutter? Und badest du nun wenigstens im Seelenmeer der Ewigkeit?,* fragte er sie im Stillen.

Es muss sich um ein tiefenpsychologisches Problem im Zusammenhang mit der Familiengeschichte handeln. Das heutige Kaliningrad, das Schicksal und die adlige Abstammung haben dieser Familie tiefe Wunden zugefügt. Keiner war davon ausgenommen, aber Anne trug schwerer als andere daran. Zu diesem Schluss kam Roman. Unrettbar klammerte er sich an dieser These fest. Wie oft hatte er das alles mit ihr besprochen, mehrere Familienaufstellungen dazu gemacht. Die Aufzeichnungen dazu existierten sogar noch.

Das Gerede des Trauerredners fing an, ihn zu nerven, zu viel Religiöses, zu wenig Spirituelles. Er rief sich die Liebe in Erinnerung, die er und Anne geteilt hatten. Warum hatte sie ihm nicht erzählt, dass es ihr schlecht ging? Er war in SOS-Situationen geschult, wusste, was seelischer Raubbau hieß. Sie hätte sich ihm anvertrauen, mit ihm reden sollen, statt sich zu entfernen. Auch wenn ihn keine Schuld traf, war es bitter, dass sie sich umgebracht hatte. Die Zeit, seine ewige Verbündete und Trösterin, hatte ihn und Anne auseinanderdividiert, statt sie stärker miteinander zu verbinden. Plötzlich sprang die Frau mit den schönen Augen auf und ging hinaus. Er blickte ihr nach.

Kapitel 30

Herzstolpern

Sarina eilte ins Freie und blieb ein Stück von der Halle entfernt stehen. Der Friedhof atmete Frieden. Es gefiel ihr, dass er auf einer Anhöhe lag und von Schrebergärten umringt war. Alles wirkte friedlich. Sie ließ ihren Blick über die Sträucher hinweg und zwischen den Bäumen hindurch ins Land gleiten. Sie war froh, draußen zu sein. Dem Mann neben ihr ging es nicht gut, die Tote war in ihm präsent, das hatte sie deutlich gespürt, und noch etwas anderes, etwas wie Zerrissenheit. Jedenfalls war es heftig gewesen und das konnte sie jetzt nicht gebrauchen.

Eigentlich hatte sie der Zeremonie gar nicht beiwohnen wollen, aber ihre Mutter hatte sie so bedrängt, dass sie sich breitschlagen ließ.

Sie ging auf die Toilette. Die Türknäufe fühlten sich kühl und feucht an und es roch nach kalter Nichtigkeit. Sie bedeckte den Toilettensitz mit Klopapier, setzte sich drauf und fing an, zu grübeln. Sie litt und brauchte Ruhe, um sich zu sammeln. Es war dumm gewesen, ihre Mutter auf diese Begräbnisfeier zu begleiten. Sie hatte genug mit ihren eigenen Problemen zu tun, sie brauchte nicht noch zusätzlich solche vernichtenden Ausflüge. Evas Worte fielen ihr ein. »Du musst jetzt gut auf dich aufpassen, sonst reißt es dir die Beine weg.«

Sie zog ihr Handy aus der Tasche und wählte die Nummer ihrer Freundin. »Hey Eva«, sagte sie, als Eva sich meldete. »Hallo Sarina! Schön, deine Stimme zu hören. Wie geht es dir?«, fragte Eva.

»Ich sitze auf einer Friedhofstoilette und stehe kurz vor einem sintflutartigen Tränenausbruch.«

»Das hört sich nicht gut an. Was treibst du dich denn auch auf Friedhöfen rum?«, rief Eva erschrocken aus.

»Ich musste meine Mutter herbringen.«

»Und?«

»Nun befinde ich mich im Wartemodus, weil ich sie wieder heimfahren muss«, erwiderte Sarina.

»Warum hat sie kein Taxi genommen? Sammelst du etwa Trauerfälle, um deine Stimmung zu unterstreichen?«, spöttelte Eva liebevoll.

»Du kennst doch meine Mutter. Außerdem weiß sie nichts von der Sache mit Tom. Aber ich fühle mich wirklich hundeelend. Da saß neben mir so ein Mann, dem es sehr schlecht geht. Ich glaube, dass er kurz vor einem Kollaps steht.«

»Spürst du wieder Dinge, die keiner sonst bemerkt?«, fragte Eva.

»Ja, ich kann nichts dagegen tun.«

»Steh auf und renne ein paar Mal um diesen Friedhof, damit es dir wieder besser geht«, empfahl Eva.

Sarina schluckte. Sie hätte am liebsten geheult.

»Nimm es nicht so tragisch, Beziehungen sind eben manchmal Spagat. Es ist nur ein Liebesfall und kein Todesfall, mach dir das klar. Jungs müssen sich eben immer mal wieder beweisen. Das ist bei denen die genetisch bedingte Angst vor dem Tod. Aber glaub mir, er braucht dich«, fuhr Eva fort.

»Meinst du?«

»Ja, klar! Die viel wichtigere Frage lautet doch: Liebst du ihn noch? Möchtest du die Beziehung mit ihm überhaupt fortsetzen?«

Sarina spürte kurz in diese Frage hinein, dann antwortete sie: »Der Gedanke, Tom zu verlassen, fühlt sich schrecklich an, gleichzeitig kann ich aber so, wie es jetzt ist, auch nicht weitermachen.«

»Wie geht es eigentlich euren Kindern damit?«, fragte Eva. »Setzt ihnen die ganze Situation nicht ebenfalls mächtig zu?«

Sarina war völlig perplex. Erschrocken stellte sie fest, dass sie nicht wusste, wie es den Kindern damit ging. Dabei hatten sie bestimmt längst was spitz gekriegt. Miriam, Michael und Marilena waren für sie total in den Hintergrund gerückt. Das hatte es bisher noch nie gegeben. »Oh, mein Gott, du hast ja so recht. Ich muss unbedingt mit ihnen reden. Ich ruf dich wieder an«, sagte sie und legte auf.

Sie rief Miriam an. Miriams Stimme klang trotz der Entfernung, sie hielt sich für ein Jahr in Neuseeland auf, ganz nahe. Sarina konnte nicht länger an sich halten und heulte hemmungslos los.

»Was ist los, Mama?«, fragte Miriam erschrocken.

Aus tiefen Quellen und hohen Herzensgebirgen, mit denen Sarina lange nicht mehr verbunden gewesen war, brach sich die angestaute Tränenflut Bahn.

So sehr sie es auch versuchte, es gelang ihr nicht, den Tränen Einhalt zu gebieten.

»Mama!«, rief Miriam. »Was ist passiert?«

Sarina holte tief Luft und sagte unter Schluchzen: »Miriam, ich liebe dich. Es ist so schön, deine Stimme zu hören. Bitte verzeih mir, dass ich dir die Ohren vollheule.«

»Was ist los?«, fragte Miriam erneut.

»Dein Vater liebt eine andere Frau.«

»Soll ich nach Hause zurückkommen, Mama?«

»Nein, nein, nein! Bleib, wo du bist, ich schaff das schon, aber ich musste es dir einfach sagen.«

So schnell war ihre göttliche Tochter nicht zu überzeugen, aber schließlich gelang es Sarina, sowohl sich selbst als auch Miriam zu beruhigen und zu einem sachlicheren Ton zurückzufinden. Sie sprachen noch eine Weile miteinander, dann ging Sarina zurück in die Trauerhalle, wo bereits mächtig Bewegung im Gang war. Sie entdeckte ihre Mutter in dem Trauerzug und drängte sich zu ihr hin.

»Da bist du ja. Ich hatte mir schon Sorgen gemacht«, sagte Rosemarie.

»Ja, da bin ich«, antwortete Sarina und hätte am liebsten hinzugefügt, *in Scheibchen geschnitten, nachdem ich vor einiger Zeit zu Hackbraten verarbeitet wurde.* Sie musste an Miriam denken. Es tröstete sie ungemein zu wissen, dass die Verbindung unsichtbar weiterexistierte, auch wenn sie nicht mehr an der Strippe hingen.

Zuhause sprach Sarina auch mit Michael und Marilena. Es stellte sich heraus, dass die beiden geahnt hatten, dass etwas nicht stimmte und froh waren, dass es endlich zur Sprache kam. Die Ungewissheit habe sie belastet, erzählten sie. Sarina war erleichtert. Tom sah die Sache anders. Er verübelte ihr, dass sie die Kinder in Kenntnis gesetzt hatte und schlug schärfere Töne ihr gegenüber an. Seine Bereitschaft, sie zu trösten, sobald sie anschmiegsam genug war, hörte auf. Er hielt ihr vor, dass es nicht von ungefähr komme, dass sein Herz nun auch anderswo zu tun habe. Sie trage mit Schuld an dieser Situation, behauptete er, da ihr sexuelles Engagement im Alltag erlahmt sei. »Ich bin es doch, der allen Grund hat, tief enttäuscht zu sein. Aber damit ist nun Schluss. Ich lebe meine Freiheit, zu der auch Meli gehört, und opfere sie nicht länger der Familie«, sagte er. Sarina war sprachlos und desillusioniert.

Ihre Enttäuschung, was Tom anlangte, wuchs ständig. Sie fühlte sich von ihm wie eine Haushälterin behandelt. Dass er auch noch in Betracht zog, mit ihr zu schlafen, schlug dem Fass den Boden aus. In ihr zerplatzte etwas wie eine Seifenblase. Sie konnte nicht fassen, dass das die Liebe war, an die sie immer geglaubt hatte. Was für ein grausamer Witz! Sie bat Tom um ein Gespräch bei einem Paartherapeuten, aber er lehnte mit den Worten ab, dass er es nicht nötig habe, sich von anderen Leuten sein Leben erklären zu lassen, er wisse schließlich, was er wolle. Was sollte sie darauf erwidern? Sie kam sich vor wie ein Gefährt, das mit angezogenen Bremsen an einem Steilhang stand und weder vor noch zurück konnte. Von Tag zu Tag ging es ihr schlechter. Ihr Puls raste, ihr Herz stolperte, ihr Geist taumelte. Sie wurde kurzatmig und hatte das

Gefühl, ständig benommen zu sein. Innerhalb weniger Wochen nahm sie mehr als fünf Kilo ab.

Als Tom in seinem Mercedes-Kombi zu Dreharbeiten abreiste, sah Sarina ihm vom Fenster aus nach. Würde er diese Frau treffen? Und wie sollte ihr Leben mit dieser Ungewissheit weitergehen? Wenn jemand so viel unterwegs war wie Tom, war gegenseitiges Vertrauen das A und O. Sie wollte weder von Eifersucht zerfressen werden, kaum dass er weg war, noch wollte sie einen Mann, der auf anderen Hochzeiten tanzte, während sie ihm den Rücken freihielt. Wusste er, was er ihr und der Familie antat?

Er bog ab, der Wagen entzog sich ihren Blicken. Das war auch besser so. Sie hatte dieses Auto, das Tom so überzeugt fuhr, noch nie gemocht. Der Kombi kam ihr schrecklich altmodisch vor. Er passte nicht mehr in die Zeit. Daimler verschlief ganz offensichtlich wichtige Entwicklungen. Und nachdem der Mann, der drin saß, nun ebenfalls aus dem Rahmen ihrer Vorstellungen sprang, war sie doppelt befreit. Wenn sie nicht so traurig gewesen wäre, hätte sie lachen müssen, so komisch altbacken wirkte der Mercedes auf sie.

Die blühenden Wiesen waren schon abgemäht, als nachmittags das Telefon klingelte. Falk war am Apparat und fragte, wie es ihr gehe und ob er sie zu dem Konzert heute Abend abholen dürfe. »Das wird deiner Seele Flügel verleihen«, fügte er hinzu. Sie raufte sich die Haare. Sie hatte völlig vergessen, dass sie mit ihm verabredet war. Sie überlegte einen Moment, dann sagte sie: »Ja, hol mich ab.«

Kapitel 31

Zusammenbruch

Sein Zusammenbruch erfolgte fast auf den Tag genau sieben Wochen nach Annes Tod. Es war ein Absturz, wie Roman ihn noch nie erlebt hatte. In ihm wirbelte alles durcheinander. Es rüttelte und schüttelte so stark an seinem seelischen Lebensgebäude, dass er sich keinen Rat mehr wusste. Nicht einmal nach dem Tod seiner Frau hatte er so etwas erlebt. Er wusste, dass er handeln musste. Diese Krise konnte er nicht alleine bewältigen. Nach Rücksprache mit Gamal meldete er sich in einer Klinik für Psychosomatik und Psychotherapie an, die ganzheitlich ausgerichtet war und ein bio-psycho-soziales Behandlungskonzept verfolgte. Er vertraute darauf, dass die Therapeuten in diesem Haus über den Tellerrand blicken und ganzheitlicher behandeln würden, als es allgemein der Fall war. Und damit lag er richtig.

Nach drei Tagen, einigen Gespräche und Zusatzbehandlungen konnte er die Klinik schon wieder verlassen, gleichzeitig war klar, dass er sich baldmöglichst eine Auszeit nehmen musste, um vollends mit sich und Annes Selbstmord ins Reine zu kommen. Er beschloss, eine Art Retreat im Ausland zu machen. Er hatte schon eine Idee, wusste, welche Prioritäten

er setzen musste, um aus dem Labyrinth herauszufinden, denn er hielt den roten Faden wieder in der
Hand. Wichtig war, die Abziehbilder zu entlarven
und zu einer neuen Wahrheit zurückzukehren.

Kapitel 32

Freiheitsexkurs

Tom war bewusst, dass Sarina litt. Er war ja kein Schwein, sondern ein Mensch aus Fleisch und Blut, auch wenn sie das momentan sicher anders sah. Sollte sie ihn brauchen, würde er da sein. Er wollte die Familie sowieso nicht verlassen, auch wenn Meli bereits von Scheidung sprach und angekündigt hatte, ihrem Mann reinen Wein einschenken zu wollen. Ohne Frage fühlte er sich Meli seelisch tief verbunden, dennoch war eine feste Beziehung für ihn keine Option. Er brauchte den ganzen Krempel nicht. So wie es war, war es wunderbar. Meli war locker und humorvoll, alles Dinge, die er bei Sarina vermisste.

An diesem Abend ging er mit Meli – sie bekannte sich dazu, ein Jennifer-Aniston-Fan zu sein – in eine triviale amerikanische Filmkomödie. Sarina hätte er bei einem solchen Einfall den Marsch geblasen, aber Meli gelang es auf so witzige Weise, ihn zu überreden, dass er sich breitschlagen ließ. Vom Film selbst bekam er wenig mit, da sich Meli an ihn kuschelte, ihren Kopf auf seine Schulter legte und auch sonst Sachen tat, die Sarina nie tun würde. Er nutzte die Situation weidlich aus und schmuste ein-einhalb Kinostunden lang mit ihr. Der Kinobesuch lieferte das Vorspiel für einen erotischen Abend der Extraklasse. Warum, wusste er nicht, aber Meli ging anschließend nach Hause. Er war keineswegs unglücklich darüber, denn er schlief gern allein. *Ein Mann kann prima zwei Frauen auf einmal lieben,* ging ihm durch den Sinn, bevor er in seinem Berliner Hotelzimmer ins Reich der Träume glitt. Die feurige Nähe zu Meli begeisterte ihn, nichtsdestotrotz fand er Sarina ebenfalls anziehend. *Und das nach so vielen Jahren,* dachte er und schlief auf den Schwingen seines heißen Atems ein.

Kapitel 33

Im Schwarzen Café

Ohne Vorankündigung kehrte Lars einen Tag früher von einer Dienstreise nach Berlin zurück. Er beschloss, die Gelegenheit zu nutzen und mit Meli über seine Wünsche und die Auszeit zu sprechen, die ihm vorschwebte.

Als er zu Hause eintraf, war die Wohnung leer. Er spürte Enttäuschung in sich aufsteigen. Wo steckte sie bloß? Wenn es schon mal drauf ankam, war sie nicht da. In der Wohnung nebenan polterte es, dann setzte lautstarkes Geschrei ein. *Das darf doch nicht wahr sein,* dachte er verärgert, *bestimmt haben die wieder mal zu tief ins Glas geschaut.* Er verspürte den heftigen Drang, an einen Ort zu verschwinden, wo es keine Banausen gab, oder noch besser, wo außer ihm überhaupt niemand war. Wo war Meli? Er musste mit ihr sprechen, er durfte seiner Sehnsucht nicht länger im Weg stehen. Es war schon nach 20 Uhr und sie arbeitete selten länger als 19 Uhr. Er griff zum Telefon.

»Ich bin es. Wo steckst du?«, fragte er, als sie sich meldete. Im Hintergrund waren Musik und Stimmengewirr zu hören. »Bist du das Lars?«, gab sie statt einer Antwort zurück. »Ich dachte, ich treffe dich daheim an«, fuhr er fort.

»Du bist zu Hause?«

»Ja.«

»Ich ging davon aus, dass du erst übermorgen kommst.«

»Ich bin aber bereits zurück. Ich musste mich krankmelden, mir geht es nicht so gut. Und wo bist du?«

»Ich bin im *Schwarzen Café*, sitze mit ein paar Leuten zusammen und lasse den Abend ausklingen.«

Lars kannte den Laden in der Kantstraße. »Die Lebenslust bringt dich noch um«, sagte er. Dieser Lebenshunger, diese nie wirklich gestillten Bedürfnisse von Meli, die so oft spürbar waren ... Er spürte Müdigkeit in sich aufsteigen, aber auch Ärger. »Ich will mir dir reden, Meli«, sagte er.

»Das hat doch bestimmt auch bis morgen Zeit. Leg dich lieber hin und ruhe dich aus«, erwiderte sie.

Er war enttäuscht, wollte sie jedoch nicht unter Druck setzen. »Schade, aber wie du meinst. Dann eben ein anderes Mal«, sagte er.

»Ich bleib noch ein bisschen, dann komme ich sowieso nach Hause.«

»Okay.«

Auf dem Weg ins Bad entschied Lars plötzlich, seine Kopfschmerzen und die erhöhte Temperatur zu ignorieren und in die Kantstraße hinüberzulaufen. Es erschien ihm mit einem Mal unglaublich wichtig, Meli zu sehen. Gut möglich, dass er sie von ihren Freundinnen loseisen und doch noch mit ihr reden konnte.

Unterwegs fühlte er sich stärker mitgenommen als gedacht. *Das muss der Infekt sein*, schlussfolgerte er und lief weiter. Als er das Café betrat, schlug ihm dicke Luft entgegen. Da er Meli unten nicht entdecken konnte, ging er nach oben, aber auch dort fehlte jede Spur von ihr. Unschlüssig stand Lars da und fragte sich, wo sie sein könnte. Meli hatte doch klipp und klar vom *Schwarzen Café* gesprochen. Hatten sie sich verfehlt?

Während er sich ziemlich idiotisch vorkam, trat sie aus der Toilettentür und steuerte direkt auf ihn zu. Erfreut sah er sie an, während sie wie angewurzelt stehen blieb, als sie ihn bemerkte. »Was machst du denn hier?«, rief sie schon beinahe empört aus. »Ich habe es mir anders überlegt, weil ich unbedingt mit dir reden möchte. Ich schiebe das schon Monate vor mir her. Außerdem hatte ich Sehnsucht nach dir. Grüß dich, mein Schatz.« Als er sie küssen wollte, wich sie seinem Kuss aus. »Was soll das?«, fragte er. »Stimmt etwas nicht?«

»Du hast doch gesagt, dass du krank bist. Ich möchte mich nicht anstecken. Gerade am Anfang sind Infekte sehr ansteckend«, sagte sie. »Lass uns lieber verschwinden. Ich wollte sowieso gerade gehen«, fügte sie hinzu.

Lars beschlich ein äußerst merkwürdiges Gefühl. Irgendetwas stimmte nicht. Er kannte Meli, sie verhielt sich anders als sonst. Plötzlich erschien ihm dieses Aufeinandertreffen hier im *Schwarzen Café* wie ein lang erwartetes Meeting, das er schon einmal erlebt hatte. Er machte einen Schritt zur Seite, hielt sich an einem Stuhl fest. Er fühlte sich wie in einer Art Delirium. Meli griff nach seinem Arm und zog ihn Richtung Treppe. Die ganze Sache wurde immer seltsamer. »So krank bin ich nun auch wieder nicht«, protestierte er. In diesem Augenblick drehte jemand die Musik lauter. *Stillness in Time* von Jamiroquai schallte durch den Raum. Meli ließ ihn los und drehte sich um. Er folgte ihrem Blick und sah, dass sie auf einen Tisch zuging, an dem ein hochgewachsener Mann saß, der ihn unverhohlen musterte. Als sie angelangt war, legte sie ihre Hand auf den Arm dieses Mannes, als ob sie ihn beschwichtigen wollte. Die Welt hielt für einen Augenblick den Atem an.

Mit zwei, drei Schritten stand Lars neben ihr und sagte grob: »Lass uns gehen!«

Kapitel 34

Wendepunkt

Falk schleppte sie zu einem Trommelkonzert. Dass es ein besonderer Abend wurde, lag an dem exzellenten afrikanischen Trommler, der einige Anwesende sogar in Ekstase trommelte. Sie war viel zu traurig, um sich so ekstatisch und losgelöst wie die anderen dem Rhythmus hinzugeben, aber in ihrem Inneren bewegte dieser Klang etwas, rief Gefühle hervor, die sie längst vergessen hatte. Sie begriff es selbst nicht, doch die Überraschung war perfekt. Als alle immer wilder tanzten und ihre Seele entschlackten, vernahm Sarina den tiefen Ton der Trommel und verstand ihn als einen Ruf des Lebens an sich selbst. Das berührte sie auf ungeahnte Weise. Sie spürte den Pulsschlag der Erde. Es war ein Pulsen, das sich nicht aufhalten ließ. Alle Verzweiflung wich zurück. Die Vibration der Trommel setzte sich in ihr fort. Sie wusste plötzlich genau, was sie zu tun hatte, dachte dabei aber nicht an Tom und schon gar nicht an Rache. In ihr trommelte es. *Move, move on, move.*

»Ich werde verreisen«, sagte sie zu Falk.

»Ja? Wohin?«, fragte er interessiert.

»Das weiß ich noch nicht. Das muss ich mir überlegen, aber ich will auf jeden Fall weg, und zwar ganz allein. Ich brauche eine Auszeit.«

Ich habe einen Tipp für dich«, sagte er.

»Wirklich?«

»Ja. Ich habe Freunde in den Staaten. Die könntest du besuchen und etwas von mir für sie mitnehmen.«

»Du meinst als Dankeschön für das Konzert und das Bier?«

»Du hast es verstanden«, lachte er.

Der Abend wird immer bizarrer, dachte Sarina und fragte: »Warum sollte ich das tun? Das klingt ziemlich verrückt.«

»Weil es ein ganz besondere Platz ist, an dem dein Herz heilen kann. Es ist nur wenigen Menschen vorbehalten, dorthin zu kommen, aber dich werden sie aufnehmen. Du bekommst eine Empfehlung von mir.«

»Warum tust du das – und warum sollten sie das tun?«, fragte sie verdutzt.

»Ich bin einfach so, und Arnold und Miranda ticken ähnlich. Ich spüre, dass du traurig bist, du musst mir nichts erzählen. Ich kenne das Gefühl und möchte dir gerne helfen«, erwiderte er.

Sie musste lächeln. Falk hatte wirklich ein einnehmendes Wesen. So etwas Seltsames war ihr noch nie widerfahren.

»Und? Hast du es dir überlegt? Fährst du jetzt nach Georgia?«, fragte er.

»Das kann doch nur ein Scherz sein.«

»Nein, das ist mein voller Ernst. Entscheide ganz spontan und denk nicht darüber nach. Manchmal muss man alle Vorsicht fahren lassen. Ich suche dir auch einen Flug raus, wenn du möchtest. Ruf mich morgen oder übermorgen an, dann weiß ich mehr. Du kannst im Übrigen solange bei meinen Freunden bleiben, wie du willst.«

Sarina kam sich vor wie in einem Film. »Woher willst du das wissen? Hör zu, das ist bestimmt lieb gemeint, aber ich kann nicht zu wildfremden Leuten in die Staaten fliegen und die Paketbotin für dich spielen. Das ist mir zu abgefahren.«

»Kannst du nicht? Warum? Eben hast du noch gesagt, dass du verreisen willst. Und wenn du zurückkommst, sprechen wir uns wieder«, entgegnete Falk.

Ein Trommelwirbel ertönte und trug die Antwort, die ihr auf den Lippen lag, davon. Es schien ihr, als ob sich ihr Wesen verselbstständigen würde, denn sie sagte: »Okay, buch einen Flug für mich. Gib deinen Freunden Bescheid.« Sie war selbst überrascht, dass sie das gerade gesagt hatte, blieb aber dabei.

An einem regnerischen Tag, wenige Wochen nach diesem Konzert, brachte Tom sie zum Flughafen. »Ich bewahre immer ein Flugticket und ein bisschen Geld im Kühlschrank auf, damit ich Deutschland jederzeit und so schnell wie möglich verlassen kann. Solltest du auch tun«, hatte Rainer ihr einst geraten. Sie hatte sich diesen Rat zu Herzen genommen und bewahrte seither immer eine größere Summe Geld in einer Dose auf. Das versetzte sie in die glückliche Lage, von einem Tag auf den anderen abreisen zu können, ohne Tom um Hilfe bitten zu müssen. Es hätte ihr zu diesem Zeitpunkt zutiefst widerstrebt, Geld von ihm zu verlangen. *Danke, Falk! Danke, Rainer!* rief Sarina im Geiste aus. *So kann ich nun der*

Riesenwelle entgehen, die sich vor mir auftürmt und alles zu verschlingen droht, was mir jemals etwas bedeutet hat. Dank euch kann ich mir diese spontane Abreise, angeregt durch ein Trommelkonzert, leisten, kann ein Meer zwischen mich und eine gewisse andere Person legen. Dank euch kann ich mich vielleicht retten.

Georgia und die Blue Ridge Mountains erwarteten sie. Es war die erste Reise, die sie ohne die Familie antrat, außerdem war sie schon eine gefühlte Ewigkeit nicht mehr in Übersee gewesen. Sie war aufgeregt. Es war spannend, sich nach so langer Zeit alleine in die Arme der großen weiten Welt zu werfen.

Tom wirkte nicht besonders glücklich, obwohl er es hätte sein müssen, da er während ihrer Abwesenheit noch freier entscheiden konnte. Sie saß neben ihm und fragte sich, ob er sich wohl zu einer Entschuldigung durchringen würde. *Das Flugzeug könnte wie diese Airfrance-Maschine abzustürzen.* Sie sprach ihre Gedanken nicht aus, stellte sich nur vor, wie es wäre, mitten in der Krise aus dem Leben zu scheiden. Tom bemerkte von alledem nichts und schien von Reue auch weit entfernt. Er wirkte wie immer unbekümmert. Sie wusste genau, dass er die Schuld eher bei ihr sah und nicht fühlte, was er ihr antat. Sie kannte ihn gut. Irgendwie konnte sie ihn sogar verstehen. Er war verliebt. Das zählte zum Schönsten, was es gab. Liebe war eine Himmelsmacht, hatte man ihr erst einmal Zutritt gewährt, war man ziemlich machtlos. Sie musste ihm ja schon hoch anrechnen, dass er nicht einfach davonlief, wie es einige Ehemänner in ihrem Freundeskreis in den vergangenen Jahrzehnten getan hatten. Sie sah ihn von der Seite an und gestand sich ein, dass sie ihn immer noch liebte. Er war zweifellos ein toller Mann, humorvoll, weltmännisch und hin und wieder auch einfühlsam. Sollte es zwischen ihnen endgültig zum Aus kommen, würde sie diese Anteile von ihm immer vermissen. Zudem war und blieb er der Vater ihrer Kinder. Aber was half das? Dieses Mal war es nicht nur ein ehelicher Wackelkontakt, es war die eisigste Abkühlung, die ein Mensch einem anderen verpassen konnte. Ihre Frustration war riesengroß und brachte die Freude, mit ihm eine Beziehung zu führen, zum Erliegen. Sie war so tief enttäuscht. Wäre es nicht besser, sich exakt an diesem Punkt für immer von ihm zu trennen?

Sie holte tief Luft und wollte eben die endgültige Trennung verkünden, als er sagte: »Du musst mir verzeihen.«

»Ich muss gar nichts, außer diesen Flug bekommen«, erwiderte sie. Dabei erschien ihr die Vorstellung, kein Wir mehr zu sein, sondern bloß noch ein Ich, unerträglich.

»Du weißt genau, was ich meine, Sarina! Verdirb nicht alles. Lass mich nicht als Bösewicht dastehen. Das ist weder für dich noch für mich oder die Kinder gut.«

»Ich verzeihe dir«, sagte sie mit fester Stimme, um die Halbherzigkeit zu übertönen, die in ihr mitschwang. Alle weiteren Gedanken verbot sie sich. Sie würde jetzt in eine andere Richtung fliegen und eine Auszeit nehmen. Das Flugzeug wartete.

Kapitel 35

Melis Unbehagen

Meli wusste nicht mehr ein noch aus. Hart pochte ihr Herz gegen die Rippen. Etwas zog sie, verwob sie, veranlasste sie, Lars stehen zu lassen und zu Tom zu eilen. Sie konnte nicht anders. Es war wie Magie.

Lars rief ihr knurrig hinterher: »Das sind also die Freundinnen, mit denen du dich triffst. Wir gehen auf der Stelle!« Tom blieb seelenruhig sitzen und sagte kein Wort. Ruhelos wanderten Melis Blicke zwischen den beiden Männern hin und her. »Ich melde mich«, sagte sie schließlich und legte Tom beschwichtigend eine Hand auf den Arm. »Ist in Ordnung« erwiderte er gelassen. Sie ging mit Lars zum Ausgang. Draußen fragte er sie barsch: »Was läuft da zwischen dir und diesem Typ?« Sie zog die Schultern hoch. »Bitte lass uns zu Hause darüber reden und nicht hier auf der Straße«, bat sie. Er akzeptierte das. Stumm liefen sie nebeneinander her.

»Ich liebe einen Anderen«, gestand sie ihm in dieser Nacht, erklärte, dass sie sich über alle Maßen von Tom angezogen fühle, erzählte, wie sehr sie sich wünsche, für immer mit ihm zusammen zu sein. Dann heulte sie los. Sie konnte nicht anders.

»Du bist so ein Schaf, Meli!«, sagte Lars. »Bedürftig ohne Ende. Du hast keine Ahnung, was es heißt, etwas mit einem verheirateten Mann anzufangen. Glaubst du ernsthaft, dass er sich für dich scheiden lässt?«

»Er findet mich genauso anziehend wie ich ihn«, erwiderte sie unter Schluchzen.

»Ich hasse den Kerl. Ich hasse es, wenn sich Leute in mein Leben einschleichen, dir nichts darin zu suchen haben. Ist dir das klar?«, fragte Lars in scharfem Ton.

»Ich, ich ... weiß nicht«, schniefte sie.

»Dann mach es dir schnellsten klar. Ich kümmere mich derweil um mich, wenn du verstehst, was ich meine.«

Sie horchte auf. Das klang ernster, als ihr lieb sein konnte. »Was soll das heißen?«

»Ich nehme mir eine Auszeit. Ich will schon lange ein Buch schreiben und denke, dass der richtige Zeitpunkt nun gekommen ist. Wir lassen Gras über die Sache wachsen. Vielleicht gelingt es dir in der Zwischenzeit ja, Klarheit darüber zu erlangen, was du willst und was sein soll. Amore oder finitio amore?«

»Das würdest du tun?«

»Ja.«

»Du willst doch bloß vögeln. Du bist schuld, dass es mit uns soweit gekommen ist.«

»Jetzt mach aber mal halblang, Meli! Du bist es, die mir eben erklärt hat, dass sie einen anderen Kerl liebt. Ich habe weder eine Freundin noch liebe ich eine andere Frau. Ich räume das Feld, damit du dich ausleben und Klarheit gewinnen kannst. Mach mir das nicht zum Vorwurf.«

»Du willst verschwinden. Du nützt mein Vergehen zu deinem eigenen Vergnügen und lässt mich zurück.«

»Ich hasse es, grundlos im Kreis der Verdächtigen zu sitzen und mit Vorwürfen überhäuft zu werden. Spar dir das. Wenn man im Glashaus sitzt, sollte man nicht mit Steinen werfen. Mein Entschluss steht fest. Du hast ihn gerade untermauert. Ich gehe jetzt ins Bett. Ich muss mich von dem Schock erholen, außerdem habe ich Fieber«, sagte Lars entschieden und ließ sie einfach stehen.

Sie gab sich geschlagen.

Zwei Wochen später holte sie Tom vom Flughafen ab. Er wirkte reservierter als sonst. »War das dein Mann beim letzten Mal?«, fragte er missmutig. »Ja, der kam einfach ins Café, das hat mich total überrascht. Er ist zwei Tage früher zurückgekommen als erwartet und wollte unbedingt mit mir reden.«

»Das haben Männer manchmal so an sich«, stellte Tom fest und fügte hinzu: »Dafür ist meine Frau zwischenzeitlich in die Staaten abgereist.«

Seine Aussage berührte Meli unangenehm. Toms Frau war ihr unheimlich. Seit Sarina Schubert Bescheid wusste, schien eine seltsame Macht von dieser Frau auszugehen. Meli spürte, dass ihr Einfluss auf Tom schwand, konnte sich aber nicht erklären, woran das lag. Die Vorkommnisse erfüllten sie zwischenzeitlich mit Misstrauen. Ihr war unbehaglich zumute.

Als sie nach Hause zurückkehrte, war Lars da und bat sie um ein Gespräch. Sie waren sich in letzter Zeit aus dem Weg gegangen. Nun saßen sie beieinander und redeten. Er machte ihr klar, dass von nun an alles anders werden würde.

Kapitel 36

Geliebte Kneipe

Palm stand am Tresen und soff. Was für ein wunderbar heimeliges Gefühl. Die restliche Mischpoke konnte ihn gern haben. Weiber sowieso. Geilen Sex und guten Service hatte er sich von Tamara gewünscht. Und was hatte er bekommen? Die Arschkarte. Nur weil ihnen irgendetwas nicht passte, nahm die eine den Strick, und die andere ergriff die Flucht. Nun war er auch Tamara los. Er sah keine Chance mehr, an sie heranzukommen. Ihr Handy war dauernd abgeschaltet, und sie selbst trieb höchstwahrscheinlich Sachen, die er gar nicht wissen wollte, sonst würde er durchdrehen. Er war abgeschrieben. Verarschung war das. Da war ein kühles Blondes die reinste Erholung. Es wurde Zeit für ihn, endgültig abzuhauen. Ihm würde schon was einfallen.

Kapitel 37

Tonlose Explosionen

Tom wachte um zwei Uhr nachts mit einer Erektion auf, die so heftig war, dass es ihn durchschüttelte. Er hatte das Gefühl, dass sowohl Meli als auch Sarina anwesend waren und brauchte eine ganze Weile, bis er die einsame Realität seines Hotelzimmers erkannte. Seine Verlassenheit verwies den stürmischen Traum in eindeutige Schranken, was seiner Erregung jedoch keinen Abbruch tat. Im Gegenteil, durch die Abwesenheit der Frauen verstärkte sie sich noch. Nichts störte den Frieden seiner Lust. Er wurde weder verschlungen noch sah er sich einer ermüdenden Diskussion ausgesetzt. Angetörnt durch den Traum, frönte er einer Sinneslust, die nicht an die Gegenwart von Meli oder Sarina gebunden war. Das hatte seelenverschlingenden Unendlichkeitswert.

Als er sich von diesem Einbruch in seine nächtliche Wirklichkeit befreit hatte, stand er auf, goss sich einen Drink aus der Minibar ein, schaltete den Fernseher an und zappte durch die Programme. Es war doch immer interessant, was die Kollegen so trieben.

Nach etwa einer Stunde legte er sich wieder hin, aber der Schlaf wollte sich nicht einstellen. Er dachte an seine Frau. Sehnsucht überfiel ihn. Ihm wurde bewusst, dass er sie vermisste. Seit die Sache zwischen ihnen aufgeflogen war, bewegte sich Meli am Rande einer Hysterie und belastete ihn mit Dingen, die nichts mit ihm zu tun hatten. Das hatte er noch nie brauchen können. In seinem Hirn entluden sich tonlose Explosionen.

Kapitel 38

Georgia

Der riesige Flughafen spuckte sie aus wie ein Gepäckstück auf Förderbändern. Ohne jede Möglichkeit der Nachverfolgung ging es in die Tiefe, dann wieder hoch, verschwand in Transportmitteln, wurde von Förderbändern transportiert, um schließlich wie durch Geisterhand ausgeworfen zu werden. Das erfolgte trotz der Undurchdringlichkeit des Ganzen überraschend schnell, wie sie sich verwundert eingestehen musste. Amerika behielt die Sache im Griff. Sie hatte keine Ahnung, wo in diesem gigantischen Gebäude sie sich befand, nahm aber irgendwann dankbar ihr Gepäck in Empfang und strebte einem der Ausgänge zu.

Einsam stand Sarina nun am Bordstein eines Abfahrtsbereichs für Wagen und Busse aller Art, froh, dass sich unter ihren Füßen Pflaster befand und sie ihrem unbekannten Ziel einen Schritt näher gerückt war. Das Flughafengelände hatte, so undurchschaubar wie es war, etwas Beängstigendes für sie. Gierig sog sie die abgasgeschwängerte Luft ein. Im Verhältnis zu der trockenen Luft im Flugzeug und der haltlosen Atmosphäre des Airports erschien sie ihr erfrischend. Es war die bleierne Frische einer Freiheit, die sie viele Stunden lang entbehrt hatte. Genau dieses Gefühl hatte sie während des langen Fluges vermisst, auch die routinierten Abläufe des Flughafens, die stets in eine Richtung drängten, hatten ihr zum Schluss ziemlich zugesetzt. Unentwegte Beförderung, die einem keine Wahl ließ, war nur für kurze Zeit zu ertragen. Sie hielt Ausschau nach einem Fahrer, aber es war weit und breit keiner zu sehen. Mit einem Mal fühlte sie sich zutiefst elend. Um ein Meer zwischen sich und Tom zu legen, hatte sie sich der Verlassenheit preisgegeben. Ihr wurde schummrig. Ihre Beine gaben nach. Als sie spürte, dass sie umzufallen drohte, suchte sie verzweifelt nach Halt.

Plötzlich stand ein Mann neben ihr und fragte, ob sie sich an ihn anlehnen wolle. »Ja«, konnte sie gerade noch stammeln, bevor sie in seine Arme fiel. Fürsorglich stützte er sie. So verharrten sie eine ganze Weile, bis es ihr wieder besser ging. Sie sah ihn an und stellte überrascht fest, dass er ihr bekannt vor kam. »Kennen wir uns?«, fragte sie. »Ich glaube schon«, antwortete er liebenswürdig und fügte hinzu: »Wenn ich mich nicht täusche, saßen sie neulich neben mir bei einer Trauerfeier.«

Sie kramte in ihrem Erinnerungsspeicher nach Informationen, dann rief sie aus: »Oh! Sie sind das! Ja, ich erinnere mich.«

»Die Welt ist ein Dorf. Kaum trete ich aus dem Gebäude, sehe ich sie hier kreidebleich stehen. Da sie außerdem leicht schwankten, habe ich mich als Stütze angeboten«, erwiderte er.

»Sehr lieb von ihnen. Vielen Dank.«

»Gern geschehen, mit Zuständen dieser Art kenne ich mich aus. Wollen sie darüber reden?«

Sarina überlegte nicht lange, sondern erzählte ihm alles. Nicht, dass sie ihn gekannt hätte, nein, aber er war seltsamerweise auch kein völlig Unbekannter für sie. Sie spürte eine Verbindung zu ihm, die weit über das hinausging, was der rationale Verstand begründen konnte.

Er hörte ihr kommentarlos zu, ließ sie sprechen, ohne sie zu unterbrechen. Je länger sie sprach, desto gefestigter fühlte sie sich. Er hieß Roman Bitterfeld und wollte, wie sich herausstellte, in die Blue Ridge Mountains, um sich, wie sie, eine Auszeit zu nehmen. Da standen sie nun im Außenbereich des gigantischen Flughafengeländes und waren sich von einer Minute auf die andere sehr nahe. Als Sarina ihre Geschichte fertig erzählt hatte, sagte Roman: »Hauptsache, die Hauptsache bleibt die Hauptsache.« Sie fand die Aussage ungewöhnlich, begriff jedoch sofort, was Roman Bitterfeld meinte. Sie bedankte sich noch einmal und winkte erneut einem Wagen mit Fahrer. Bevor sich ihre Wege trennten, steckte Roman Bitterfeld ihr noch eine Adresse und Telefonnummer zu. Das freute sie. Sie nahm sich vor, sich eines Tages auf jeden Fall bei ihm zu melden und ihm ein Geschenk zu machen.

Ein Taxi fuhr vor. Sarina hielt dem Fahrer einen Zettel hin, auf dem stand, wohin sie wollte. Der Fahrer hatte noch nie von dem Ort gehört, war sich aber sicher, ihn zu finden. Er verstaute ihr Gepäck. Sie winkte Roman mit feuchten Augen zu. Lächelnd hob er seine Hand zum Gruß.

Sie ließ sich auf den Rücksitz fallen. Der Wagen fuhr los. Dies war eine Zeit vor allen Zeiten. Manches schrieb sich jenseits von Raum und Zeit so fest ein, dass es Teil der ewig seelischen Wahrheit blieb. Mochten sich die Details in der Weite des Rückblicks auch verlieren, die Erinnerung verblassen, sich manches ob der Distanz relativieren, so wirkte es doch weiter. *Unsere Seele spielt die Melodie unseres Herzens, damit wir sie nicht vergessen,* ging ihr durch den Sinn. Zwar war sie sehr traurig, aber gleichzeitig der Zeit enthoben und dadurch frei, neue Entscheidungen zu treffen. *Was hat mich alles bekümmert. Ich habe mir um so viele Dinge Sorgen gemacht. Nun zeigt sich, dass ich keine Ahnung hatte, wie sich echte Verzweiflung anfühlt,* dachte sie und lehnte sich in ihrem Sitz zurück. Wellen der Traurigkeit überrollten sie.

Sie pulste zwar wieder im alten Tempo, doch noch immer spürte sie diese Schwäche eines tief verletzten Menschen in sich, auch hier über dem großen Teich und nach dem Gespräch mit Roman Bitterfeld. Falk fiel ihr ein. Sie war gespannt, was sie erwartete, wie seine Freunde sein würden. Georgia. Wohin hätte sie auch sonst gehen sollen, so verloren, wie sie sich fühlte? War es nicht auch ein witziger Zufall, dass *Vom Winde verweht* zu ihren Lieblingsschmökern zählte? Für sie waren Scarlett O'Hara und Rhett Butler ohne Zweifel eines der leidenschaftlichsten Liebespaare der Weltliteratur. Seit sie die Story kannte, hielt sie sich regelmäßig an einem Satz von Scarlett, der weiblichen Hauptfigur, fest, die in besonders unglücklichen Momenten stets beschließt, erst morgen darüber nachzudenken.

Zwischenzeitlich war ihr auch klar, was das eigentlich bedeutete, dass man nämlich manchmal nur überleben kann, wenn man nicht nachdenkt, sondern das Nachdenken auf morgen verschiebt. Das war auch der Grund, weshalb sie sich jetzt vom Winde verwehen ließ.

Irgendwo in Georgia warteten vollkommen fremde Menschen auf sie, die bereit waren, eine Frau bei sich aufzunehmen, die sich planlos in eine Reise gestürzt hatte. Einfach so. Das mussten außergewöhnliche Menschen sein, so wie die Begegnung mit Falk besonders gewesen war.

Es wurde eine lange Fahrt. Sie fuhren an sanften Hügellandschaften, an Seen und Wäldern vorbei. Alles zog an ihr vorüber. Straßen, Häuser, Einkaufszentren, Parkplätze, Wiesen, eine Kaugummifabrik, neue Straßen, andere Häuser und Einkaufszentren, Menschen.

Auf der anderen Fahrbahn braursten chromblitzende Trucks, wie sie noch nie welche gesehen hatte, in die entgegengesetzte Richtung. Die Trucks erweckten den Eindruck, als würden sie einer Spielzeugwelt entstammen und irgendwohin fahren, wo es ebenso unwirklich war. Sie gab sich der Vorstellung hin, auf dem Trittbrett des Trucks zu stehen. Ihre Haare wehten im Wind, und sie summte ein Lied. Das Leben war unberechenbar und wild. In ihr ertönte Country Musik. Müde und ein wenig entrückt überließ sie sich ihren Träumen. Sie war Lady Truck.

Ich fahre mit meinem Truck die Straße entlang und mir ist nicht bang. Denn für eine winzige Weile mach ich mir keine Sorgen, für einen kurzen Moment denk ich nicht an morgen. Ich halte an vor einem Pub, singe Brandy, du bist ein guter Kerl, aber um die Kurven fährst du viel zu schnell, gröle Whiskey, du bist ein geiler Typ, ach wie habe ich das Leben lieb.

Ich nehme die Straße nach Nashville, küsse Jim und Joe und Bill. Und für eine winzige Weile mach ich mir keine Sorgen, für einen kurzen Moment denk ich nicht an morgen. Mein Truck und ich, wir ziehen durch die Welt und machen, was uns gefällt. Und für eine winzige Weile mach ich mir keine Sorgen, für einen kurzen Moment denk ich nicht an morgen.

Mit dem Sonnenuntergang fahren wir an den träumenden Bergketten entlang und für einen kurzen Moment denk ich nicht an morgen, für eine winzige Weile mach ich mir keine Sorgen. Ich könnte mit meinen dunklen Gedanken das Licht vertreiben, dir aus dem Rinnsal meiner Tränen bittere Briefe schreiben, aber für eine winzige Weile mach ich mir keine Sorgen, für einen kurzen Moment denk ich nicht an morgen.

In der Pubertät hatte sie davon geträumt, Songwriterin zu werden, aber ihre Eltern hielten das für keine besonders gute Idee und bestanden drauf, dass aus ihr einmal etwas Richtiges werden solle, was auch immer sie unter richtig verstanden.

Der Fahrer bremste unerwartet scharf ab und riss sie aus ihren klangvollen Truck-Träumen. Er wandte sich zu ihr um und fragte sie, ob er wirklich in diesen Waldweg abbiegen solle, den das Navigationsgerät anzeige. Sie hatte keinen Schimmer, ob er das sollte, hob die Hände wie zu einer Waagschale und zuckte mit den Schultern. Sie wusste, dass Falks Freunde sehr entlegen wohnten. Dass der Fahrer nun so ratlos reagierte, war nicht gerade beruhigend. »Sorry, I have never been here«, sagte er entschuldigend. »Okay«, sagte Sarina entschlossen und forderte ihn auf, den Waldweg zu nehmen, obwohl sie keine Ahnung hatte, ob das richtig war. Das Taxi rumpelte über Stock und Stein, fuhr durch hohes Gras, weiter und immer weiter ins Unbekannte. Innerlich betete sie darum, dass ihnen weder das Benzin ausgehen, noch dass sie eine Panne haben würden.

Nach einer abenteuerlichen Fahrt, die immer tiefer in den Wald hineinführte, gelangten sie schließlich irgendwo an. Der Fahrer stoppte und gab ihr zu verstehen, dass sie angelangt waren. Das zu glauben, fiel Sarina schwer. Sie sah weder ein Haus noch sonst irgendetwas. Sie kam sich vor wie aus der Welt genommen, um sie herum nichts als Wiesen und Wälder, aber der Fahrer war sicher, dass es genau hier sein musste. Sie blieb erst einmal im Auto sitzen. Plötzlich tauchten zwei Lichtkegel auf. Aus der Dunkelheit kamen eine Frau und ein Mann auf den Wagen zu. Sarina stieg aus, blieb aber abwartend stehen.

Und dann standen Miranda und Arnold Anderson vor ihr und fragten, ob sie der Gast sei, den sie erwarteten. Als sie bejahte, begrüßten die zwei Menschen sie so herzlich, dass ihr die Tränen in die Augen traten. Sie bezahlte den Fahrer und folgte ihren neuen Freunden ins Haus.

Auf Anhieb liebte sie, wie großzügig die Räume geschnitten und dabei bis ins kleinste Detail liebevoll eingerichtet waren, den offenen Kamin, die gemütliche Leseecke, den riesigen Esszimmertisch, die Bilder an den Wänden, die großen Vasen, in denen herrliche Blumensträuße prangten, die geräumige Küche, die durch Fliesen im Schachbrettmuster zu etwas ganz Besonderem wurde.

Sie erhielt ein Zimmer, das alle ihre Erwartungen übertraf. Die Fliesen im Bad waren elfenbeinfarben, die Waschbecken und die Badewanne himmelblau. Die Chromarmaturen glänzten. Ein farblich abgestimmter Blumenstrauß rundete den überwältigenden Eindruck ab. Diese Oase der Erfrischung gehörte, ebenso wie der Schlafraum, für die Zeit ihrer Anwesenheit nun ihr allein. Nachdem sie sich gewaschen und die Zähne geputzt hatte, legte sie sich in das Kingsize-Bett, das herrlich frisch roch. Sie knipste das Licht aus und versank in den weichen Kissen, die sie Falk zu verdanken hatte.

Auf *Rose Garden*, wie das Anwesen hieß, fühlte sich Sarina sofort wohl und aufgehoben. Miranda und Arnold waren so unglaublich liebenswürdig zu ihr, dass sie ganz vergaß, dass sie sie eben erst kennengelernt hatte. Am zweiten Abend gaben sie sogar extra eine Barbecue-Party für sie und brachten sie mit weiteren bemerkenswerten Menschen aus ihrem näheren Umfeld in Kontakt.

Das Grundstück der Andersons war riesig. Sarina musste achtgeben, dass sie sich nicht verlief. Stundenlang ging sie auf dem weitläufigen Gelände spazieren. Dabei begegnete ihr nie eine Menschenseele. Ließ es das Wetter zu, badete sie in einem herrlichen

Swimmingpool, der sich einsam, aber äußerst gepflegt in der Mitte des riesigen Grundstücks befand. Oder sie saß, sofern ihre Gedanken von den Umständen zu Hause frei waren, von tiefem innerem Frieden erfüllt, unter Bäumen, um von einem Leben zu träumen, dessen Wendungen sich deutlich von denen unterschieden, die ihr Leben innerhalb kürzester Zeit so total auf den Kopf gestellt hatten.

Mehr und mehr gelang es ihr abzuschalten. Frei von Hetze, trat sie den Weg, zurück zu sich selbst an. Das Tagebuch, das sie führte, füllte sich mit Bildern, Erkenntnissen, Gedichten und Songtexten. *Jenseits der Hast und abseits aller Schwierigkeiten ist das Leben ein wundervolles Gebilde, in dem man mühelos dahingleitet, ohne jemals anzuecken. Türen öffnen sich wie von Geisterhand, geben den Blick und den Weg frei auf große, kleine, winzige, manchmal kaum sichtbare Räume, die zu einem magischen Ganzen verbunden sind, das uns beschützt und das uns hilft zu leben,* schrieb sie. Seit vielen Jahren hatte sie nicht mehr Tagebuch geführt. Nun erfüllte es ihr einen wertvollen Dienst.

Arnold und Miranda und alle anderen, die bei ihnen ein- und ausgingen, respektierten ihr Bedürfnis nach Rückzug und Stille. Sie konnte sich jederzeit zurückziehen, ohne deshalb schräg angesehen zu werden. Falk hatte nicht zu viel versprochen. *Das sind die liebsten Menschen, denen ich je begegnet bin. Ihr Anwesen atmet Frieden, reinsten Frieden,* schrieb Sarina ihm in einer SMS.

Ich bin gut angekommen. Ein tiefes, weites Meer liegt nun zwischen dir und mir, simste sie Tom.

Je länger ihre Anwesenheit dauerte, desto mehr genoss Sarina dieses Wald- und Wiesenanwesen, diesen Park in the middle of nowhere. Der Aufenthalt bei Arnold und Miranda war Balsam für ihre Seele und lehrte sie, Georgia zu lieben. Arnold zeigte ihr die Umgebung, wundervolle Gärten mit herrlichen Alleen und die Blue Ridge Mountains. *Verzaubertes Land*, nannten die Indianer das Gebiet, auf dem sie sich aufhielt. Das war es auch. Einst von den Cherokees bewohnt und geheiligt, verströmte es einen Zauber, dem sie sich nicht entziehen konnte.

Eine seltsame Magie erfasste sie. Sie empfand sich so wirklich, so wahrhaft wirklich, wie nie zuvor. Dass sie hier war, erschuf ihre Wirklichkeit neu. Sie schrieb in ihr Tagebuch:

Wirklich zu sein, ist die selbstverständlichste Sache des Universums. Obwohl ich es immer ahnte, begreife ich das erst jetzt. Ich habe schlichtweg vergessen, wer ich wirklich, wirklich bin und musste erst wieder daran erinnert werden. Ich wünschte, jeder Mensch auf Erden würde erfahren und erleben, was das heißt. Dann würde es keinen Hass und keinen Unfrieden mehr auf dieser Welt geben. Viele glauben nicht daran, wahrhaft wirklich zu sein, sogar wenn die Erinnerung in ihnen aufblitzt, weil sie sich als ein biologisches Produkt betrachten, das dem Verfall preisgegeben ist. Doch das stimmt nicht. Wir sind weit mehr als unser Körper und unser Geist. Wir sind Teil von etwas Größerem, das unauflösbar mit uns verbunden ist. Ich bin froh, hier zu sein. Sowohl Miranda und Arnold, als auch dieser Platz sind unvergleichlich. Mein Hiersein löst Gedanken und Gefühle in mir aus, die ich nie zuvor hatte. Der Zeitpunkt ist goldrichtig, denn der Tanz auf dem Vulkan zuhause hätte mich zerstört. Im Grunde muss ich Tom dankbar sein. Ich glaube, dass sich meine Bewusstseinsintensität erhöht und meine Bewusstseinsquantität zugenommen hat, verstehe aber nicht ganz, woher das rührt. Es ist einfach magisch. Das Gefühl, endlich wahrhaft wirklich zu sein, ist unglaublich. Ich beginne zu begreifen, was Matrix bedeutet. Ich fange an, mich aus dieser Matrix herauszuschälen, und das ist so wundervoll. Eines Tages werde ich versuchen, meinen Kindern zu erzählen, was das bedeutet, obwohl es fast unmöglich ist, es zu erklären. Im Stadium der reinen Selbstverwirklichung überschreitet man alle Sinne und taucht ein in die unendliche Wonne ewiger Verbundenheit. Man ist dann von Frieden erfüllt, frei und voller Dankbarkeit. Die meisten Menschen verstehen unter Selbstverwirklichung etwas anderes, etwas, das eher an Selbstsüchtigkeit erinnert. Einige haben zwar begonnen zu begreifen oder doch zumindest zu erahnen, was es heißt, das Selbst wahrhaft zu verwirklichen, aber der Großteil der Menschheit jagt noch immer einer falschen Fährte nach, einer sogenannten Verwirklichung, die in Wahrheit keine ist, sondern der Selbstzerstörung dient. Weil wir, und sei es noch so subtil, von Angst statt von Liebe beherrscht und zudem manipuliert werden, befinden wir uns nahezu alle auf der Jagd nach irgendetwas, sei es nun Macht, Geld, Sex, Sicherheit, Erfolg, Anerkennung, Berühmtheit, Beliebtheit, Glamour. Es herrscht ein unglaubliches Gedränge. Doch tief in unserem Inneren, weit drinnen, wo wir so tief sind wie das Meer an seiner tiefsten Stelle und so blau wie die Blätter der schönsten Kornblume, tief in unserem Inneren, wo wir so tief sind, dass kein Ankertau dorthin reicht, da an dieser allertiefsten Stelle sind wir so klar wie das allerreinste Glas. Und die Antwort ist genau dort.

Sarina schrieb und schrieb, trug Schichten ab, legte Stück für Stück beiseite, drang zu ihrer Seele vor. Alles, was sie von der Wirklichkeit trennte, wich. Weil sie ihr HIERSEIN fühlte und sich ihrer Präsenz vollständig bewusst war, spürte sie darüber hinaus die Unvergänglichkeit und die Heiligkeit des Lebens. Georgia hatte sie gerufen, als ihre Welt auseinanderzubrechen drohte, und sie war dem Ruf gefolgt. In ihr trommelte es. *Wake up!* Sie wachte auf. Sie war nun schon mehr als zwei Wochen hier und hatte bisher kaum geschlafen. Tagsüber war sie sowieso wach und nachts geisterte sie wie ein Gespenst durch ihr Leben. Als würde sie gebeamt, wechselte sie von einem Ort zum anderen, durchquerte Weltenräume, obwohl tausende von Kilometern dazwischen lagen. Bei all der Anstrengung verspürte sie seltsamerweise keine Müdigkeit. Daheim hätte eine Phase wie diese sie gestresst und womöglich um den Verstand gebracht, hier fühlte sie sich dennoch ausgeruht.

Es war Nacht. Draußen goss es in Strömen. In dem Gefühl, dass dieser Regen die ganze Welt wegschwemmen würde, wusste sie plötzlich, dass es noch nicht zu Ende war. Die Abziehbilder ihres Lebens hatten noch immer viel Macht. In schreiblustiger Schlaflosigkeit schrieb sie erneut in ihr Tagebuch.

Mehr Geld, mehr Geilheit, mehr Bewunderung, mehr Liebe, selbst wenn das heißt, über Leichen zu gehen oder an der Zerstörung der Erde mitzuwirken oder andere Menschen zu verletzen. Sich aus den Klauen der Gier zu befreien, ist nicht einfach. Wir alle sind Teilchen des Getriebes. Niemand bleibt verschont. Die Leistungsorientierten werden zu einem Rädchen, das immer schneller laufen muss, um dem scheinbaren Leistungsbedarf gerecht zu werden. Hart trifft es auch uns, die Bindungsorientierten. Jahrelang suchen wir liebeshungrig und liebesgläubig nach einem Menschen, mit dem wir uns verbinden wollen, um schließlich zu erkennen, dass wir uns geirrt haben oder eingerostet sind. Wir begeben uns in Besitzstände und verlieren dabei den Zauber. Wir sind eine Scheidungsgesellschaft ohne Antworten und eine Sofageneration, die sich volldröhnt. Verleugnung ist unsere Grundhaltung, denn die Wahrheit fällt uns schwer. Wer nicht lügt, übt sich in der Kunst des Nichtsagens. Wir tragen Masken, oft eine über der anderen. Es ist ein langer Weg zu werden, was wir wirklich sind, zu sagen, was wir ehrlich meinen, zu leben, was wir wahrhaft fühlen und zu tun, was wir wirklich wollen. Oft meinen wir nicht, was wir sagen oder sagen nicht, was wir meinen. Wir fühlen nicht, was wir denken oder denken nicht, was wir fühlen. Und wir tun nicht, was wir fühlen oder fühlen nicht, was wir tun. Dazu müssten wir die Abziehbilder für immer beseitigen.

Ich bin in Georgia, und der Regen fällt und fällt unablässig in diese Welt, drängt in meine schlaflose Nacht, als hätte ich schon ein ganzes Leben so zugebracht. Ich setze mich auf und schaue mich um. Wer bin ich? Was bin ich?

Wie bin ich? Wozu bin ich? Wo befinde ich mich wirklich? Wohin gehe ich? Wann komme ich an?

Da ist ein Spiegel in dem Raum und schaut mich an. Er schweigt. Ich bin es, die ihm die Zähne zeigt In dieser schlaflosen Nacht in Georgia. Und der Regen fällt und fällt unablässig in diese Welt, drängt in meine schlaflose Nacht, als hätte ich ein ganzes Leben so zugebracht.

Sie schlief wieder ein. Ihre Wahrnehmung folgte ihr, drängte in ihre Träume und holte sie zurück. Nach einer kurzen Schlafphase war sie erneut hellwach. Ein Summen stieg in ihr hoch.

Sie setzte sich auf, schrieb den Text auf einen Zettel, erhob sich, ging leise in die Küche und kochte sich einen Tee, saß in der Küche und spürte Weh, legte sich wieder ins Bett, reiste wie im Flug nach Hause, fand das Haus leer, reiste wieder hierher nach Georgia.

Kurz vor sechs hielt sie es nicht mehr aus, stand so vorsichtig und still wie irgend möglich auf, um niemanden zu wecken, zog sich etwas an und verließ unbemerkt ihr Domizil. Die Nacht noch an der linken und den Tag schon an der rechten Hand glitt sie in den anbrechenden Morgen hinein und marschierte an den Blumenbeeten vorbei Richtung Wald. Stille umgab sie. Der Regen, von dem sie in der Nacht gedacht hatte, dass er die ganze Welt wegschwemmen würde, war verschwunden und hatte außer ein paar Schwaden, die wie Gespenster zwischen den Bäumen hingen, nichts zurückgelassen. Die trockene Erde hatte ihn einfach aufgesaugt und verschluckt.

Sie verschmolz mit der Dämmerung. Der beginnende Tag sog sie in sich auf, so wie die Erde die Nässe absorbiert hatte, und übergab ihr aufgewühltes Sein den pastellenen Farben des immer heller werdenden Morgenlichts. Mit zügigen Schritten durchquerte sie das Grundstück. Alle Schatten wichen zurück. Sie sah zwischen den Bäumen die aufgehende Sonne flimmern. Es war wunderschön. Wenig später brach sich das Gleißen Bahn und Sarina tauchte darin ein. Sie fühlte sich völlig eins mit sich, verspürte keinerlei Zeitdruck. Sie war sich sicher, dass keiner sie vermissen würde. Miranda und Arnold gingen jeden Morgen zur Arbeit und kamen erst am Abend zurück. Ihre geschlossene Zimmertür würde sie mit Sicherheit abhalten, nach ihr zu sehen.

Zielstrebig näherte sie sich einem größeren Waldstück, das an das Gelände der Andersons angrenzte und das sie magisch anzog. Ihr Blick fiel auf einen großen Stein neben einem Baumstumpf, der das Ende des Weges markierte und auf ein Bächlein, das rechts sichtbar wurde. So wie es aussah, bildete es den Saum des Waldes, der nach oben hin anstieg. Um für den Rückweg eine Orientierung zu haben, prägte sie sich diesen Platz fest ein. Dann verließ sie das Wiesengrundstück und betrat über einen kleinen Trampelpfad den Wald.

Geräuschlos nahmen die meterhohen Bäume sie auf, bildeten über ihr ein Dach, atmeten Jahre und Menschenleben, ohne sich darum zu scheren, was sie da tat. Sicherheitshalber merkte sie sich die Wurzelformationen an einer Stelle. Sie wollte schließlich wieder zurückfinden.

Es war schattig. Das Sonnenlicht wich einer zeitlosen Dämmerung, denn die dichten Baumkronen ließen nur wenig Licht bis zum Boden durchdringen. Ihre Augen, noch geblendet vom Licht draußen, gewöhnten sich nur langsam an die Abdunkelung. Die tiefe Ruhe, die hier herrschte, tat ihr auf Anhieb gut. Ein Gedicht von Bert Brecht kam ihr in den Sinn, in dem der Dichter den Abschied und die Liebe beschwor. *Ich habe dich nie je so geliebt, als wie ich fortging von dir, ... , der Wald schluckte mich, der tiefe, dunkle Wald, über dem immer schon die Gestirne des Westens hingen,* flüsterte Sarina leise. Eine tiefe Melancholie bemächtigte sich ihrer. Wie eine Beute zog der Wald sie in sein Inneres und umschlang sie mit seinen dämmrigen Armen. Kurz dachte sie an Tom und an die Kinder. Das veranlasste sie zurückzuschauen. Sie erkannte den Waldrand, der am Grundstück der Andersons entlanglief. Einen Augenblick lang zögerte sie, dann lief sie an efeuumschlungenen Stämmen vorbei, stieg über spitze Geflechte aus Ästen immer tiefer in das Schattenreich hinein.

Wie ein wattierter Mantel hüllte die Lichtarmut sie ein. Gerüche von Erde, Moos und feuchtem Laub drängten sich ihr auf. Es beruhigte sie, dass es Spuren gab, die belegten, dass schon vor ihr Menschen dem Ruf dieses Waldes gefolgt waren, aber als das Gestrüpp dichter wurde, verloren sich diese Spuren und die Trampelpfade endeten. Sie bahnte sich einen Weg, grub sich immer tiefer in diesen Wald ein, der sie vor den Augen der Welt schützte. Manchmal knackte es im Geäst, aber das beunruhigte sie nicht weiter. Wer sollte ihr hier schon begegnen, außer vielleicht ein Waschbär oder ein Opossum? Zu ihrem Bedauern zeigte sich kein Tier, obwohl immer wieder ein Rascheln zu hören war.

Als sie weiterging, wuchs die Präsenz der Bäume übermächtig an. Die Wipfel rauschten. Sie fühlte, dass sie zugleich drinnen und draußen war, denn der Wald gewährte ihr zwar großzügig Schutz, verweigerte ihr aber den Eintritt in sein eigentliches Wesen. Weder die Anzahl der Bäume noch das Dazwischen gaben etwas von sich preis. Mit zügigen Schritten erklomm sie den Abhang, an dem der Wald hinaufführte. Hin und wieder warf sie einen Blick zurück, um für den Rückweg ein Gefühl zu bewahren, aber mehr und mehr überließ sie sich dem Rauschen, stieg ständig weiter bergan, folgte einem lautlosen Ton, von dem sie nicht wusste, was er bedeutete und wohin er sie führen würde. Sie wusste nur eins, sie war aus dem Leben, das sie bisher geführt hatte, entlassen. Sie konnte gehen, wohin und wie lange sie wollte.

Von Baum zu Baum wurde die Distanz, die sie zwischen Vergangenheit und Zukunft legte, größer. Als sie sich dem ersten oberen Absatz des Waldgeländes näherte, lichteten sich die Bäume ein wenig. Sie registrierte das, beschriftete ihre imaginäre Wanderkarte neu.

Ihre Innenwelt schien aus sich herauszutreten wie ein kleiner wandelnder Baum, der sich entblättert. Vielleicht fand sich in diesem Schattenreich ja ein Plätzchen, an dem sie ein wenig Licht tanken und für einen Augenblick Wurzeln schlagen konnte. Lange, lange ging sie weiter, vergaß zurückzublicken, war so beschäftigt damit, sich durchs Gebüsch des unteren Waldes zu kämpfen. Alle Gedanken an zuhause fielen von ihr ab.

Plötzlich lag eine weiße Lichtung vor ihr. Wartend. Das irritierte Sarina, weil die abgeschlagenen Bäume Menschenhand verrieten, wo sie keine vermutete. Sie umrundete die Lichtung einige Male, fand in der Absichtslosigkeit des Umrundens etwas, das sie vermisst hatte. Der Wald schien sie zu verstehen. Er war schön, und es fühlte sich voller Frieden an, ihn zu begehen. Sie sog seinen erdigen Geruch ein. *Gemessen an der Ewigkeit ist das Dasein nur ein winziger Augenblick. Selbst wenn man 80, 90 oder 100 Jahre alt wird, ist es doch nur ein Hauch,* dachte sie und ging beschwingt weiter. Die Frische des Morgens belebte sie. Die Zeit löste sich auf.

Nach etwa zwei Stunden stieß Sarina erneut auf die Lichtung, dieses Mal von einer anderen Seite. Das überraschte und erschreckte sie, denn ihr wurde klar, dass sie im Kreis gelaufen war, ohne es zu bemerken. Mit ihrer Orientierung konnte es nicht weit her sein. Sie beschloss, den Rückweg anzutreten.

Doch der vermeintlich gut gemerkte Rückweg war beirrend anders, als sie ihn in Erinnerung hatte. Das brachte sie ganz durcheinander. Als ihr klar wurde, dass sie ihr Handy im Zimmer liegengelassen hatte, wurde ihr fast schlecht. Ihr Handy hatte die dumme Angewohnheit, nie da zu sein, wenn sie es ernsthaft brauchte. Wie oft hatte Tom deshalb schon mit ihr geschimpft. Genützt hatte es wenig. Sie hatte noch nie etwas für das ständige Zusammensein mit Handys übrig gehabt. *Wahrscheinlich gibt es hier im Wald sowieso keinen Empfang,* tröstete sie sich selbst und beschleunigte ihren Gang.

Kam ihr eine Stelle vertraut vor, lief sie abwärts. Doch die Unwegsamkeit und dass sie keine eindeutigen Spuren oder Zeichen erkennen konnte, machten ihr zu schaffen. Sie fing an, sich immer stärker zu beunruhigen.

Als sie nach einer halben Stunde Kampf mit diesem ungebändigten Wald wieder an der gleichen Lichtung ankam, überfiel Sarina leichte Panik. Hektisch hastete sie vorbei und schlug sich, einer anderen Richtung als zuvor folgend, ins Unterholz zwischen den vielen Bäumen hindurch. Gestrüpp streifte ihre Beine, erschwerte ihr das Weitergehen. *Ich befinde mich irgendwo im Nirgendwo von Georgia, in einer mir völlig unbekannten Gegend. Wie konnte ich nur so blöd sein? Hier findet mich kein Mensch,* dachte sie nervös. Ihr wurde ganz anders zumute. Sie befand sich in einem Landstrich, von dem sie keine Ahnung hatte.

Schlagartig erschien ihr alles überstürzt und widersinnig. Ihre Abreise von zu Hause, das übereilte Verlassen des Grundstücks, ohne einer Menschenseele ein Sterbenswörtchen zu sagen oder wenigstens ein paar Zeilen zu hinterlassen. Sie hatte sich in eine unwegsame Situation gebracht. Wozu eigentlich? Was wollte sie damit bezwecken? Und warum war sie sich bloß so sicher gewesen, den Weg zurückzufinden? Rückwege waren keineswegs identisch mit Hinwegen, sie konnten sich dramatisch unterscheiden, das hätte ihr klar sein müssen. Den Hinweg zu kennen, hieß noch lange nicht, etwas über den Rückweg zu wissen. Sie hatte sich getäuscht. Der Rückweg erforderte, so wie es aussah, eine neue Wahl, denn der Wald hatte sie tatsächlich nicht nur aufgenommen, sondern verschluckt. Unergründlich grün grinste er sie an, demonstrierte ihr, wie nichtig und klein sie war. Dass er sie von der Welt abschirmte, erschien ihr plötzlich nicht mehr liebenswert und schützend, sondern radikal. *Vom Winde verweht,* dachte sie und wurde immer unruhiger. Verborgene Urängste flackerten in ihr auf. Sie versuchte sich zu beruhigen und in schamanischer Weisheit mit diesem Wald Verbindung aufzunehmen. Aus der Verbundenheit heraus würde sie den Weg zurückfinden. Aber das war falsch gedacht. Die Beunruhigung, die von ihr Besitz ergriffen hatte, war zu groß. *Das hier kann gehörig schiefgehen,* warf sie sich vor. Ihre Ehekrise blitzte in ihr auf und spottete: *Deutsche Frau in Georgia spurlos verschwunden! Welche Ironie des Schicksals! Nach einer angemessenen Trauerzeit kann Tom diese Melanie heiraten und mit ihr bis ans Ende seiner Tage glücklich sein. Manche Dinge regeln sich ganz von allein. Miriam, Michael, Marilena, ich liebe euch so sehr, vergesst mich nicht!* Sie hatte großen Durst und war mittlerweile auch ziemlich hungrig. *Ich werde morgen darüber nachdenken,* sagte sie sich und musste schmunzeln. Der Satz verfehlte nie seine Wirkung, auch dieses Mal nicht. Er animierte sie zu einem Schlachtplan.

Sie legte sich auf den Waldboden, drückte ein Ohr dagegen und lauschte. Bei den Indianern funktionierte das so, hatte sie gelesen. Doch sie hörte nur ein Rauschen, das aus ihrem eigenen Ohr zu kommen schien. Dafür kam ihr eine Idee. Das Bächlein am unteren Saum des Waldes fiel ihr ein. Sie würde diesen Bach finden und sich an ihm orientieren, also so lange an ihm entlanggehen, bis die Stelle auftauchte, die sie markiert hatte. Sie wusste noch genau, in welche Richtung er floss.

Der Weg nach unten führte über Terrain, das ihr vollkommen fremd war und zudem immer undurchdringlicher wurde. Das rief erneut Panik in ihr hervor. Am liebsten hätte sie sich auf den Waldboden gehockt und geheult. Verzweifelt stolperte sie abwärts, holte sich Kratzer dabei und schnitt sich einige Male. Auf halber Höhe des Abhangs flog plötzlich ein himmelblauer Ball an ihr vorbei und verfing sich im Gebüsch. Verwundert hob Sarina den Ball auf. Bunt bekleidete Prinzessinnen tummelten sich auf ihm und starrten sie keck an. *Wahrscheinlich fallen gleich noch ein Thunfisch-Sandwich vom Himmel und eine Flasche Cola.* Ein Kichern stieg in ihr auf. *Wenn wir es ihr erlauben, ist die Wirklichkeit ein Wunder.*

Sie hörte jemanden rufen, drehte sich um und schaute nach oben. Durch die Bäume hindurch erkannte sie eine Bewegung, ein Winken. Die Stimme klang merkwürdig vertraut. Sie nahm den Ball und ging den Hang wieder hoch. Alles war gut. Jemand hatte sie gefunden. Beim Näherkommen erkannte sie, dass es Roman Bitterfeld war. Sie traute ihren Augen kaum. Er kam ihr vor wie eine Luftspiegelung.

Kapitel 39

Zusammentreffen

Roman beobachtete Sarina schon eine ganze Weile. Es sah für ihn so aus, als irre sie völlig konfus durch den Wald. Angesichts dieser Erkenntnis hätte er sich am liebsten wieder in das Waldhaus verkrochen, in dem er seit Wochen mit sich selbst und um seinen Seelenfrieden rang. Zusätzliche Probleme brauchte er nicht, denn davon hatte er genug. Eine Frau, die aus welchen Gründen auch immer planlos fehlging, war ebenso unberechenbar wie Anne, und damit wollte er nichts mehr zu tun haben. Doch etwas, das stärker war als diese drängende Überlegung, verhinderte sein Davonlaufen und ließ ihn den Ball werfen. Dass er überhaupt auf Sarina aufmerksam wurde, hatte mit seiner Überwachheit zu tun, die von schlechtem Schlaf und schlimmen Albträumen herrührte.

Wie so oft seit Annes Tod, stellte er sich die Frage, wieso er seine Lebensgefährtin eine Woche lang völlig aus seinen Gedanken verdrängt hatte, anstatt sich um ihren Verbleib zu kümmern. Vielleicht hätte er das Schreckliche verhindern können, wenn er rechtzeitig zur Stelle gewesen wäre. Noch immer beschäftigte ihn ihr Suizid stark, noch immer hielt er Zwiesprache mit ihr, ging die letzten Begegnungen durch und versuchte, sie zu analysieren. Oft fühlte er sich dann so ohnmächtig, dass ihm die Zukunft wie ein einziges Dunkel erschien.

Ein Passant, dem etwas Merkwürdiges am Fenster von Annes Wohnung aufgefallen war, hatte die Polizei benachrichtigt. Die wiederum setzte Annes Familie in Kenntnis, erst danach erreichte die Schreckensbotschaft ihn. Annes Bruder Matthias rief an und teilte sie ihm mit. Den Unterton in seiner Stimme würde Roman nie vergessen – es war, als würde eine Bombe geräuschlos zerplatzen. Die Wirkung war so verheerend, dass Roman das Blut zu Eis gefror. Er versuchte, Matthias davon zu überzeugen, dass es gut gemeint war, Anne nach der von ihr herbeigeführten Trennung in Ruhe zu lassen, aber Matthias verbot ihm schon nach den ersten Sätzen das Wort. Roman begriff, dass er weder verstehen konnte noch wollte. Wie sollte er auch? Letzten Endes war es von ihm ja tatsächlich eine Fehleinschätzung gewesen, wie er sich eingestehen musste. Wie sollte er das je rechtfertigen? Zumal er als Therapeut es hätte besser wissen müssen. Etwas war fürchterlich danebengegangen, etwas, das zu diesem grauenhaften Schritt beigetragen hatte, ob ihm das nun passte oder nicht. Dass Schlimmste daran war, dass er sich sowohl in ihr als auch in sich selbst getäuscht hatte. Es gab eine Anne, die er nicht kannte, die ihm immer fremdgeblieben war – und es existierte ein Roman, den das kein bisschen gekümmert hatte. Das war eine gewaltige Unterlassungssünde, vor allem für einen Mann wie ihn.

Die Detonation dieser Todesnachricht rüttelte an seinen Grundfesten. Er musste sich eingestehen, dass er weitaus weniger vollkommen war, als er sich eingebildet hatte, dass seine Menschenkenntnis im direkten Umfeld versagen konnte. Das erschütterte ihn zutiefst. Mochten im sichtbaren Raum die Veränderungen im ersten Moment auch kaum auffallen, im Seelenraum veränderten sie alles, rissen tiefe Krater auf. Nichts würde je wieder so sein, wie es einmal gewesen war. Anne hatte ihn zum Schuldigen gemacht, damit musste er leben. Sogar der Tod seiner Frau wich vor ihrem Abgang zurück und erschien in einem anderen, besseren Licht, als er es je für möglich gehalten hätte. Roman ließ sich an einen Baum sinken und weinte. Ihm war bewusst, dass er sich in der Diskrepanz zwischen Eingeständnis und Akzeptanz bewegte und dass es noch sehr lange dauern konnte, bis er diesen Zustand überwand. Labile Errungenschaften, die durch äußere Umstände leicht zum Einsturz gebracht werden konnten, waren ihm durch seine Arbeit sehr vertraut. Das Überlebensschuldgefühl, das an ihm nagte, war zu heftig, um einfach von heute auf morgen zu verschwinden.

Fassungslos starrte er zwischen den Bäumen hindurch auf die Frau, der er schon auf dem Flughafen Schützenhilfe geleistet hatte, und sehnte sich heftig in die Geborgenheit seines Blockhauses zurück. An diesem Rückzugsort, auf dessen Terrasse er unter so gleichgültigen Sternen lebte, dass sein aufgewühltes Sein keinen Nachhall fand, fühlte er sich sicher. Dort hinderte ihn niemand daran, vor sich hinzubrüten. Er hatte allen Grund, sich von Frauen, die unglücklich waren, fernzuhalten, denn seine therapeutische

Zuversicht tendierte momentan gegen Null. Stattdessen blieb er wie festgenagelt stehen und wartete er wie ein Depp auf das Näherkommen dieses zarten Wesens.

Sie kämpfte sich durchs Unterholz zu ihm hoch. Zum Fliehen war es definitiv zu spät. *Warum habe ich ihr bloß diesen kitschigen Mädchenball vor die Füße geworfen? Hätte ich sie doch nur querwaldein springen lassen. Welcher Kobold hat mich bloß geritten? Was tut sie überhaupt hier allein im Wald? Verrückte Welt,* dachte er und streckte ihr auf dem letzten Stück die Hand entgegen, um ihr den Anstieg durchs Gestrüpp zu erleichtern. Zögernd, beinahe schüchtern ließ sie sich helfen. Mit einem Ruck zog er sie auf den Pfad hoch, auf dem er stand. Mit dem Ball unterm Arm blieb sie eine Armlänge von ihm entfernt stehen und schaute ihn lächelnd an. Ihr Blick machte die Welt wieder geltend. Weil sie so ungläubig guckte, fühlte er sich bemüßigt zu sagen: »Wir kennen uns. Schon vergessen?«

Sie nickte, legte den Ball auf den Boden und schwieg.

»Was für eine Überraschung!«, fuhr er fort.

»Das kann man wohl sagen«, erwiderte sie.

Ihre Wangen glühten und eine Haarsträhne fiel ihr ins Gesicht. Das berührte ihn auf ganz besondere Weise. Abwartend sah sie ihn an und wirkte dabei irgendwie hilflos. »Come closer«, sagte er, zog sie zu sich heran und nahm sie fest in die Arme, was sie ganz selbstverständlich geschehen ließ. Er atmete das dunkle Licht der Liebe, das aus ihr herausströmte und genoss die Wärme ihres weichen Körpers. Als sie sich aus der Umarmung herausschälen wollte, bat er mit sanfter Stimme: »Bitte bleib noch ein wenig!« Und da blieb sie, als ob sie nie etwas anderes getan hätte, als in seinen Armen zu liegen.

»Mmmh, das fühlt sich gut an«, sagte er nach einer kleinen Weile.

»Ja«, erwiderte sie schlicht.

Ein heftiges Defizit bemächtigte sich seiner und mit diesem Gefühl ging die Unschuld hinter den Bäumen schwänzeln. Schuldbeladen blickte er sie an. Sie war viel zu hübsch, um so allein durch den Wald zu tappen und er war viel zu belastet, um sich solchen Gefühlen hinzugeben.

Plötzlich war lautes Donnergrollen zu hören.

»Ein schweres Gewitter ist im Anmarsch und in Georgia ist mit Gewittern nicht zu spaßen«, sagte er.

Sie wandte den Blick nach oben. »Ja, es ist ganz dunkel geworden.«

»Am besten wir gehen so schnell wie möglich zu dem Haus, in dem ich wohne. Es liegt ganz in der Nähe«, fügte er hinzu.

Sarina nickte zustimmend. »Ich weiß, während eines Gewitters soll man Bäume unbedingt meiden.«

Er ging voran. Als sie die Lichtung überquerten, ging es bereits los. Stürmisch blies der Wind durch die Bäume. Krachende Geräusche und zuckende Blitze zerrissen die Geborgenheit des Waldes. Es toste. Noch ehe sie sich versahen, prasselte Platzregen auf sie nieder. Als hätten sie das miteinander vereinbart, blieben sie gleichzeitig stehen und ließen den Schauer über sich ergehen, der sie bis auf die Knochen durchnässte. Sarina zeigte keine Angst und lehnte sich vertrauensvoll an ihn. *Weit entfernt von gut und böse,* dachte Roman. Frische Luft strömte durch die Glasglocke, unter der er sich seit Annes Tod befand. Ihm war, als würde seine Seele durchspült und gewaschen. Das Gewitter fegte nicht nur die schwüle Spannung hinweg, sondern auch seine Bedenken, was die Gegenwart von Sarina betraf.

Die Windstöße und die grellen Blitze wurden heftiger. Es war unheimlich. Er fasste sie an der Hand. Gemeinsam rannten sie erneut los. Er hatte das Gefühl, einen einzigartigen Augenblick zu erleben. Glück blitzte in ihm auf.

Hand in Hand liefen sie zum Haus. Sogar die hübschen Korbmöbel waren nass geworden, obwohl die Veranda überdacht war.

»Zauberhaft«, rief Sarina beim Anblick des weißgestrichenen Holzhauses begeistert aus.

Roman lächelte. »Mir gefällt es auch. Ein amerikanischer Freund, der in Atlanta praktiziert, hat es mir überlassen, weil ich dringend eine Auszeit brauchte.«

Sie traten ein.

Er gab ihr Handtücher und trockene Kleidung, fügte Kordeln, mit denen sie sein weites Hemd umwickeln konnte, hinzu und zeigte ihr, wo sich das Bad befand. Dann legte er Countrymusik auf.

Als sie aus dem Bad kam, hielt er ihr eine Tasse heißen Tee hin und bat sie, es sich gemütlich zu machen. Friedlich saßen sie nebeneinander. Ihm war, als hätten sie sich schon immer gekannt. Er erzählte ihr, dass sein Freund Daniel Sisler, dem dieses Haus gehörte, ein leidenschaftlicher Blue Grass Fan sei und zahlreiche Musiker aus Kentucky, Tennessee persönlich kenne. »Er hat mir einige persönlich vorgestellt, Jimmie Jordan beispielsweise. Höchstens 25 und hochbegabt. Er komponiert wunderschöne Melodien, spielt mehrere Instrumente und singt hervorragend«, sagte er.

»Ich weiß, Country-Musiker können oft Geige, Banjo, Gitarre und Schlagzeug spielen«, erwiderte Sarina.

»Jordans Markenzeichen ist es, Countrymusik mit groovigen Beatelementen aufzupeppen. Das hat ihn schon mehrmals in die Charts befördert. In Amerika ist er bereits ein Star«, fuhr Roman fort.

»Klingt aufregend«, sagte Sarina.

»Ist es sicher auch. Soll ich uns etwas kochen?«

»Hm, ich weiß nicht. Ich sollte wohl lieber gehen«, entgegnete sie.

Überrascht sah er sie an. »Erstens regnet es noch immer und zweitens würde ich mich sehr freuen, wenn du noch bleibst«, antwortete er und berührte sanft ihre Hand. Er spürte, wie wichtig es ihm war, dass sie noch blieb. Es tröstete ihn ungemein, eine Frau neben sich zu wissen. Auch ihre Ausstrahlung gefiel ihm. Sie strahlte eine aufrichtige Herzlichkeit aus, wie er sie schon lange nicht mehr an einer Frau wahrgenommen hatte. Wie ein Ertrinkender badete er darin. Es tat ihm verdammt gut, einen solchen Moment zu erleben. Ohne Zweifel war Sarina eine Vermittlerin zwischen Himmel und Erde, auch wenn ihr das nicht bewusst zu sein schien.

»Weißt du, dass es schon immer mein Traum war, eigene Songtexte zu schreiben? Schon als Kind wollte ich immer texten und singen«, sagte sie.

Er warf ihr einen aufmunternden Blick zu und fragte: »Was hindert dich daran?«

»Ja, was hindert mich eigentlich daran?«, lachte sie.

Eine Sternstunde des Wesentlichen breitete sich aus. Glitzernde Wortbälle rollten zwischen ihnen hin und her. Roman schien es, als hätte er sich schon eine Ewigkeit nicht mehr so ausgetauscht wie mit Sarina. Sätze wirbelten durch die Luft, ohne je zu Boden zu fallen oder anzuecken, stattdessen überflogen sie Zeit und Raum, ließen die Vergangenheit zurück, ohne Zukunft zu verlangen. Was sie miteinander verband, war schwerelos wie der Flug ihres Austausches. Sie gaben ihr Bestes beim Jonglieren, tauschten spielerisch die Bälle, gaben dem Anderen Zeit, Worte zu finden und zu justieren. Manchmal unterbrachen sie das Spiel und schenkten sich kleine Extras.

Sarina sprach über ihre Bestürzung, was den Amoklauf in Winnenden betraf. Sie habe das Gefühl, dass ein Zusammenhang zwischen den Veränderungen in ihrem Leben und diesem Ereignis bestehe, erklärte sie.

»Stell dir einfach vor, dass der Tod nicht die endgültige Wirklichkeit des Lebens ist. Was würde dieser Amoklauf dann bedeuten?«, fragte Roman.

»Du meinst, dass es keinen Tod gibt? Das ist eine fürchterliche Vorstellung für mich, denn das würde bedeuten, dass sie nach dieser grausigen Tat alle noch dort herumschwirren. Mir kommt das vor wie Geisterbeschwörung.«

»Das wahre Ausmaß des Todes entzieht sich unserer Wahrnehmung. Angst hilft da nicht weiter. Versuch, sie außen vor zu lassen«, entgegnete Roman.

»Aber der Gedanke, dass eines meiner geliebten Kinder, nachdem es von mir weggerissen wurde, in einem Raum weiterexistiert, der für mich unzugänglich ist, erscheint mir unerträglich«, antwortete sie.

»Wir sind alle einer höheren Wirklichkeit unterstellt, Sarina, ob uns das nun passt oder nicht. Nenn es eine Art Wahrnehmungsdefizit, das dem Menschen auferlegt wurde, um die eigenen Grenzen zu respektieren.«

»Du meinst, die Seelen der Verstorbenen bleiben allgegenwärtig und das soll irgendwie tröstlich sein? Ich verstehe nicht ganz«, sagte sie.

»Was ich meine ist, dass wir eine sehr eingeschränkte Perspektive haben. Wie würdest du das Ereignis bewerten, wenn du sicher sein könntest, dass alle Beteiligten noch leben?«, entgegnete er.

Sie schüttelte den Kopf. »Tut mir leid, Roman, ich kann und will dir da nicht folgen. Der Tod ist endgültig, und das ist so schrecklich traurig. Das Entsetzen wird bei den Betroffenen anhalten, da bin ich mir sicher. Es gibt keinen Trost bei manchen Ereignissen.«

Roman hätte ihr gerne erklärt, dass Wirklichkeit nicht an den Grenzen der menschlichen Wahrnehmung endete, aber er ließ es sein, sprach stattdessen über Gott und die sich entwickelnde Weltgemeinschaft.

Sarina schloss sich dem Themenwechsel an. Beide gelangten sie zu dem Schluss, dass es anderer, neuer Antworten bedurfte, um den globalen Herausforderungen wirklich begegnen zu können und dass die Kirchen darauf nicht vorbereitet waren.

»Sie sind damit beschäftigt, Pfründe zu wahren. Gott in seinem eigentlichen Sinne wird von den Kirchen und Religionsgemeinschaften missverstanden oder übergangen«, sagte Roman.

Sie stimmte ihm zu. »Die Ökumene ist längst überfällig«, antwortete sie und warf die Frage auf, warum es keiner schaffe, das Trennende zu überwinden.

» Die Kirchen halten ganz eindeutig zu starr an alten Vorstellungen fest. Das Streben nach Macht und eine Anspruchshaltung, die keiner begreift, verwickeln Religionsgemeinschaften in menschliche Widersprüche, die perfider kaum sein können«, erwiderte er. Sarina nickte. »Nichtsdestotrotz bin ich noch immer Kirchenmitglied und ein regelmäßiger Gottesdienstbesucher«, fügte er hinzu.

Sie blickte ihn überrascht an. »Ja? Warum das denn?«, fragte sie.

»Jeder von uns wird in Zusammenhänge gestellt, die es ihm erleichtern, sich auf den Weg zu machen. Ich fühle mich der Kultur, in der ich aufgewachsen bin, verhaftet.«

»Ich gehe nur gelegentlich zur Kirche. Wenn ich an unseren Pfarrer denke, der meistens unfreundlich ist und eine Maske trägt, vor allem, wenn er auf der Kanzel steht, wird mir sowieso übel. Es ist Arroganz, wie sie Gott immer weiter kreuzigen. Der männliche

Menschengott, der die Frauen verachtet und ihnen dann gnädig ihre Sünden verzeiht, was ist das für ein Gott? Das Göttliche lässt sich nicht festbannen«, erwiderte Sarina.

Ihr Gesicht leuchtete. Sie war so wunderschön. Eine tiefe Sehnsucht stieg in Roman auf. »Ich verstehe, was du meinst«, sagte er, »Gott ist frei, er unterliegt keiner Form. Ihm eine aufzuzwingen, ist pure Anmaßung. Dennoch drückt er sich in jedem Kulturkreis anders aus.«

»Aber das ist veraltet, weil sich die kulturellen Begrenzungen aufzulösen beginnen und weil die Kulturkreise sowieso nur das widerspiegeln, was sie zum Zeitpunkt ihrer Entstehung ausmachte, und das ist Tausende von Jahren her«, erwiderte Sarina eifrig.

Sie ist nicht nur hübsch, sondern auch klug, dachte Roman. »Du meinst, dass das Göttliche nicht an den Wänden von Gebetsräumen endet?«, fragte er.

»Ja, denn Gott trennt nicht. Das bedeutet Missachtung von allem, was Gott wahrhaft ausmacht. Das zweite Gebot legt nahe, dass wir uns kein Bildnis noch irgendein Gleichnis von Gott machen sollen, und die wissen das, so intelligent und belesen, wie die sind. Ich habe meinen eigenen Weg zu Gott gefunden und er hat nichts mit der Vergebung der Sünden durch irgendeinen selbsternannten Gottesvertreter zu tun.« Ihre Augen funkelten.

Er musste lächeln. Ihr Eifer gefiel ihm. »Ja, das Göttliche durchdringt alles, das ist wohl auch der Grund für dein Hiersein. Danke, dass du mir eine solche Fülle neuer Gedanken beschert hast«, sagte er und erhob sich.

In der Küche schaltete er eine Herdplatte an. Anne hatte ihm immer beim Kochen assistiert. Die Leerstelle schmerzte so stark wie noch nie. Schlagartig vermisste er Sarinas Anwesenheit und fragte sich, ob sie noch immer an der Stelle saß, an der sie sich befand, als der das Wohnzimmer verließ. Er starrte auf die Pfanne unter sich, als würde dieses Starren irgendetwas verändern, das nicht zu ändern war. Dann riss er entschlossen die Tür des großen Kühlschranks auf und nahm zwei Steaks heraus.

Kapitel 40

Nahrung

Köstliche Gerüche ließen ihr das Wasser im Mund zusammenlaufen. Sarina merkte, dass sie einen Bärenhunger hatte und ging zu Roman in die Küche. Er briet gerade Steaks an. Der Duft des scharf angebratenen Fleisches vermengte sich mit dem Geruch von frischen, in Butter gedämpften Bohnen. Winzige Pfefferpartikel stoben durch die Luft.

»Hungrig?«, fragte er.

»Und wie«, antwortete sie. In ihrer Nase kitzelte es.

Sie schaute ihm zu, wie er Sandwichscheiben toastete und sie sorgfältig mit Kräuterbutter bestrich. Sie war fasziniert, wie gründlich er vorging. Das kannte sie von Tom nicht. Roman richtete alles auf bereitgestellten Tellern an und schob ihr einen hin. Die kleine Fondmenge, die sich durch das Braten des Fleisches gebildet hatte, ließ ihr das Wasser im Mund zusammenlaufen.

»Du verwöhnst mich ja richtig«, sagte sie und kaute vergnügt. Es mundete köstlich. Er ließ es sich ebenfalls schmecken. »Das tue ich gerne. Ich bin sehr dankbar, dass du da bist«, sagte er zwischen zwei Bissen und lächelte.

»Ja?«

»Ja. Du berührst meinen Seelenraum.«

Sie wusste nicht, was sie erwidern sollte, lächelte stattdessen.

Er krönte das Essen mit goldbraunen Pancakes. Ihre ahornsüße Konsistenz war so locker, leicht und lecker, dass sich Sarina auf Anhieb verführt fühlte. Seit Kindheitstagen hatte niemand mehr etwas so Köstliches für sie zubereitet. Sie überschüttete ihn mit Komplimenten, warf ihm eine Kusshand zu und sagte. »Das schmeckt so lecker, dass ich immer weiter essen könnte.«

»Freut mich, dass es dir schmeckt. Ich mache dir morgen gerne wieder welche«, antwortete er und erhob sich dabei. Für einen Augenblick schien es ihr, als ob er ihr eine Haarsträhne aus dem Gesicht streichen wollte. Da beugte er sich plötzlich über sie und küsste sie zärtlich auf den Mund.

»Ganz schön frech«, sagte sie, konnte sich aber ein Grinsen nicht verkneifen.

»Ich kann noch viel frecher sein«, erwiderte er. Das Lächeln, das seine Lippen dabei umspielte, übte eine unwiderstehliche Anziehungskraft auf sie aus. Als er sich mit einem tiefen Brummen in seinen Sessel zurücksinken ließ, musste sie lachen.

»Soll ich es dir beweisen?«, fragte er.

»Das muss ich mir noch überlegen«, antwortete sie.

»Aber Küssen muss sein«, sagte Roman, nahm ihre linke Hand und küsste jede einzelne Fingerkuppe, vom kleinen Finger angefangen bis zum Zeigefinger, sogar den Daumen bedachte er mit einem Kuss. Ihre Fingerspitzen kribbelten. Tränen stiegen in ihr auf, obwohl ihr gleichzeitig zum Lachen zumute war. Sie wurde von einem Gefühlsgemisch erfasst, das alles ganz nah zueinander brachte und diesen Moment durchtränkte. Kein Gedanke fand dazwischen mehr Platz. Er blickte sie mit leicht geöffnetem Mund an und schloss sie in die Arme. Sie schmolz dahin wie Butter an der Sonne. Es gab nur noch ihn und sie und diesen Augenblick. Das Wortlose kräuselte sich, plätscherte, sprudelte, fauchte und zischte frenetisch. Es öffnete sich und verschenkte sich großzügig.

Er ging so einfühlsam mit ihr um, dass es Sarina fast bestürzte.

Irgendwann löste sie sich aus seinen Armen.

»Warum weinst du?«, fragte Roman.

»Weil du mich auf eine Art glücklich gemacht hast, die ich nicht kannte.«

»Aber?«

»Nichts aber. Wie kommst du darauf, dass es ein Aber gibt?«

»Es liegt etwas Unausgesprochenes in deinen Worten. So, als ob du etwas tun müsstest, was du mir verschweigst. Willst du dich etwa aus dem Staub machen?«

Sie nickte.

»Ich will nicht, dass du gehst«, sagte er leise.

»Ich weiß.«

»Aber?«

»Das hatten wir doch schon.«

Er strich ihr über den Bauch. Sie nahm seine Hand und legte sie auf ihre Brust. Die Welt blieb draußen und der Abschied ebenfalls.

Es wurde ein Spätnachmittag der guten Dinge. Den Abend begossen sie mit einem amerikanischen Rotwein. Sie hatten beide etwas gefunden, an dem sie sich festhalten konnten. Sie mussten nicht darüber reden. Es existierte einfach, lebte zwischen ihnen, als ob es immer schon da gewesen wäre. Sie griffen nicht in offene Wunden und wühlten auch nicht im Morast eines Schattenreiches, das sich ihrem Zugriff entzog, stattdessen widmeten sie sich einander. Zart und behutsam. Sie wollte etwas herausfinden, er gab ihr zu verstehen, dass sie sein Engel sei.

Als Sarina gegen sechs Uhr morgens aufwachte, fielen ihr sofort Miranda und Arnold ein. Es wurde allerhöchste Zeit, dass sie die beiden über ihren Verbleib in Kenntnis setzte. Zaghaft stupste sie Roman an, der leise schnarchte.

»Hmmm?«, grummelte er.

»Es tut mir leid, Roman, ich muss gehen. Meine amerikanischen Gastgeber machen sich womöglich schon große Sorgen. Das kann ich ihnen nicht antun, das sind so liebenswürdige Menschen.«

Schlaftrunken richtete er sich auf. Sie erklärte ihm, worum es ging.

»Du willst also tatsächlich wieder verschwinden, verwunschene Fee des Waldes. Ich lag richtig. Du bist zu schön, um wahr zu sein. Aber so leicht kommst du mir nicht davon«, sagte er und rollte sich auf sie. Das erinnerte Sarina schlagartig an Tom. *Kaum zu glauben, wie sehr sich Männer ähneln,* dachte sie. Sie verspannte sich, wand sich unter ihm hervor und sprang aus dem Bett. »Einverstanden«, rief Roman ihr nach. »Ich bring dich zurück, aber vorher mache ich dir noch Pancakes. Ich möchte nicht, dass du so aus dem Haus gehst.« Kurz zögerte sie, dann stimmte sie zu.

Als sie aus dem Bad kam, stand Roman in der Küche und buk Pancakes. Er forderte sie auf, es sich gemütlich zu machen und sich etwas zum Trinken zu nehmen. »Ich lauf schon nicht weg«, sagte sie und trat auf die Veranda. Die Korbmöbel, die mit dicken bunten Kissen belegt waren, luden zum Verweilen ein. Dennoch ging sie die Holztreppe hinunter und sah sich um. Überall blühten blaue Blumen und zauberten um das Haus eine verwunschene Romantik. Sie zupfte ein blaues Blütenblatt ab und streichelte damit ihre Wange. Ein Tropfen löste sich und benetzte ihr Gesicht. Sie wandte sich nach rechts. Vor ihr ragte ein großer, behauener Stein auf. *Er betreibt Bildhauerei,* dachte sie und tanzte belebt um den Stein herum, der trotz seiner zahlreichen Unebenheiten bereits Form annahm. Beschwingt überließ sie sich der Frische des Morgens, vertraute sich dabei einem Grashalm an. *Roman ist ein ganz besonderer Mensch. Es muss einen tieferen Grund geben, weshalb wir uns begegnet sind.* Durch die Bäume wehte ein schwacher Windhauch, der sie streifte. In ihr stieg ein Staunen auf, und ein Reim drängte auf ihre Lippen. Ihr war, als ob der Wind ihn ihr einblasen würde. Sie verspürte den Impuls, ihn aufzuschreiben, ging ins Haus zurück und holte sich einen Stift und einen Zettel. Dann setzte sie sich auf eine Stufe der Verandatreppe und hielt fest, was ihr das Nichts diktierte. Durch ihre Hand flossen

Strophen, verdichteten sich und erwachten auf dem Papier zu neuem Leben. *Es ist ein Song,* dachte sie und summte eine Melodie dazu. Mühelos und leicht schwang eine Pforte auf. Sie lief hindurch in das Flüstern des Waldes hinein. Sie dachte an ihre Familie, an das Leben, das sie führte und an die Geheimnisse, die sie noch nicht kannte, die aber auf sie warteten. Was es wohl sein würde? Ein prächtiger roter Pilz mit schwarzen Punkten lächelte sie an. Sie erreichte eine offene Lichtung, in deren Mitte ein Gebilde schwebte, dessen Farbe und Form sich beständig veränderte. Mit einer Gewissheit, die sie frappierte, flüsterte sie leise vor sich hin. *Ein Raumschiff. Mein Leben wird sich verändern.*

Kapitel 41
Unruhe

Das Telefon klingelte genau in dem Moment, als er sich hinlegen wollte. Es war Meli. Ständig lechzte sie nach Liebesbeteuerungen, telefonierte hinter ihm her und drehte schier durch, wenn er sie abzuwimmeln versuchte. Die Sache fing an lästig zu werden. Sie kapierte nicht, dass er weder für ihr Befinden verantwortlich war noch das Bedürfnis verspürte, in Dinge hineingezogen zu werden, die ihn nicht unmittelbar betrafen. *Sie ist erwachsen. Sie wusste, was sie tat, als sie sich mit mir einließ,* dachte er brummig.

»Was willst du? Wir haben doch erst gestern miteinander telefoniert und vereinbart, dass wir uns am Wochenende sehen«, sagte er barscher als beabsichtigt. »Deine Stimme hören«, erwiderte sie und fügte hinzu: »Wenn ich deine Stimme höre, bekomme ich Lust, dich in mir zu spüren.« Versöhnlich sagte er: »Wir sehen uns ja bald. Aber im Moment ist es ungünstig. Lass uns am Wochenende weiterreden.«

Seine Worte ignorierend, hauchte sie durchs Telefon: »Ich liebe dich.«

Das nervte ihn. Meli war wirklich naiv. Seit der Abreise von Sarina hatte er eine Menge um die Ohren. Sein Leben veränderte sich. Und von Tag zu Tag fiel die Abwesenheit seiner Frau mehr ins

Gewicht. Er sah sich mit Angelegenheiten konfrontiert, von denen er gar nicht gewusst hatte, dass sie existierten, nun aber konnte er keinen Bogen mehr um sie machen. Er war Familienvater und kein Single. Meli jedoch tat so, als ob sie sämtliche Ansprüche auf seine Freizeit gepachtet hätte. Die freie Wildbahn konnte ganz schön anstrengend sein.

Nach einem kurzen Austausch, der ihn stresste, gab er vor, auf die Toilette zu müssen, und hängte Meli ab. Er ging ins Bad und schaufelte sich eine Unmenge kaltes Wasser ins Gesicht. Ihm wurde immer klarer, dass Sarina Eigenschaften in sich vereinte, die er sehr genoss und dass er keineswegs bereit war, diese Annehmlichkeiten gegen eine unbekannte Größe einzutauschen. Er würde den Arsch nicht aus der Butter nehmen, um eine ständig miauende Katze im Sack zu kaufen. Sarina hatte unschätzbare Qualitäten. Sie war liebevoll, konnte prima kochen, hielt ihm stets den Rücken frei, maulte nicht herum, nervte eher selten und hatte Familiensinn. Er hatte vor der Ehe genügend Freundinnen gehabt, um zu wissen, dass guter Sex allein nicht ausreichte, um eine fortgesetzte und erfolgreiche Beziehung zu führen. Dass er das für einen Augenblick vergessen hatte, konnte ihm keiner verübeln, jeder Mann ging gerne mal auf die Pirsch. Doch nun wurde es Zeit, Sarina klarmachen, dass das nichts zu bedeuten hatte. Er wählte ihre Nummer, ließ es lange klingeln, aber sie meldete sich nicht. Als sich die Mailbox einschaltete und ihn aufforderte, eine Sprachnachricht zu hinterlassen, legte er auf.

Stunden später versuchte er es erneut – wieder waren nur das Klingeln und die Mailbox zu hören. Das irritierte ihn mehr, als ihm lieb war. Er stopfte sich sein Smartphone in die Tasche und holte sich ein Bier, später ein zweites. Gegen drei Uhr morgens ging er ins Bett, versuchte dem Schlaf eine Chance zu einzuräumen.

Am nächsten Tag befand sich eine SMS in seinem Posteingang, in der stand: *Your wife ist missing. We have tried to reach you a number of times. Please call us back as soon as possible.* Darunter standen Namen, die ihm nichts sagten und eine Telefonnummer. Kurz durchfuhr es ihn, dann beruhigte er sich wieder. *Kein Mensch verschwindet einfach so. Bestimmt willst du mich auf die Probe stellen, Sarina! Aber das ist keine besonders gute Idee, Weib! Ich stecke mitten in einer Produktion. Was zum Teufel fällt dir bloß ein.*

Wieder versuchte er, sie zu erreichen. Erfolglos. Schließlich klingelte er bei den Leuten durch, die ihm die SMS geschickt hatten, doch keiner ging ran. In Georgia war es gerade mitten in der Nacht, aber das war ihm egal, er musste sich Klarheit verschaffen. Er hasste es, wenn irgendetwas seinen Regieplänen zuwiderlief und es war offensichtlich, dass hier einiges anders lief als erwartet. Es ließ es viermal, fünfmal, dann sechsmal klingeln und wurde zappelig. In seinem Kopf breitete sich ein riesiges Tohuwabohu aus, dessen er kaum noch Herr wurde. Einer der vielen durcheinanderwirbelnden Gedanken ergriff Besitz von ihm und löste weitere Überlegungen aus: *Meine Vorstellungen haben sie bestürzt. Sarina ist nicht der Typ für eine offene Ehe. Hätte ich diese Affäre sofort beendet und beteuert, wie sehr ich sie liebe, wäre es nicht so weit gekommen. Aber warum, verdammt nochmal, muss sie auch gleich die Flucht ergreifen? Männer naschen nun mal gerne, das ist doch noch lange kein Grund, so durchzudrehen.* Unruhig tigerte er auf und ab und überlegte, wie er die Sache geradebiegen konnte. In den Staaten läutete und läutete es. Endlich nahm jemand ab. Er umklammerte sein Handy fester.

»Hello«, sagte eine unbekannte Männerstimme. Tom erklärte, worum es ging. »She is missing«, teilte ihm ein Mann, der sich Arnold nannte, lapidar mit. »But I think we will find her ... somewhere in the woods.« *Schon klar,* dachte Tom, *genau deshalb rufe ich ja an.* Arnold plapperte munter darauf los. Wie lange Sarina schon weg sei, wisse er nicht, aber Tom müsse kommen und sich um ihren Verbleib kümmern. »My wife and I do not have time for it«, erklärte er.

»Hm-mm«, brummte Tom. Vor seinem inneren Auge bauten sich Szenarien auf, die ihm gar nicht gefielen. Schließlich erklärte er sich einverstanden. »I will come«, sagte er und tippte dabei bereits auf seinem Laptop herum, um einen Flug zu buchen. Er würde Sarina versöhnlich stimmen, es gab etwas, das immer funktionierte. Er musste sich von nun an bloß jedes Wort sorgsam überlegen, durfte sie nicht bedrängen, musste ihr Zeit geben, doch zu guter Letzt würde er seinen Wiedergutmachungsplan einsetzen und damit trumpfen. Er konnte das. Er war ein Meister darin, Frauen zu betören, wenn er es darauf anlegte.

Arnold beruhigte ihn noch einmal, sagte, dass Sarina höchstwahrscheinlich das Gelände verlassen und sich dabei verlaufen habe. Bestimmt werde alles wieder gut, man müsse sie nur finden. Dann war der Anruf zu Ende. Toms Blick schweifte durch das Zimmer, das ihm irgendwie leer vorkam, obwohl die Möbel an Ort und Stelle standen.

Er buchte einen Flug und rief Meli an, um ihr zu mitzuteilen, dass seine Frau verschwunden war. »Ich fliege in die Staaten, unser Wochenende ist gestrichen und weitere Treffen vorläufig auch.«

Meli geriet vollkommen aus der Fassung. Fast hysterisch schluchzte sie: »Ich habe solche Angst, dich zu verlieren.«

In Gedanken schon ganz woanders, fragte er sich, was das sollte. *Kann sie nicht einmal locker bleiben? Frauen können wirklich verdammt anstrengend sein.*

»Ich muss, verstehst du? Schon der Kindern wegen«, sagte er. Mit einem Mal sehnte er sich unbändig nach Ruhe und nach einem Gespräch mit seinem Sohn oder einem guten Freund. Er hatte die Nase von diesem ganzen Theater, mehr als voll. »Ich melde mich wieder«, sagte er und beendete das Gespräch, noch bevor sie etwas erwidern konnte.

Kapitel 42

Bergwiesengut

Die Pancakes schmeckten köstlich. Sie kaute vergnügt. »Du hast mir gar nicht erzählt, dass du künstlerisch tätig bist«, sagte sie zwischen zwei Bissen.

»Du meinst diesen Klotz da draußen?«, fragte er. Sie nickte. »Der tut mir gut. Ich versuche meine Kanten und Ecken an ihm abzuarbeiten. »Du hast Kanten und Ecken?«, fragte sie neckisch. »Ja, durchaus. Der Stein ist eine Art Sinnbild für meine Unvollkommenheit«, antwortete Roman. »Wenn du mich besser kennen würdest, wüsstest du, was ich meine. Ich liebe meine Arbeit und halte auch gerne mal Abstand zu den Menschen in meinem Leben.« Sarina wusste nicht, was sie darauf erwidern sollte. Er wirkte so ernst bei dem, was er sagte, dass ihr ganz flau wurde.

Nach dem Frühstück brachte er sie zurück. Ihr schien, als würde unendlich viel Zeit während der Fahrt vergehen, so als würden sich Jahre zwischen das Jetzt und das Nachher schieben. Vielleicht lag es daran, dass Roman den Wald weiträumig umfahren musste. Es führte nämlich kein direkter Weg von dem Waldhaus, in dem er residierte, zum Anwesen der Andersons.

Irgendwann aber langten sie an. Ihr Herz schimmerte. Dieses Schimmern ihres Herzens überstrahlte die dunklen Färbungen der vergangenen Wochen und durchleuchtete ihr Sein. Zwei wundervolle Tage lagen hinter ihr. Dankbar sah sie Roman von der Seite an.

Er stellte den Motor ab und erwiderte ihren Blick voller Wärme. »Noch einen Moment«, bat er, als sie aussteigen wollte und fügte fragend hinzu: »Sehen wir uns wieder?«

»Gib mir ein bisschen Zeit. Ich muss erst einmal zu mir kommen und mir über einiges klar werden. Das ist alles nicht so einfach für mich«, antwortete sie und fügte hinzu: »Eine Ehe ist eben mehr als eine Liebesbeziehung, sie enthält den Auftrag zur sozialen Verantwortung, vor allem, wenn Kinder da sind.«

Er nickte. »Das ist wahr. Das habe ich in meiner Ehe auch immer so gesehen. Lass dir Zeit, Sarina! Nur du bist jetzt wichtig.«

»Danke«, sagte sie schlicht.

»Du hast mir gut getan. Du hast für einen kurzen Lebensmoment auf allen Ebenen mit mir kommuniziert. Dafür möchte ich dir von Herzen danken«, antwortete er und blickte sie dabei intensiv an. Sanft senkte sie sich in das Innere seiner Augäpfel, durchquerte Wüsten und benetzte sie mit Tränen, legte morastige Sümpfe trocken, um sie durchqueren zu können und gelangte auf eine Grünfläche, in deren Mitte ein Mann mit schlohweißem Haar stand, der von vielen Menschen umringt war, die ihm aufmerksam zuhörten. Begleitet von einem unglaublich warmen Gefühl tauchte sie in diese Szenerie ein und freute sich. Sie wusste, dass er als Therapeut eine hohe

Vision in sich trug, um anderen Menschen zu helfen. Sie wusste auch von seinem Schmerz, er hatte mit ihr über den Selbstmord seiner Lebensgefährtin gesprochen. Sie ahnte, was das bedeutete. Wie sie, hatte er überlebt, weil er sich nicht widersetzte, sondern den Schmerz anzunehmen bereit war, weil er verstand, worum es im Leben ging und in die richtige Richtung schritt. Auch wenn sie manchmal bestürzend weh tat, diente die heilende Kraft der Liebe und Vergebung doch einem Ziel, das sie beide kannten und bejahten. Im Zauberspiel der Zeit wurde seine Realität ein Teil ihrer Wirklichkeit.

Als der Augenkontakt endete, fühlte sich Sarina so leicht und hell, wie ein zitronengelber Luftballon. Am liebsten wäre sie davongeflogen. Was brauchte es mehr, als ein leuchtender Punkt des Lichts zu sein? Sie badete in diesem Lichtblick und hoffte, dass es Roman ähnlich erging, damit sich die Dämonen verflüchtigten, von denen er ihr erzählt hatte. Dann stieg sie aus dem Auto, ging zum Tor und klingelte. *No guns allowed* prangte auf einem goldfarbenen Schild neben dem Eingang.

Als Roman aus dem Wagen sprang und ihr nachlief, blieb sie gerührt stehen. Er zog sie behutsam an sich, als er sie eingeholt hatte und sagte: »Come closer, du Wunderbare! Ich glaube, es ist wichtig, dass wir uns wiedersehen. Sag, wann und wo und ich werde da sein.« Sie wusste nicht, was sie erwidern sollte. Sie brauchte Zeit für sich selbst, um etwas herauszufinden. Inniglich umarmte sie ihn und spürte dabei die Traurigkeit, die ihn umflorte.

Als sie die Umarmung nach einer Weile lösen wollte, flehte er: »Bleib noch ein bisschen.« Sie blieb. Eng umschlungen standen sie beieinander, eingehüllt in Sehnsucht. Irgendwann reichte Roman ihr einen Notizzettel. Als sie las, was darauf notiert war, musste sie schmunzeln. »Du willst mich partout davon überzeugen, Nashville zu besuchen«, sagte sie.

»Ja, durchaus. Vergiss nicht, ich bin ein großer Ratgeber. Das ist sozusagen mein Beruf«, erwiderte er.

Ein Kichern entfuhr ihr. Glaubte er wirklich, sie würde nach Nashville fahren? Ihr Blick schweifte zum Himmel. Seine Bläue war von einem rosafarbenen Band durchzogen. Auf Romans Haar tanzten Lichtreflexe eines Sonnenstrahls. Am oberen Ende der langen Auffahrt waren Schritte zu hören und das Tor begann sich zu öffnen. »Lebewohl«, sagte sie und küsste ihn auf die Wange.

»Auf Wiedersehen«, antwortete er und schritt Richtung Wagen. Er drehte sich zu ihr um, bevor er einstieg. Ein verräterisches Glitzern lag in seinen Augen. Sie warf ihm eine Kusshand zu, dann betrat sie das Grundstück.

Dankbarkeit erfüllte ihr Herz. Roman hatte ihr Zuwendung geschenkt, ohne dabei Erwartungen an sie zu richten. Das unterschied sich wohltuend von Toms ewiger Anspruchshaltung. Die dauernden Forderungen ihres Ehemannes fielen ihr ein. Sogar ihren Kummer hatte er gegen sie verwendet, hatte ihn ignoriert oder war ihm mit Vorhaltungen begegnet, als ob Kummer ein Biskuit wäre, das man nur in Alkohol

tränken musste, damit sich alles in Wohlgefallen auf-
löste. Doch damit war nun Schluss.

Sie hörte, wie Roman wendete. *Du hast mir das
Gefühl gegeben, zu genügen, ja, mehr als das, du hast mich
wie ein kostbares Wunder behandelt. Danke, Roman!*
Ihre Gedanken schweiften zu der Nacht im Holz-
haus. Am liebsten hätte sie ihre Hand ausgestreckt
und ihn noch einmal berührt. Wehmut breitete sich
in ihr aus.

Und dann standen Miranda und Arnold plötzlich
vor ihr und schlossen sie so herzlich in die Arme,
dass Sarina ein ganz schlechtes Gewissen bekam. »I
hope my absence didn't worry you«, sagte sie entschuldigend und folgte ihnen in die große Wohn-
küche, die mit ihrem Schachbrettmusterboden ein
besonderes Flair verbreitete. Sie tranken Tee und
Sarina erzählte von ihrem Herumirren im Wald,
von dem heftigen Gewitter und ihrer unverhofften
Rettung. Pitschnass sei sie gewesen, ihre Kleidung
habe erst trocknen müssen, begründete sie ihr aus-
gedehntes Fernbleiben und das Handy habe hier im
Haus gelegen. Miranda und Arnold gaben sich damit
zufrieden. *Sie sind viel zu taktvoll, um mich mit Fragen
zu löchern,* dachte Sarina erleichtert.

Als Arnold sie aufforderte, Tom anzurufen und
ihr von dem Telefonat mit ihm erzählte, erschrak sie.
Dass Tom von ihrem Verschwinden wusste, rückte
die ganze Situation in ein neues Licht, was Arnold
auch umgehend bestätigte. Tom habe angekündigt,
den nächsten Flug nach Atlanta zu nehmen, sagte er.
Wellen des Unbehagens durchströmten sie. Sie blin-

zelte vor Aufregung. *Meine Auszeit ist noch nicht zu Ende*, hämmerte es in ihr, *auch wenn sich die Wochen hier länger anfühlen als viele Jahre meines bisherigen Lebens. Ich brauche noch mehr Zeit. Ich muss meinen Zukunftstraum einfangen.*

Das Tropfen des Wasserhahns riss sie aus ihren Überlegungen. Sie sprang auf und erklärte Miranda und Arnold, dass sie telefonieren müsse. »See you later«, sagte sie und verzog sich in den Garten.

Ihre erste SMS ging an Tom. Sie schrieb: *Es ist alles okay. Ich hab mich nur verlaufen. Ich bin wieder aufgetaucht. Du brauchst dir keine Sorgen zu machen, und du brauchst auch nicht extra herzufliegen. Ich brauche sowieso noch etwas Zeit für mich. Keep smiling. Sarina.*

Dann schickte sie Herzensgrüße und einen Smiley zu Miriam und sandte eine spezielle Nachricht an Michael: *I'm in my heart, because my heart is hurt and now I heal my heart and find a new start in my heart.*

Zuletzt telefonierte sie noch mit Marilena. »Total cooler Trip, den du da machst«, sagte ihre jüngste Tochter euphorisch und fügte hinzu: »Wenn ich groß bin, mache ich es wie du. Ich reise in die Staaten. Dort verliebe mich und heirate schließlich einen Amerikaner.«

»Ich bin doch schon verheiratet«, entgegnete Sarina. »Schon klar, Mama!«, antwortete Marilena. »Ich sprech ja auch von mir und nicht von dir.«

Sarina musste lachen. Jung zu sein, war herrlich. Es lag eine Verheißung darin, die Flügel verlieh. *Was bringt uns nur so vom Weg ab? Warum ähneln Beziehungen irgendwann eher einem Schlachtfeld als einem blühenden*

Garten? Er spricht kaum noch. Sie schimpft ständig. Lau-
warm und lieblos dümpeln wir vor uns hin, anstatt immer
wieder zu fliegen oder uns gegenseitig Flügel zu verleihen.

Nach Beendigung des Telefonats setzte sie sich
wieder zu Miranda in die Küche. Aus dem tragbaren
Radio auf dem Küchentresen tönte Musik. *I wanna*
go home, let me know how I'm coming home sang eine
Männerstimme, in der ein Schmelz lag, wie ihn
Sarina seit Elvis Presley nicht mehr gehört hatte. Der
Song rührte sie zu Tränen. »Who is this«, fragte sie.
»This is Jimmie Jordan. He has a big performance
on the weekend in Nashville«, antwortete Miranda.

Was für ein überwältigender Zufall! Sarina war platt.
Dann wurde ihr klar, was sie tun würde. »Miranda«,
sagte sie, »I'm going to Nashville tomorrow.«

»What a surprise«, meinte Miranda.

Mit Hilfe von Arnold orderte Sarina einen Mietwagen, dann packte sie ihre Koffer. Während sie
quirlig vor Aufregung hin- und hereilte, stellten ihr
die Andersons den schönsten Reisepass aus, den man
sich denken konnte, indem sie ihren Entschluss von
ganzem Herzen begrüßten und sie mit Musik auf die
Fahrt nach Nashville einstimmten.

Bei einem gemeinsamen Abschiedsessen erzählte
Arnold vom Cumberland Fluss, der Unabhängig-
keitserklärung von 1776 und dem Fort Nashbo-
rough, das 1779 zum Schutz der Siedler vor den
Indianern errichtet wurde. Wie in anderen Gegenden
auch wurden die First Nations und weitere Stämme
zurückgedrängt oder sogar ausgerottet. Sarina versuchte, diese Ära geistig zu durchwandern und

begriff, wie sehr alles durcheinander gewirbelt worden war und welche Blutspur das hinterlassen hatte. Das Leben war so. Nichts blieb, wie es einmal war. Immer musste das Alte vergehen, damit Neues entstehen konnte. Das Zauberwort hieß Anpassung. Wer sich nicht anpasste, stand auf verlorenem Posten. Man nannte es auch die Kunst, sich zu wandeln oder Metamorphose.

Die gute Lage am Fluss habe das Wachstum der Siedlung begünstigt und zu einem regen Verkehrsknotenpunkt geführt, berichtete Arnold weiter. Schon 1806 habe Nashville das Stadtrecht verliehen bekommen und sei zu einem der wichtigsten Zentren Tennessees aufgestiegen, doch der Sezessionskrieg von 1861 bis 1865 habe den langen Treck in die Zukunft blutig unterbrochen.

Interessiert hörte Sarina ihm zu. Ein Satz von Thomas Wolfe über diesen Bürgerkrieg fiel ihr ein: *Es war ein Schreien und Wehklagen, dass einem das Blut in den Adern gerann.*

»Um Gottes Willen« durchbrach einige Stunden später ein Schrei die Stille der Nacht. Schlaftrunken richtete sich Sarina auf. Ihr wurde klar, dass es der Nachhall ihrer eigenen Stimme war, der sie geweckt hatte. Ein unglaublicher Traum entwand sich mit riesigen Schritten ihrem Erinnerungsvermögen. Sie wusste nur, dass er gut gewesen war, auf verrückte Art unfassbar gut, aber dass sie sich ihm nicht gewachsen gefühlt und deshalb geschrien hatte. Müde vergrub sie sich wieder in ihre Kissen und ließ sich in die Nacht zurückgleiten. Sie hatte morgen eine lange Fahrt vor sich.

Kapitel 43

Roman

Er war auf dem Grundstück seines Freundes David zurück und bearbeitete den Stein. Schweiß tropfte von seiner Stirn. Die Zerrissenheit, die ihn seit Annes Tod quälte, war noch immer da, aber sie war flüssiger, nicht mehr so zäh und bitter wie noch vor kurzem. Seit der Begegnung mit Sarina konnte er ihr standhalten, war nicht mehr von dieser Fahrigkeit beherrscht, die ihn verrückt und für die Welt untauglich machte. Es schien aufwärts zu gehen. Er begann sich gerade darüber zu freuen, als sich mit einem Mal der Strick, der Sprung ins Nichts und das röchelnde Anschwellen des Todes in sein Bewusstsein schoben. Ein Beben durchzog ihn. Anne war tot. Was für eine Katastrophe, auch für das Zentrum. Ein Durcheinander von Schuld und Sühne, von Dankbarkeit und Liebe rotierte in seinem Körper. Ihm wurde ganz elend. Verzweifelt lehnte er sich an den Stein und suchte Halt. Eine Flut von Tränen brach aus ihm heraus, sie flossen über seine Wangen, tropften auf den Waldboden und versickerten. Er heulte wie ein Schlosshund.

Nach einer langen Weile öffnete sich ein ungeahnter Raum in ihm, in dem es friedlich und still war. Ein Bild erschien vor seinen Augen. Ergriffen schnappte er sich sein Handy und rief seinen Sohn an, um ihn zu bitten, in die Staaten zu kommen und Zeit mit ihm zu verbringen.

Kapitel 44

Tom

Tom war aufgebracht. Sarina hatte ihn per SMS zwar darüber informiert, dass alles okay war, danach das Handy aber sofort wieder ausgeschaltet. Seine Bemühungen, sie zu erreichen, liefen ins Leere. Er fluchte vor sich hin. Wie sollte er sie zurückgewinnen, wenn sie ständig auf Tauchstation ging? So hatten sie nicht gewettet. Sich einfach abzusetzen und den Rest ihm zu überlassen, war frech. *Aber vielleicht ist von einer Frau, die sich seit Jahren einer Mikrowelle verweigert, und das mit einer Beharrlichkeit, die einen zur Weißglut treiben kann, nichts anderes zu erwarten,* dachte er grimmig. So sanft Sarina auch war, konnte sie doch zur Hochform auflaufen, wenn es darum ging, ihm die Stirn zu bieten. Je mehr er sich ärgerte, keine Mikrowelle zu haben, um das Essen unkompliziert erhitzen zu können, desto mehr bot sie im Paroli. Sein Verhalten war wie eine Art Ansporn für sie. Er durfte das nicht länger auf die leichte Schulter nehmen, sondern musste sich dieser Tatsache stellen und sie im Auge behalten. Sanftheit war keine Garantie für Schwäche, ganz im Gegenteil, Sanftheit war Stärke.

Er lieferte ihr unbewusst Steilvorlagen. Sie hatte ihn zur Triebfeder ihrer Flucht gemacht, die sie nun dazu nutzte, sich einer Klärung zu verweigern. Das war aufreibend. Er schlug mit der Faust auf den Tisch. In diesem Moment betrat Michael die Küche.

»Unser Leben läuft aus dem Ruder«, sagte er zu seinem Sohn gereizt.

»Irrtum, Paps«, antwortete Michael, »dein Leben läuft aus dem Ruder und daran bist du selbst schuld.«

»Echt jetzt?«, fragte er angespannt.

»Klar! Was hättest du an Mamas Stelle denn getan?«

Tom stockte kurz, dann antwortete er: »Oo-okay, du liegst womöglich richtig. Aber ich werde die alte Ordnung wiederherstellen, Saustall war noch nie mein Ding.« Aufgebracht stapfte er aus der Küche. Er hätte aus der Haut fahren können. Sarina brachte sein Leben ganz schön durcheinander.

»Viel Glück, Paps!«, rief Michael ihm nach.

Kapitel 45

Nashville

Sarina umarmte Miranda und Arnold herzlich. Der Abschied von ihren Gastgebern rührte sie. »Thank you very much«, sagte sie aus tiefstem Herzen.

»You are welcome, my dear«, antworteten die beiden wie aus einem Mund und strahlten sie an. Leichte Wehmut stieg in Sarina auf. *Was für wundervolle Menschen. Ich werde sie und ihr Anwesen nie vergessen,* dachte sie. *Es ist alles andere als selbstverständlich, einer völlig Fremden nur aufgrund von gemeinsamen Bekannten Unterkunft zu gewähren.* Die Paranoia der amerikanischen Behörden bei der Einreise war nur eine von vielen Realitäten. Miranda und Arnold dagegen verkörperten ein Amerika, das von Liebeswürdigkeit und Offenheit geprägt war. Sie hatte die beiden richtig liebgewonnen.

Der Mietwagen, den sie zusammen mit Arnold in der Stadt abgeholt hatte, gab ein leises Surren von sich, als sie den Motor anließ. Sie hatte keine Ahnung, welche Richtung sie einschlagen musste, doch das Navigationsgerät des Autos würde sie führen. Sie gab Gas. Das Auto machte einen Satz nach vorn, hinter ihr wirbelte eine Staubwolke auf. Sie stoppte, stieg aus und winkte Miranda und Arnold durch die sich auflösende Staubwolke entschuldigend zu. Beide winkten lächelnd zurück und gingen ins Haus.

Als Sarina erneut in den Wagen steigen wollte, fiel ihr etwas ein. Sie nahm den Ball, den sie zur Erinnerung an ihr Erlebnis im Wald mitgenommen hatte, aus dem Auto und beschriftete ihn. Dann platzierte sie ihn direkt neben dem Tor. Keck glitzerte er zwischen zwei großen Steinen hervor. Sie trat ein paar Schritte zurück und begutachtete ihre Dekoration. Aus der Distanz wirkten die pinkfarbenen Prinzessinnen auf dem blauen Untergrund wie funkelnde Augen. Erst beim Näherkommen erkannte man, dass es Cinderellas waren. Wer den Ball in die Hand nahm, konnte problemlos lesen, was Sarina drauf geschrieben hatte:

Sarina Schubert
Best Western Music Row
1407 Division St.,
Nashville, TN

Sie setzte sich eine Sonnenbrille auf, stieg wieder ein und lenkte das Auto auf die Straße. Der Motor brummte gleichmäßig. Zwischen Trucks und Träumen rollte sie dem Unbekannten entgegen. *Ein Road Trip* jubelte es in ihr. Schon lange hatte sie sich nicht mehr so frei gefühlt. Ihr Herz lachte mit der Sonne um die Wette. Sie drückte das Gaspedal durch, ließ Wälder, Wiesen, Hügel und Berge an sich vorbeiziehen. Ihr wurde ganz flauschig zumute, als sie durch die herrlich abwechslungsreiche Landschaft fuhr. Georgia war sagenhaft ländlich, und das gefiel ihr.

Wenn sie daran dachte, welch unterschiedliche Kulturen diese Gegend geprägt hatten, überfiel sie der Wunsch, durch die Jahrhunderte zu pilgern und von einer sicheren Warte aus Mäuschen zu spielen. Nach knapp fünf Stunden Fahrt erreichte sie ihr Ziel.

Sie konnte es kaum fassen. Roman hatte recht behalten, sie war wirklich in Nashville und das ganz ohne fremde Hilfe. Die moderne Technik war doch Gold wert. *Wie überraschend das Leben doch ist, es erfüllt uns Träume, die wir nie zu träumen wagten,* dachte sie.

Als sie die Innenstadt erreichte, drosselte sie das Tempo. Moderne, gläserne Gebäude überragten ältere Häuser im Kolonialstil. Sie fuhr an parkenden Autos und einem witzig aussehenden roten Bus vorbei, registrierte, dass vor einem unscheinbaren Haus Menschen Schlange standen und musste lächeln. *Als ob es etwas zu gewinnen gibt,* dachte sie und bekam Lust anzuhalten. Da sie keinen geeigneten Parkplatz ausmachen konnte, fuhr sie in ein Parkhaus. Das Gebäude war unten aus Backstein und oben aus Glas. *Witzig. Falls diese Architektur für Nashville repräsentativ ist, hat die Stadt zugleich ein altes und ein junges Antlitz,* dachte Sarina.

Neugierig warf sie sich dem anbrechenden Abend in die Arme. *Gut, dass Tom nicht dabei ist, bestimmt wäre ich wieder an seinem eisernen Willen gescheitert und hätte ihm zuliebe zuerst im Hotel eingecheckt,* schlussfolgerte sie, *anstatt meinen eigenen Bedürfnissen zu folgen.* Tom legte größten Wert darauf, immer zuerst einzuchecken, bevor er etwas anderes unternahm.

Sie schlenderte beschwingt die Straße entlang. Es war für sie ein erhebendes Gefühl, in die Freiheit des

Fremden einzutauchen. Sie fühlte sich wie bei einem außerplanetarischen Spaziergang.

Sie langte in einer Straße an, in der sich Bar an Bar reihte. Aus nahezu jeder schallte Musik. Neugierig spickte sie in eine der Bars hinein und stellte verzückt fest, dass es sich um Live-Musik handelte. Die Musik durchflutete den ganzen Distrikt. Alles hier war live. *Das muss der Broadway von Nashville sein,* dachte Sarina verzaubert. Am liebsten hätte sie gejauchzt. Das Leben war einmalig und wundervoll. »Yes!«, rief sie laut. Ein anderer Passant blickte sie verwundert an, aber sie lächelte einfach nur und ging beinahe tanzend weiter.

Einige Häuser weiter setzte sie sich in eine etwas abgehalfterte Bar namens Tootsies Orchid Lounge und bestellte sich ein Bier. Die ergreifende Stimme, die sie in dieses Lokal gezogen hatte, war die eines jungen Mädchens, das sowohl die fröhlichen als auch die traurigen Töne großartig intonierte. *Das Leben wäre unvollkommen, gäbe es nur das Glück*, dachte Sarina. Ein unbändiger Appetit auf Corned Beef bemächtigte sich ihrer. Als sie danach fragte, erhielt sie eine abschlägige Antwort. Da trank sie rasch das Bier aus und machte sich auf den Weg zum Best Western Hotel *Music row.*

Sieben Tage vergingen. Sie besuchte das Grab von Johnny Cash, besichtigte die Aufnahmestudios von Elvis Presley und ging ins Grand Ole Opry, um Jimmie Jordan live zu erleben. Nach Beendigung des Konzerts fasste sie sich ein Herz, spazierte einfach hinter die Bühne und hielt jedem, der sie aufhalten wollte, den Zettel von Roman unter die Nase.

Jimmie verhielt sich entzückend, sagte, sie sei ihm schon während des Konzerts aufgefallen, er habe einen untrüglichen Blick für besondere Frauen. Sie fühlte sich geschmeichelt und zeigte ihm den Text, den ihr der Himmel im Wald diktiert hatte.

Jimmie reagierte total begeistert, legte ihr sein fünfundzwanzigjähriges Herz zu Füßen und lud sie zu einem Drink ein. Gelassen nahm sie an. Es gefiel ihr, ein so junges Herz zu begeistern. Es war, als ob sie auf dem Weg zur Sonne wäre. Sie lachte und spaßte mit Jimmie um die Wette und verlor sich im Augenblick. Sie war euphorisiert. Er schenkte ihr eine neue Vorstellung von sich selbst, und sie fand sich darin auf wunderbare Weise wieder.

Als sie am nächsten Tag erwachte, fühlte sie mit einem Mal unbändige Lust zum Schlittschuhlaufen. Das war eine ihrer Lieblingsfreizeitbeschäftigungen gewesen, bevor sie Tom kennenlernte. Aber da er dem Eiskunstlauf nichts abgewinnen konnte, war dieses Hobby in einer alten Schachtel gelandet, die irgendwo im Keller ihres Hauses lagerte. Sarina beschloss, die alte Begeisterung wiederzuerwecken. Schlummern konnte sie noch nach ihrem Tod. Sie machte sich auf den Weg zur Ice-Arena von Nashville.

Ihre anfängliche Unsicherheit wich rasch der Freude, als sie auf geliehenen Schlittschuhen in die Arena einlief und die erste Runde gedreht hatte. Als hätte sie nie etwas anderes getan, drehte sie die alten Pirouetten und wagte neue Sprünge. Sämtliche Wiederbelebungsversuche ihres Könnens waren von Erfolg gekrönt. Als wären nicht zwanzig Jahre, sondern lediglich zwei Tage vergangen, tauchte sie in den Zauber der Wiederbegegnung mit sich selbst ein. Für einen Moment streifte sie der Gedanke an Tom, auch Roman ging ihr durch den Sinn, denn sie hätte gerne einen Mann an ihrer Seite gehabt. Für manche Sprünge war ein zuverlässiger Partner an der Seite unerlässlich. *Aber Tom gleicht einem zugefrorenen See. Das Eis, auf dem wir uns gemeinsam bewegen, ist dünn geworden. Ich verspüre keine Lust mehr, auf dieser dünnen Schicht Pirouetten zu drehen, von Sprüngen ganz zu schweigen.* Ihre Gedanken drehten sich. *So ist das mit der Liebe. Vergisst mal einer, das Fenster zuzumachen, wird ihr eiskalt und sie erstarrt oder fliegt sogar davon. Noch immer drehe ich meine Runden mit diesem Mann, auch der Kinder wegen. Wir stehen im Bann der Bewegung aufeinander zu und sind Gefangene unserer selbst. Familie ist ein unschätzbarer Wert. Vielleicht liegt der Zauber ja auch gerade darin, nicht immer nur Hand in Hand zu laufen, sondern auch voneinander weg, um sich wiederfinden zu können, in diesem Drehen und Springen, in diesem Können und Wollen, um am Ende wieder aufgefangen zu werden.*

Sie setzte zu einem Sprung an, landete wieder sicher. *Ich will aufgefangen werden,* dachte sie wehmütig. *Der Mann meines Herzens muss das begreifen und im entscheidenden Moment ohne Wenn und Aber da sein und meiner Bewegung folgen. Dieses Mal ist es an ihm. Er muss zu mir kommen und die Tür öffnen. Ich warte schon so lange.*

Als sie ins Hotel zurückkam, teilte man ihr am Empfang mit, dass ein Mann nach ihr gefragt habe, der später wiederkommen wolle. Ihr Herz vollführte einen Sprung. Das konnte nur bedeuten, dass der Ball gefunden worden war. Sie fragte nicht weiter, sondern bedankte sich und ging auf ihr Zimmer. Dort schwelgte sie in spannungsgeladener Erwartung. Intuitiv wusste sie, dass ihr der richtige Mann nach Nashville gefolgt war, der, der bereit war, die Eishalle zu betreten und sie nach jedem noch so gewagten Sprung aufzufangen, weil er sich seiner Verantwortung als Mann bewusst war und diese Verantwortung über alle Höhen und Tiefen hinweg auch leben wollte. Mit ihr leben wollte. Und sie würde ihn nicht enttäuschen.

Aufgekratzt streckte sich auf dem Hotelbett aus. Der weiße Flügelschlag der Zeit hob und senkte sich und durchatmete den Raum. Sanft erregt, frohgemut und vollkommen einverstanden mit sich und der Welt blickte sie auf die Tür, die sie angelehnt gelassen hatte.

Kapitel 46

Melanie

Sie war wegen eines Job unterwegs zum Ostbahnhof. Seit dem Selbstmord von Anne Richard hatte sich alles verändert. Bitterfeld hatte die Harmoniewelten23 ersatzlos aufgelöst. Keiner wusste, wo er steckte. Lars jagte noch immer mit seinem Rennrad auf Mallorca herum oder schrieb an seinem Roman. So genau wusste sie das nicht. Er hielt sie auf Abstand, beharrte darauf, in Ruhe gelassen zu werden, gab keinerlei Auskunft darüber, wann sie mit seiner Rückkehr rechnen durfte. Sie traute sich auch nicht, ihm Fragen zu stellen. Es galt, sich zu gedulden, das hatte sie kapiert. Dass er ihren Liebesanfall nicht zum Anlass genommen hatte, sich scheiden zu lassen, rechnete sie ihm hoch an. Nach der beispiellosen Härte, mit der dieser Schwabe sie abserviert hatte, erschien ihr Lars wie ein Ausbund an Verständnis und Großherzigkeit. Ihr seelischer Aufprall war sehr schlimm gewesen, umso dankbarer war sie für die Besonnenheit und Fairness ihres Ehemannes. Er hatte eine Größe an den Tag gelegt, die sie nicht vermutet hätte. Sie sah ihn seither in einem anderen, besseren Licht.

Sie hätte nie gedacht, dass sich ein solches Ereignis so auswirken und so viel nach sich ziehen würde.

Wer es nicht selbst erlebt hat, hat keine Ahnung von den unvorhersehbaren Abgründen, die sich dadurch auftun. Was für eine Sprengkraft das alles hatte, dachte sie. *Ich kann dankbar sein, dass es glimpflich für mich ausgegangen ist. Dankbarkeit ist sowieso eine super Übung.*

Sie ließ Savignyplatz, Tiergarten, Bellevue, Hauptbahnhof, Friedrichstraße, Hackescher Markt, Alexanderplatz, Jannowitzbrücke passieren. Nach dem Vorstellungsgespräch in einer psychotherapeutischen Praxis im Osten Berlins fuhr sie zurück. Sie hatte Lust, auf den Markt zu gehen und machte sich zu Fuß auf den Weg zum Karl-August-Platz. Diesen Markt liebte sie besonders. An einem ihrer Lieblingsstände kaufte sie sich eine mit Spinat und Schafskäse gefüllte türkische Teigtasche, die Gözleme genannt wurde, und biss vergnügt hinein. Berlin war eben Berlin. Da gab es Maultaschen, die nichts mit den Württembergern zu tun hatten.

Kapitel 47

Am Tresen

Er fühlte sich total verarscht. Tamara, die Frau, mit der er es schaffen wollte, hatte ihm mitgeteilt, dass sie mit einem anderen zusammenziehen würde. Dabei war seine Scheidung von Munia voll im Gange. Der Gedanke daran riss noch immer Wunden in ihm auf, die bluteten. *Was für ein Tiefschlag. Okay, auch andere Mütter haben schöne Töchter, mein Leben hört deshalb nicht auf, aber ich liebe sie noch immer.* Da half nur Bier. Am Tresen lehnend betäubte er seinen Frust.

»So ist es nun mal«, sagte er zu Nora. Seine große Schwester nervte ihn mit ihrer Besorgnis und Besserwisserei. Am liebsten hätte er sich verdrückt. Nichts hatte sich geändert, und nichts würde sich je ändern. In ihren Augen war und blieb er der Kleine, der nur Quatsch im Kopf hatte, der geborene Verlierer von Kindesbeinen an. Dauernd bohrte sie an ihm und der Sache mit Anne herum.

Anne Richards Abgang war eben Anne Richards Abgang. Das hatte überhaupt nichts mit ihm zu tun. Aus und vorbei. Nora musste das endlich kapieren und davon ablassen. Anne hatte schon immer einen Sparren gehabt. Dafür konnte er nichts. Von ihm würde sowieso keiner was erfahren. Er war doch nicht blöd. Was ging ihn die Sache überhaupt an?

Dieser Fick war doch schon tot gewesen, bevor er stattfand. So tot, wie seine Ehe mies. Wer keinen Bock mehr hatte und nur noch schlecht drauf war, tat sowieso gut daran, sich zu verpissen. Also, was sollte das alles? Sollte Nora doch quatschen und ihn auszupressen versuchen wie eine Zitrone. Er schaltete auf Durchzug. Ende im Gelände.

Dass er wahre Geborgenheit nur in einem weiblichen Schoß finden konnte, weil er ein unverbesserlich Süchtiger war, der seinen Schraubenschlüssel nicht aus der Hand legen konnte, musste er seiner Schwester ja nicht auf die Nase binden. Das behielt er lieber für sich. Nora würde sowieso kein Verständnis dafür aufbringen.

Er spürte einen dumpfen Druck in der Brust. Dieses Mal war es anders. Die Frau, die ihm die geilsten Tage seines Lebens geschenkt hatte, war aus seinem Leben verschwunden. Und das ausgerechnet jetzt, wo sich alle Hindernisse in Luft auflösten. Noch immer verspürte er eine unsägliche Nähe zu ihr, aber sie ließ ihn nicht mehr ran. Zum Teufel mit Tamaras neuem Macker. Es machte ihn verrückt, dass sie einen anderen hatte. Er musste etwas unternehmen.

»Ich geh jetzt. Du lässt dich eh bloß volllaufen«, sagte Nora. »Lass dich nicht aufhalten«, antwortete er. Als seine Schwester weg war, versuchte er, Tamara zu erreichen. Doch ihr Handy war ausgeschaltet. Verdammt. Nichts. Nichts. Nichts. Tiefe Verzweiflung erfasste Peter.

Kapitel 48
Ende des Jahres

Neue Meldungen des Schreckens hatten die todtraurige Berühmtheit Winnendens in den Hintergrund gedrängt, er aber würde sich immer daran erinnern. Mochte das Trauma auch sicher verwahrt in den Archiven ruhen oder ins Unbewusste geglitten sein, bei Michael genügte schon ein winziger Auslöser – und alles schnellte wieder hoch. Das hatte Gründe.

Der Club wirkte düster und ein bisschen heruntergekommen. Vor der Tür wartete eine Schlange von Menschen auf Einlass. Dabei war die Bude bereits jetzt brechend voll. Immer das gleiche Spiel. Poetry Slams waren heiß begehrt. Die Szene schrieb Literaturgeschichte – und er war aufgeregt.

Seine Mutter hockte eingezwängt zwischen zwei Kerlen auf einem Sofa. Sie unterhielt sich eifrig mit dem Wuschelkopf, der links von ihr saß. Seit ihrem USA-Trip fabrizierte sie fleißig Verse, textete sogar für einen Blue Grass Guru. Er hatte sie zu seinem Maskottchen erkoren, weil ein Song, den sie getextet hatte, zu einem Riesenhit wurde. Es war cool, eine Mutter zu haben, die für Überraschungen gut war. Michael konnte es immer noch nicht ganz fassen. Er hegte den stillen Verdacht, dass sie den Text im Suff geschrieben hatte, aber letztlich spielte das keine

Rolle, denn *Within Georgia* war unleugbar ein Überflieger und hatte von Nashville aus die Blue Grass Szene im Sturm erobert. Das war eine Tatsache, die sogar seinen Vater verstörte. Echt irre.

Im schummrigen Licht des Clubs verschmolz seine Mutter zusammen mit den anderen Anwesenden zu einem seltsamen Einheitswesen, das erwartungsvoll und raunend der Dinge harrte, die da kommen würden. Es freute ihn, dass sie sich seinen ersten Auftritt nicht entgehen lassen wollte und ihm hin und wieder einen ermunternden Blick zuwarf. Immerhin war sie nicht ganz unschuldig daran, dass er sich traute, hier zu stehen.

Die Wortfülle, die ihn umflutete, machte ihn schweigsam und ließ seine Hände feucht werden. Er stufte seine Chancen auf einen der vorderen Plätze als äußerst gering ein, doch Dabeisein war alles. Überwältigt von seiner eigenen Emotion, lehnte er an der Wand. Sein Auftritt nahte. 2009 war ein verdammt hartes Jahr gewesen, nicht zuletzt auch wegen der Krise seiner Eltern, vor allem aber wegen des Tods eines Kumpels. Es wurde Zeit, sich was zu trauen.

Er betrat die Bühne. Sein Brustbeet weitete sich, ließ Worte aus ihm sprießen wie Blumen im Frühling. Er fasste sich ein Herz und legte los. »Hey, merkt ihr was abgeht«, rief er aus.»Doch der Untergang kann mich nicht schrecken, denn jeder von uns wird einmal verrecken.« Es dauerte eine Weile, bis er seine Stimme, die sich immer wieder in die Höhe schraubte und beinahe überschlug, unter Kontrolle bekam. Schließlich verschmolzen sein Körper und sein Sprechorgan mit dem Text einträchtig zu einem Ganzen. Ein Jahr voller Spannung sprudelte wortreich aus ihm heraus. Beifall brandete auf. Ein überirdischer Abend breitete sich wie ein fliegender Teppich vor ihm aus. Das Leben war großartig, auch wenn der Tod immer mitlief.

Constanze David

Das ferne Lächeln

Roman

Sie suchte seinen Blick, aber Patrick schien es nicht zu bemerken. Seit ihrer intimen Zusammenkunft hatten sie keine Minute des Alleinseins mehr gehabt. Serap bedauerte das. Sie wünschte sich so sehr, eine Zeit mit ihm allein. Er jedoch schien völlig unbekümmert zu sein. Vor etwa einer halben Stunde waren sie in Mai Sai angelangt, weil Gerd Sager unbedingt Border Crossing machen wollte.

Der Liebesthriller »Das ferne Lächeln« führt zwei Frauen tief in das Innere Thailands hinein.

Um ihrem Lebensgefährten Gerd zu entkommen, tritt Mona mit ihrer jüngeren Freundin Serap eine Reise nach Südostasien an. Während Mona im Norden Thailands mystischen Erfahrungen nachjagt, verfällt Serap immer stärker beunruhigenden Zuständen, die auf ein altes Trauma zurückgehen.

Als die Frauen dem Weltenbummler Patrick Best begegnen, gerät ihr Miteinander vollends aus dem Gleichgewicht.

Die Welt steckt voller Geheimnisse, doch das scheinbar Fremde ist immer ein Teil von uns selbst.

ISBN: 978-3-7460-9855-5
Herstellung und Verlag:
BoD-Books on Demand, Norderstedt

Danksagung

Es ist wichtig, Träume und Visionen ernst zu nehmen, denn sie sind es, die unser Leben beflügeln.

Ich danke allen Menschen, die Verständnis oder sogar Liebe und Mitwirkung für meine Träume und Visionen aufbringen, sie mittragen, ihnen Unterstützung zuteil werden lassen oder mir auf irgendeine Weise Rückhalt bieten.

Ganz besonders danke ich Dir, lieber Markus! Unverdrossen beäugst Du meine schriftstellerischen Eskapaden und lässt mir Raum und Zeit, sie zu verwirklichen.

Ich danke Dir, liebe Susi! Du bist nicht nur eine tolle Schwester, sondern träumst für mich meine Ambitionen mit und ermutigst mich immer wieder, mich für sie einzusetzen. Dafür bin ich Dir sehr dankbar.

Ich danke Dir für Deinen Glauben an mich, liebe Julia! Wenn eine so kluge Frau wie Du meine Bücher liest, kann noch nicht aller Tage Abend sein.

Ich danke Dir, liebe Romy, für Deine tatkräftige und selbstlose Unterstützung. Dein stets gespitzter Griffel ist Gold wert.

Ich danke Ihnen, liebe Frau Bauer, für die Sorgfalt mit der Sie das Manuskript durchgingen. Sie haben

Augen wie eine Achtzehnjährige, die in jedem Wort einen attraktiven jungen Mann erkennt.

Ich danke Dir, liebe Alice! Du bist eine Wegbereiterin und zudem ein Mensch mit großen Qualitäten, was immer wieder Menschen in Dein und damit manchmal auch in mein Leben, ruft, die mit großen Herzensqualitäten ausgestattet sind. Das ist, was die Welt braucht, das andere ist nur Beiwerk. Ein Dankeschön geht in diesem Zusammenhang an Ioannis und Teresa Mavridis.

Ich danke Dir, liebe Elke – Du weißt schon, wofür! Für jemand, der am liebsten Horror-Fantasy liest, rückst Du mir ganz schön nahe.

Ich danke Dir, liebe Britt, für Deinen Beitrag zu diesem Buch. Du bist aus meiner Sicht auf die Dinge aufrichtig, schwungvoll und voller Überzeugung bei der Sache. Man fühlt sich bei Dir aufgehoben. Das ist eine selten gute Eigenschaft, die nicht hoch genug geschätzt werden kann.

Das Gleiche gilt für Dich, liebe Sabine! Dass jedes einzelne Kapitel der Druckausgabe ansprechend ist und dazu noch Flugkraft besitzt, ist Dein Verdienst.

Ich danke Dir, liebe Leserin, lieber Leser! Was für ein Glück für mich, dass es Dich gibt, dass Du meinen Worten folgen, Dich erinnern oder in andere Welten versetzen lassen möchtest. Es ist schön, sich mit Dir in der Liebe zu Büchern vereint zu wissen.